哀
悼

애도
어떻게
견뎌야
할까

哀悼

애도
어떻게 견뎌야 할까

바버라 파홀에버하르트 지음 — 신유진 옮김

율리시즈

두려움 없이 산다는 것이 무엇인지

가르쳐준 죽음을 위해

한국의 독자 여러분께

지구 반대편, 유럽 한복판에 앉아 멀리 떨어져 있는 당신에게 글을 쓰려니 무척 이상한 기분이 든다. 지금 우리가 서로 마주보고 함께 있다면, 아무 말 없어도 서로의 마음을 이해할 수 있을 것이다. 지구 어느 편에 살든, 모국어가 무엇이든, 우리는 서로의 마음을 이해한다. 이토록 멀리 떨어져 있는 사람들이 이처럼 서로 가깝게 느껴지니 신기하면서도 한편으론 마음이 따스해진다.

서로를 껴안을 필요도, 서로의 눈을 바라볼 필요도 없이, 단지 '내가 당신과 함께 있고, 당신과 함께 느끼고, 마음으로는 당신 곁에 있다'는 한마디면 충분하다. 물론 이 말이 절대로 온전한 진실일 수 없다는 사실을 안다. 모든 죽음과 상실은 자신만의 유일한 모습을 지니고 있으며, 이는 다른 어떤 죽음과 상실과도 비교할 수 없기 때문이다. 하지만 사랑하는 이를 애도하는 우리에게는 서로를 연결시켜주는 무언가가, 혹은 많은 것이 존재한다.

당신과 마찬가지로 나 또한 한 사람을, 한 아이를, 사랑하는 연인을, 빛나는 눈망울을 잃는다는 것이 무엇을 의미하는지 안다. 가슴이 찢어지는 듯하고, 아무것도 생각할 수 없고, 살고 싶은 마음도 없어질 만큼 그리워하는 것이 어떤 것인지 안다. 마지막 순간에 떠오르는 생각과 마지막 인사, 그리고 머릿속에서 떠나지 않는 마지막 말이 무엇인지도 안다. 만약 모든 사랑을 담은 말을 한 번만 더 전할 수 있다면, 그 사람의 말을 한 번만 더 들을 수 있다면 우리는 모든 것을, 상처 입은 삶 전부를 온전히 내어줄 것이다.

비록 우리가 선택한 것은 아니지만 우리는 지금 이곳에 살아남아 숨 쉬고 있다. 아침에 눈뜰 때마다 죽음이 앞을 가로막고 서서 악몽과는 달리 쉽게 떨쳐버릴 수 없음을 증명하더라도, 죽음 곁에는 믿음직하고 신실한 일상, 우리의 삶이 든든하게 버티고 서 있다. 죽음과 삶은 이 세상 어디에든 존재한다. 서로의 목소리는 들을 수 없더라도, 각자 삶과 죽음의 자리에서 대화하는 동안 우리는 혼자가 아니라는 것을 느낄 수 있다.

많은 이들이 앞서 경험한 사실이 하나 있다. 바로 인간의 심장은 아주 크다는 것, 죽음과 고통, 두려움을 모두 품고 있다가 언젠가는 삶까지 다시 품을 정도로 인간의 심장은 크다. 커다란 심장은 처음에는 그리워하는 이들을 위해 뛰고, 얼마 후에는 살면서 사랑하게 된 이들을 위해 뛰다, 마지막에는 우리 자신을 위해 뛴다. 언젠가 우리는 "나는 내 눈물과 절망과 희망과 용기를 사랑하며 나 자신을 사랑해. 나는 나야'라고 다시 말할 수 있을 것이다.

지난해 한국 전체와 여러분의 삶을 뒤흔든 사고 장면을 지켜보기 위해, 나는 많은 용기를 내야만 했다. 현장과 멀리 떨어져 있고 개인적으로는 사고와 무관한 나조차 눈뜨고 보기 힘든 끔찍한 장면이었다. 배가 가라앉고 수백 명이 익사한 바다, 그 거센 바다의 힘과 파도의 위력을 떠올리면 정말 마음이 아프다. 하지만 이러한 아픔을 머릿속에서 지워내지 않으면, 나를 짓누르는 이 아픔이 나 자신의 쓰라린 체험까지 불러낼 것이다. 사랑하는 이를 앗아간 것이 물이든, 기차든, 운명이든 간에, 그것은 겉으로만의 죽음이다. 파도 너머에서, 고통 너머에서 여전히 살아있는 존재는 공기처럼 가볍고 영원불멸하기 때문이다. 살아남은 우리 역시 어떤 의미에서는 영원불멸하다. 폭풍우 치는 날이면 파도처럼 밀려오는 눈물과 슬픔이 강타하고, 그럴 때면 그 파도 속에 가라앉아버릴 것만 같지만, 우리 마음속에는 그보다 강하고 넓은 무언가가 존재한다.

이 책은 여러분을 위해 쓴 책이다. 이는 넓디넓은 눈물바다를 건너고 극심한 고통을 극복하고 아이들을 잃은 슬픔을 딛고 일어선 한 여자의 책이다. 이제 그녀는 "지금 나는 예전과는 다른 새로운 방식으로 행복하다. 예전보다 더 용감히 살고 더 힘차게 사랑한다"라고 말할 수 있다.

이 책이 당신의 삶과 동행하며 당신이 절대 혼자가 아니라는 확신을 심어주었으면 좋겠다. 또한 이 책을 통해, 그리고 당신만의 여정에서 겪게 될 모든 것을 통해, 용기와 희망을 찾게 되었으면 좋겠다.

당신과 하나임을 느끼며,

바버라 파흘-에버하르트

"내 말이 잘못되었다는 것뿐만 아니라
다른 사람들이 이를 두고 뭐라고 말할지도 확실히 안다.
그럼에도 불구하고 이 이야기를 시작해야만 한다."

−로베르트 무질Robert Musil

차례

서문

'왜 이렇게 아픈 걸까? 왜 이렇게 미친 듯이 아픈 거지?'

기나긴 슬픔의 침묵을 깨고 나온 내 첫 번째 질문은 이것이었다. 아무 예고도 없이 이 물음이 불쑥 튀어나온 날을 아직도 기억한다. 그날은 남편과 어린 아들, 딸아이가 열차에 치여 유명을 달리한 2008년 성목요일(성주간의 목요일로 예수가 죽기 전날 열두 제자와 최후의 만찬을 베풀고 성체성사를 제정한 것을 기념하는 날— 옮긴이)로부터 17일 후였다. 2주 전에 이미 운명했건만 나는 여전히 나 자신을 어린 두 아이의 엄마라고 생각하고 있었다. 타인의 삶에 기쁨을 안겨주는 직업광대이자 인생의 절정기에 있는 젊은 여자. 그러다 어느 날 하루아침에 미망인이 됐다. 자식을 잃은 엄마가 되었다. 나 홀로 남겨졌다.

끔찍한 경험이었다. 2008년도에 겪었던 일을 얘기하면 사람들은 대부분 눈물을 흘리고 돌덩이를 삼킨 것처럼 괴로워한다. 그러면 나는 가족들의 죽음 직후엔 그 일을 끔찍한 상황으로 여기지 못했다는 것을 설명하기 시작한다. 오히려 그 반대였다. 나는 하늘과 땅 사이의 어딘가에서 풍선처럼 둥둥 떠다니는 기분이었다. 살아남기 위해 스스로 만들어낸 가상의 공간 속에서 안전하다고 느끼고 있었다. 현실을 받아들이기 전까지 죽은 가족들과 가까이 있다고 느꼈고 아무 문제가 없다고 느꼈다.

겨우겨우 장례는 치렀다. 하지만 장례식 이후에는 곧장 내 안으로 침잠해버렸다. 아무 말도 하기 싫었으며 누가 무얼 물어도 대답하고 싶지 않았다. 무념무상인 상태가 좋았다. 그래야 언제든 원하는 상상을 할 수 있었기 때문이다. 나는 SNS상의 친구들에게 "난 잘 지내고 있어"라고 답하고 스스로도 정말 그렇다고 믿었다. 모든 것이 예전과 같았으면 싶었다. 내면의 심리적 공간 속에 안전하게 숨어 있고 싶었다. 아무 말도 없이 침묵하는 것, 그것이 절실했다. 외로움을 느끼지는 않았으나 주변 사람들은 내 고립이 초래하는 위험을 곧 인지했다. 지금은 그 당시 그들이 그랬다는 게 참 다행이라고 생각한다.

직장동료이자 친구인 소피는 나를 처음으로 세상 밖으로 불러내었다. 소피는 전화를 걸어 숲으로 산책 나가자고 했고 나는 그러마 했다. 숲에 가고 싶어서가 아니라 딱히 반대할 이유가 없어서였다. 그로부터 30분 후 우리는 함께 숲 속을 걷고 있었다.

우리는 아무 말 없이 한참 동안 덤불숲 사이를 터벅터벅 가로질러갔다. 소피가 앞장서고 나는 뒤따랐다. 모르는 사람이 보았다면 우리가 일행이라는 걸 눈치 채지 못했을 것이다. 그래도 죽음에 관한 생각은 피할 수 없었다. 우리가 나눈 모든 대화는 죽음과 죽음의 모호한 부분에 관한 것이었다. 우리는 익숙한 숲길을 따라 열심히 걸었다. 우리는 하고 싶은 말을 적절히 표현하지 못했다. 공터의 풀밭에 자리 잡고 앉았다. 화창한 날씨였고 나비한 마리가 주위를 맴돌다 민들레 위에 살포시 내려앉았다. 나는 무심코 나비를 바라보았다. 소피는 내 기분을 북돋워주려고 애썼다. "내 생각엔 말이지, 저승도 이승의 삶과 똑같을 것 같아. 새들이 얼마나 아름답게 지저귀는지 들어봐. 헬리Heli가 구름 위에 앉아서 새들과 함께 노래하는 모습이 그려져. 그럴 것 같지 않니? 어쩌면 우쿨렐레 연주를 할지도 몰라."

내 친구가 이렇게 말해줘서 고마웠고 나는 답례로 미소를 지었다. 나도 정확히 소피처럼 하늘나라를 상상하고 있었다. 하늘나라는 행복하고 활기차고 자유로울 것이라고. 고개를 들어 따사로운 햇살을 받으며 새들의 노래에 귀 기울였다. 실로 오랜만에 뱃속 깊숙한 곳까지 깊은숨을 들이쉬었다. 그러다 순식간에 기분이 달라졌다. 천상의 행복은 사라져버렸다. 내 안에는 분노가 들끓었다. 바로 슬픔으로 인한 상처와 대면한 첫 순간이었다.

"왜 이렇게 아픈 걸까. 왜 이렇게 미친 듯이 아픈 거지?"

그에 대한 분명한 대답은 숲길을 걸으며 이미 확실히 알고 있었다. 우리는 망자들을 그리워해 눈물을 흘린다. 그들을 사랑하지만, 그들은 이제 우리 곁에 없다. 그리움은 불처럼 타오른다. 아픈 건 당연하다.

소피는 이런 생각들을 굳이 입 밖에 내어 말하지 않았다. 소피는 말하는 것 자체가 중요하지 않다는 걸 알고 있었다. 그보다 더 중요한 일은 침묵하는 것이며, 일어난 일들을 있는 그대로 받아들이는 것이다. 내 친구는 내가 불평하고 분노하고 우울해 하고 괴로워하고 자기 연민으로 몸부림치며 수백 번 절규하는 동안 조용히 곁에 있어주었다. 소피는 내 고통의 절규가 잦아들고 자학적인 말들이 멈출 때까지 묵묵히 기다려줬다.

소피는 지금도 내 곁을 지키고 있다. 내가 감정의 롤러코스터를 겪을 때에도 옆에 있다. 살면서 대담한 계획을 세울 때는 함께 웃고, 내가 스스로 끝없이 질문을 던지며 깊은 상념에 빠질 때는 잠자코 침묵을 지키며 기다린다. 언제나 내 말을 들어주었고 그 말 속에 숨겨진, 내가 정말 표현하고 싶은 바를 귀 기울여 들어주었다.

삶 이후의 죽음에 대해, 아니 죽음과 함께하는 삶을 생각해볼 수 있도록 도와준, 소피를 포함한 모든 사람에게 감사하는 마음으로 이 책을 쓴다. 절규하고 울고 때로는 절망하는 모든 사람을 위해 이 책을 쓴다. 사랑하는 이를 잃은 사람들을 위해서 이 책을 쓴다. 때로는 말로, 때로는 침묵으로 그들을 위로하는 다른 사람들을 위해서도 이 책을 쓴다.

애도는 침묵하게 만든다. 당신과 당신의 동반자 모두 침묵을 깨기 위해서는 커다란 용기가 필요하다. 여기에는 종종 몰미스런 일과 오해가 동반되기도 한다. 이 책은 어쩌면 당신이 느끼고 경험하는 상태를 설명할 수 있을지도 모른다. 당신의 동반자들에게 당신의 상태를 알 수 있도록 안내하고, 주위 사람들에게 왜 애도자들이 주변의 기대와 달리 행동하기도 하는지, 이 책이 설명할 수 있으리라 기대한다.

　물론 내가 감히 당신의 내면을 다 안다고 할 수는 없다. 심지어 당신은 어쩌면 나와 판이하게 생각하고 느끼기에 이 책의 어떤 대목을 강하게 반박할 수도 있다. 바로 그 반박하는 마음이 우리가 자극받고 행동하게 되는 어떤 촉매로 작용하게 되는 경우가 많다.

　이 책은 애도에 관한 주요 질문들에 대한 내 개인적 생각이다. 이제 막 삶을 시작한 아이들이 왜 죽어야 했나와 같은 슬픈 의문이 다시 떠오를 때는 어떻게 대답하는지, 그리고 가족에 대한 기억이 서서히 흐릿해지는 두려움에는 어떻게 반응하는지 설명하려고 한다. 슬픔의 상처를 더 잘 이겨낼 수 있도록 도움을 줄 수 있는 생각을 공유하고 싶다. 그리고 당신이 나와 더불어 "이렇게 고통스럽고 충격적인 상실감을 겪은 이후에도 언젠가는 다시 행복해질 수 있을까?"라고 물어볼 것을 제안한다. 여기서 다룰 질문들은 다음과 같은 것들이다.

　"너는 어디에 있니?", "어떻게 해야 이 아픔을 감당할 수 있을까?", "너는 왜 그렇게 가야만 했니?", "언젠가는 다시 행복해질 수 있을까?" 내가 아는 단순한 방법 모두를 총동원해 떨쳐내려 해도 밤이면 밤마다 다시 찾아와 머릿속을 휘젓던 의문을 골랐다. 바로 그러한 이유로 이것들은 내 삶에서 영감의 원천으로 작용하기도 했다.

　물론 이 모든 질문 각각에 대한 빠르고 단순한 대답이 있다. 이러한 대답들은 쉽게 입 밖으로 튀어나오지만, 정말로 도움이 절실한 가슴과 내부 깊숙한 곳과 상처받은 영혼까지는 결코 도달하지 못한다. 애도할 때 우리는, 우리 자신과 삶이 대답을 줄 때까지 참을성 있게 기다리는 것을 배울 수 있다. 과제로 남겨진 커다란 실타래를 곧바로 풀 필요는 없다. 성급히 바로 풀어 헤치기에는 너무 소중한 것이어서 그렇다. 애도할 때 던지는 의문들은 보물이며 인생이라는 여행을 떠날 때 없어서는 안 될 필수품이다. 우리 자신으로 향하는 여정을 위해 꼭 필요한 것이기도 하다.

지난 몇 년 동안 나는 이 의문들을 견뎌내고 마치 내 집에 찾아온 손님처럼 이들과 함께 지내는 방법을 배웠다. 그러는 동안 항상 새로우면서도 놀라운 질문과 마주하게 되었다. 소소하고 사소해 보이지만 시적이며 설명 가능한 것들로, 이는 내 삶의 기반을 이전보다 더 견고하게 만들어주었다. 이 의문들은 골똘히 생각해낸 것이 아니다. 나는 현실을 대면하고 삶을 살아내야 했다. 세상과 조우한 이후에야 비로소 내게 영감을 준 은유와 역사와 비유들을 발견할 수 있었다. 나는 현실과 씨름하면서 과거에 일어난 일들을 인식하게 되었다. 나는 삶을 살아나갔고 천천히 여유를 갖기로 했다.

머리와 뱃속에 엉켜 있던 수많은 매듭은 삶에 직접 뛰어들어 최선의 방도를 구하고 행동반경을 넓히면서 풀리기 시작했다. 삶을 구속했던 수많은 요구에서 나 자신을 차츰차츰 자유롭게 풀어놓아주었다. 성급하게 안달하다 보면 내면에서 조용히 울리는 대답을 들을 수 없다. 하지만 온화하면서도 자비로운 방식으로 삶을 향해 손을 내미는 경우에는 결국 죽음과도 화해할 수 있다.

강연회나 여행지에서, 사랑하는 사람을 잃은 이들을 어떻게 대해야 할지 모르겠다는 사람들을 자주 접하게 된다. 그들은 "도대체 무슨 말을 해야 할까요? 어떻게 위로해야 하나요?"라고 묻는다. 그들은 눈물을 멈추게 하고 어찌할 바 모르는 어색한 상황을 불식시킬 마법의 단어와 방법을 갈구한다. 하지만 나로서는 그런 마법의 처방전을 줄 수 없으며, 사실 이런 것들은 하등의 의미가 없어 보인다. 슬픔은 치료해야 할 병도, 물리쳐야 할 이상한 유령 같은 것도 아니다. 슬픔을 억지로 달래거나 회피해버릴 필요는 없다. 슬픔은 그 이상의 것이고 더 많은 것을 가능케 한다. 슬픔은 우리 인간이 태생적으로 지닌 귀한 능력이다. 많은 경우에 슬픔으로부터 도움을 받을 수 있음에도, 우린 안타깝게도 이를 잘 활용하지 못한다. 처음에는 슬픔을 덧없는 느낌이라고 느껴 매우 고통스럽게 받아들이기 때문에 외면하고 억누르려곤 한다.

대부분의 경우 우리는 사랑하는 사람을 잃은 경험을 통해 슬퍼할 수 있는 능력을 다시 회복한다. 슬픔을 억누르느라 얼마나 많은 것들을 잊고 있었는지를 깨닫게 되면서 처음에는 상당한 아픔을 느낀다. 조급해져서 우리 자신에게 실망한 채로 슬픔을 가능한 한 효과적으로 극복하려 든다. 그러나 바람대로 슬픔에서 벗어나지 못하고 답보상태에 있게 될 때, 그제야 우리 상태를 다시 생각해보게 된다. 그리고 바로 이때 슬픔의 진정한 진가를 알아차릴 기회가 존재한다. 우리 영혼은 감사해하며 눈물을 받아들이고 오랜 가뭄 뒤의 식물처럼 물을 빨아들인다. 여기서 좀 더 용기를 내면 놀라울 정도로 빨리 배울 수 있다. 금세 다시 감수성이 풍부해지면서 우리 내면에 이미 내재해 있는 것들을 다시 기억해낸다. 그것은 깊은 지혜와 근원적인 믿음과 아껴뒀던 많은 눈물이다. 어찌 보면 이들은 수많은 다른 것을 수용할 수 있는 아주 특별한 생명력의 일부인 것이다. 심지어 아픔까지도 포함하는. 이러한 생명력의 기억을 불러올 수 있도록 돕고자 이 책을 쓴다.

이를 위해 사용할 수 있는 유일한 도구는 언어다. 내가 성공적으로 적절히 표현했기를 바란다. 당신의 생각 속에서만 맴도는 관념적 단어가 아닌, 실생활에 생생하게 적용할 수 있는 단어들 말이다. 그런 의미에서 당신이 이 책을 항상 침대 머리맡에 놓고 틈나는 대로 읽었으면 좋겠다. 내 이야기가 무엇보다 삶에 대한 의욕을 불러일으켰으면 좋겠다. 아울러 당신과 비슷한 경험을 한 사람들을 대할 때, 다른 사람들의 마음을 움직이고 당신의 속마음을 표현하고 싶을 때에도 더 적극적이 되면 좋겠다. 이 책은 당신을 위한 안내서 역할을 할 것이다. 설령 책 내용에 의심을 품게 되더라도 나는 이 책이 당신에게 도움이 될 수 있다고 생각한다. 이 책을 읽고 애도의 가장 중요한 물음은 삶이 우리에게 던지는 물음과 크게 다르지 않다는 것을 알게 되면 좋겠다.

삶의 근본적인 가치는 무엇인가? 나는 이 책에서 내 나름의 결론을 내린다. 내 인생의 위대한 멘토 빅터 프랭클Viktor Frankle은 이렇게 말했다. "삶의 진정한 의미는 우리가 왜 사는가를 묻는 데 있는 것이 아니라, 삶이 우리에게 던지는 질문 혹은 과제에 대답함으로써 삶을 책임지는 것에 있다. 삶을 책임지는 방법은 말이 아닌 올바른 행동과 태도에 달려 있다. 삶은 질문 형태가 아닌 구체적 행동으로 다가오며, 말이 아닌 행동의 구체적 실천을 통해 인생의 궁극적인 의미를 찾을 수 있다."

애도하는 우리는, 애도에 있어 중요한 질문들이 우리가 삶에서 이행하는 행위와 무척 긴밀히 연관돼 있음을 잘 알고 있다. 처음에는 이를 가슴 아픈 방식으로 깨닫는다. 가장 쓰라린 질문 혹은 과제를 던지는 것은 바로 평범한 일상의 삶이기 때문이다. '지금의 나는 진정한 나일까?', '내겐 무엇이 필요하지?', '나는 정말 외부의 도움이 필요한 상태일까?'. 현실 속에서 우리는 나와는 달리 심적 타격을 입지 않은 사람들과 어울려 살아가기 위해 노력한다. 사랑하는 사람을 잃고 나서 치르는 형식적이면서도 틀에 박힌 의식행위와 행정절차들을 씩씩하게 감당해낸다. 사람들이 어떻게 지내느냐고 안부를 물으면 이에 대한 적절한 대답을 찾느라 고심한다. 이케아IKEA 앞에서 짐을 들고 서 있을 때, 예전에 누군가 거들어주었을 때는 그 짐들이 아주 가벼웠다는 것을 깨닫는다. 그런데 똑같은 무게의 짐이 이제는 갑자기 납덩어리처럼 무겁게 느껴진다는 것을 깨닫게 된다. 우리는 찬장에서 곰팡이 핀 빵 한 조각을 꺼내다 갑자기 울음을 터트린다. 상한 빵조각 때문이 아니라 언제나 신선한 빵을 먹고 모든 것이다 훨씬 맛있던 지난 삶이 생각나서 운다. 우리는 '너 대체 뭐하고 있는 거야?'라고 자문한다. 하지만 이 물음에 대답할 수 없다. 왜냐하면, 대답하자면 너무 막연하고 끝이 없으며 복잡하기 때문이다.

우리는 내 앞에 펼쳐지는 새로운 삶에 등장하는 수많은 요소를 알지 못한다. 그런데도 살면서 누군가 나타나 손수건을 건네고, 아주 사소하고 평범해 보이는 사건 이면의 깊은 슬픔을 이해해주기를 바란다. 누군가 다가와서 따뜻한 수프 한 접시를 내밀고 고장 난 형광등을 교체해주고 수리가 필요한 자동차를 정비소에 맡겨주길 바란다. 어쩌면 이 누군가는, 어떤 일에 완전히 실패했을 때 나 자신이 이를 인정하지 못해 힘들어하고 깔깔거리고 웃다가 느닷없이 울음을 터트리는 경우도 있다는 것을 이해해줄지 모른다.

울고 웃기. 과거를 돌아보는 것과 미래를 향해 나아가는 것. 어떤 일을 꺼리는 것과 새로운 모험을 감행하는 것. 슬퍼하는 것과 행복해하는 것. 이러한 것은 정말 실재하는 것들일까? 이 책에서 거론한 대답들은 삶과 행복에 대한 바람을 담고 있다. 이러한 희망은 천천히 커진다. 내 경험에 의하면 이런 희망은 사신감 넘치거나 성격 좋은 친구들, 그리고 현명한 동반자와 조력자들에게서 나온다.

또한 이것은 삶에서 마주하는 예측불허의 상황을 나 혼자 경험하는 것에서는 얻을 수 없다. 이 희망은 가장 큰 실의에 빠져 있던 시간을 포함해, 내가 엄마이자 아내였던 과거의 경험에서 나온다. 그리고 또한 새로운 직업을 갖고 일상을 영위하고 사람들과 새로운 관계를 형성하는 것에서 나온다.

질문에 대한 대답은 항상 생동적이고 실용적이고 삶과 직결돼 있다. 나는 무엇보다 형언하기 어려운 것들을 묘사하고 싶을 경우에는 은유나 시나 이야기들을 활용했다. 사진은 우리가 주의를 기울일 수 있도록 도와준다. 그리고 삶이라고 부르는 것이 얼마나 소중한지, 또한 얼마나 깨지기 쉬운 것인지를 느끼고 경험한 애도자로서, 아니 무엇보다 감정이 있는 한 인간으로서 우리 대부분에게 직결되는 모든 주제를 다룰 때 살얼음판을 딛듯 조심할 수 있도록 도와준다.

당신이 존재의 의미를 고민하는 여정을 떠날 때 이 책이 조금이나마 도움이 되었으면 좋겠다. 나는 애도가 긍정적인 방향으로 변화될 때 어떤 힘을 발휘한다고 믿는다. 동시에 슬픔의 시간은 언젠가 끝난다는 것도 믿는다. 삶은 이전과는 다른 모습으로 다가오고 다시 좋아질 수 있다. 삶이 달라진 것은 누군가의 부재 때문이 아니라 우리가 죽음을 대하며 성장하고 우리 자신이 변했기 때문이다. 이 책은 사랑하는 사람을 잃은 슬픔을 통해 무엇을 배울 수 있는지 알 수 있도록 이끌어 줄 것이다.

내 개인적인 이야기와 생각과 사진들을 다루는 여정에 당신이 함께했으면 좋겠다. 슬픔이 던지는 의문을 알아보고, 이에 대한 대답을 함께 찾아 나섰으면 한다. 가장 궁극적이고 중요하며 언제까지나 변치 않는 대답은 아마도 이 책에서 찾을 순 없을 것이

다. 그 질문에 대한 답이 존재하지 않아서가 아니라 우리를 위로
하는 궁극의 진실은 이미 오래전부터 제자리에 자리 잡고 있기
때문이다. 바로 당신의 가슴 한가운데에! 그곳은 말이 들어설 필
요가 없는 자리다. 이 책이 당신이 찾고 있는 대답이 있는 방의
열쇠가 되었으면 한다. 어쩌면 당신이 열고 들어가야 할 첫 번째
이자 마지막 방일지도 모르는 그 방 말이다.

처음 한 일

내가 기억하기에
네 죽음 이후 처음 한 일은
완전히 일상적인 일.

내 기억이 맞는다면
고무줄을 빼내
머리를 다시 올려 묶었어.

수차례 연습한 듯
병원에서 집으로 운전해왔지.
방향지시등 깜박이는 소리마저
일상 그대로.

집에 와서
문을 열고
신을 벗어
나란히 세웠어.

그냥 그랬어.
신발 두 짝은
한 쌍이니까.

우리의 일상적 다툼 이후
내가 흘린 죄책감의 눈물 콧물.
나는 아직도
이와는 다른
일상적 순간을 기다려.

지극히 일상적이던 너와의 순간
일상이 되어버린 아픔과 그리움
그와는 다른 일상을 기다려.

나 자신의 죽음이
내가 겪을 마지막 일상일지
자문해본다.

아니면 네 곁에 갔을 때
여전히 똑같을지 자문해본다.

분명, 훨씬 더 좋을 거야.

넌
어디에
있니?

무더운 여름날, 치즈 샌드위치와 레모네이드 한 잔을 옆에 놓고 안락의자에 앉아 책을 읽는다. 나는 느긋하게 휴가를 즐기고 있다. 갑자기 전화벨이 울린다. 문득 직감적으로 뭔가 안 좋은 소식일 거라는 생각이 든다. 떨리는 손으로 수화기를 집어 들자 수화기 건너편에서 앙칼진 여자의 목소리가 들려왔다. 그 여자는 내 아들 티모가 3주째 고아원에 있으며, 자나 깨나 내가 와서 데려가기만을 기다리고 있다고 말한다. 이게 대체 무슨 소리람.

"뭐라고요? 제 아들이 고아원에 있다니요? 아들 좀 바꿔주세요."

"그건 안 돼요. 티모는 벌써 며칠째 아무와도 말하지 않고 있습니다."

여자는 퉁명스럽게 대꾸한다. 나는 억장이 무너지는 심정으로 가슴을 치고 울며 어서 아들을 달래러 가야 한다고 생각한다. 그리고 자동차에 시동을 거는 순간 소스라쳐 놀라 꿈에서 깬다. 땀으로 흥건히 젖은 온몸에 오싹 소름이 돋는다. 한순간 멍해진다. 왜 이런 악몽을 꾼 걸까? 무의식에 무엇이 도사리고 있어 나를 이토록 괴롭히는 걸까?

나는 돌아누워 두 손을 배 위에 얹고 숨을 고른다. 내 아들은 2년 전에 이미 이 세상 사람이 아니라는 사실을 깨닫는 데는 꽤 오랜 시간이 걸린다. 믿고 싶지 않지만 적어도 사실이다. 이상하게 들리겠지만 현실에서 남편과 아이가 죽었다 할지라도 나는 꿈에서 경험하는 그 기이한 상황보다 현실을 받아들이는 쪽을 택할 것이다.

처음부터 이런 악몽을 꾼 것은 아니었다. 가족이 세상을 떠난 뒤로 몇 주 동안은 우리가 함께했던 행복한 순간들이 꿈에 생생하게 보이곤 했다. 가끔은 꿈에서 내 수호천사들이 된 가족에게서 좋은 메시지를 받기도 했다. 꿈을 꿀 때마다 마음이 뿌듯해지며 꼭 피곤하지 않더라도 내 가족을 만나기 위해 가능한 오래 자려고 했다. 하지만 시간이 흐르면서 이런 꿈은 점차 줄어들더니 어느 순간부터 아예 사라져버렸다. 이후로 거의 1년 동안은 아예 꿈을 꾸지 않았는데, 가끔 드물게 요정의 숲이나 여러 가지 모양의 집들이 보이곤 했다. 날아다니는 꿈도 꾸었다. 남편 헬리와 아이들은 나타나지 않았다. 나는 남편과 아이들이 저세상에서 다른 일로 바쁘거나 내가 혼자서도 씩씩하게 살아갈 것을 믿고 있다고 생각했다. 그러다가 어느 날 갑자기 악몽이 시작되었다.

나는 아들을 까맣게 잊고 있었다. 꿈에서 나는 늘 아이들을 애타게 찾아 헤맨다. 그러다 딸은 내가 보는 앞에서 바다에 빠지고, 나는 구하러 뛰어들지만 딸아이는 결국 익사하고 만다.

자주 악몽을 꾼다고는 할 수 없지만 나는 이 꿈에 관여하는 내 무의식을 들여다보고 싶었다. 왜 나는 아이들이 나를 애타게 찾고 있다고 생각한 것일까? 그리고 왜 내가 아이들을 구할 수 있다고 생각했을까? 어떤 면에서 나는 우리를 연결해온 끈이 아직 끊어지지 않았으며 내 가족은 사라진 것이 아니라 분명 어디엔가 여전히 존재하고 있을 거라고 믿었던 것이다. 그런 믿음이 영혼 깊숙한 곳에 자리 잡은 것이 분명했다. 그러나 그 과정에서 내 무의식은 뭔가 오해하고 왜곡된 이야기를 만들어냈다. 삶과 죽음을 얼토당토않게 뒤섞어버린 것이다. 언젠가는 자연스럽게 아이들의 부재를 받아들이고 더 이상 아이들은 내 품에 있지 않다는 사실을 꿈에서도 알게 되기를 바라는 수밖에 없었다. 내 아이들은 고아원에서 나를 기다리고 있지도, 바닷가에서 놀고 있지도 않다. 아이들의 물리적 사망은 분명한 사실이다. 죄책감이나 모성 본능에 따른 희생으로도 돌이킬 수 없는 엄연한 사실인 것이다.

최근에 나는 정기적으로 융 학파 정신분석가에게 치료를 받고 있다. 그는 꿈을 완전히 다르게 받아들일 수 있도록 이끌어주었다. 악몽은 우리가 흔히 끔찍하다고 생각하는 것과는 완전히 다른 놀라운 면을 감추고 있는 경우가 많다. 꿈에서 경험한 모든 내용은 현실 세계의 우리 자신을 반영하는 경우가 많다. 꿈은 바로 나 자신에 관한 여정인 것이다. 나, 바나, 엄마와 익사한 딸 모두 내 자신일 수도 있었다.

고아원에 있던 아들 티모도 어쩌면 내가 투영된 이미지일 수 있다. 어른이 되기 위해 몸부림치지만 아무 관심도 받지 못한 채 방치되고 있는 바버라는 사람의 내면에 존재하는 아이를 상징하는. 이러한 설명에 수긍이 간다. 왜냐하면 다시 주도적으로 살아보려 할 때부터 바로 악몽을 꾸기 시작했기 때문이다. 아마 기운을 차리고 정상적으로 일에 복귀하려 했을 무렵 나는 내 내면의 아이를 너무 등한시한 것일지도 모른다.

요즘은 내 꿈을 이렇게 긍정적인 방식으로 해석하게 되었고, 이 방법은 꽤 효과가 있었다. 이미 오래전부터 이런 악몽을 꾸지 않게 되었다. 요즘 꿈속에서의 나는 여사제, 용, 신부 등 여러 가지 모습으로 나온다. 조연으로 등장할 때는 새로운 집이나 기차나 자동차로 나오기도 한다. 대부분의 경우 나는 어디론가 가고 있는데, 추측컨대 그 어느 곳보다 나 자신에게로 향하는 길일 것이다. 잠 못 이루는 밤이나 낮 동안에 나는 풀리지 않은 질문을 끊임없이 던지곤 한다. 남편은 어디에 있을까? 아이들은 어디에 있을까? 분명한 사실은, 그들은 고아원에 있지 않으며 바닷가에 맥없이 쓰러져 있지도 않다는 것이다. 죽음은 분명 좋은 측면도 지니고 있다. 정말 그렇다.

그런데 그들은 도대체 어디에 있단 말인가? 머릿속을 사로잡는 더 중요한 질문은 이런 것들이다. 남편과 아이들은 과연 아직 있을까? 어떤 상태로 있을까? 어디에 있을까?

내 가족의 죽음을 알리는 부고장에는 이 의문에 대한 대답으로 '죽은 사람들은 우리의 기억 안에서 살고 있습니다'라고 적혀 있다. 전혀 틀린 말은 아니지만 이 말은 처음부터 별로 위로가 되지 않았다. 이 구절을 읽을 때마다 마음이 몹시 불편해졌다.

이 문구를 부고장에 쓴 사람은 유가족인 내가 어떤 심적 압박을 받을지 알고나 있었을까? 끊임없이 가족을 회상하도록 묘한 방식으로 내게 책임을 지운 걸 분명 알았을까? 이 끝없는 회상은, 중단하면 모든 게 끝나버릴까 무서워 결코 멈출 수 없는 일종의 정신적 구강 대 구강 인공호흡과 같은 것이다.

이러한 생각은 나를 무겁게 짓눌렀다. 이런 생각 말고도 이미 머릿속은 다른 걱정거리로 꽉 찬 상태였다. 얼마 전까지만 해도 우리는 온전한 가족이었다. 살아 있는 네 명의 젊은 가족 구성원 모두가 행복한 삶을 영위하고 있었다. 그러다 이제 갑자기, 자기 이름으로 남은 생을 어떻게든 정상적으로 꾸려나가려 애쓰는 비참한 여인만 남았다. 남편 헬리와 아이들은 건널목을 건너려다 열차와 충돌해 길 건너편으로 튕겨 나갔다. 헬리와 아이들은 그들을 제대로 기억하는 사람들에게 계속 살아 있을 수 있을까? 그렇지 않다. 나는 남편과 아이들이 살아 있는 것은 나한테 달린 일이 아니며, 지금 현재 그들은 내 행동과 상관없이 그들이 있는 곳에서 잘 지낸다고 가정해야만 했다. 정말로 그 어느 때보다 더 잘 지내고 있을 거라고. 나에게는 내 모든 걱정을 다 잠재워줄, 나를 지탱해줄 수 있는 누군가가 필요했다.

니는 부고장에서 즐겨 인용하는 애도문구 때문에 상당히 예민해지곤 했다. 이 문구는 어리석을 뿐만 아니라 유해하다는 것을 증명할 강력한 반론거리를 찾으려 했다. 의구심이 들었기 때문이다. 내가 조금도 과거를 곁눈질하지 않고 미래를 자유롭게 개척해나가는 데 부고장 문구는 방해되지 않을까? 훗날 나이가 들어 건망증이 생기고 치매라도 걸리면 어떻게 되는 걸까? 만약 그렇게 기억이 사라지면 가족과의 재회에 대한 모든 희망은 머릿속에서 떨쳐버려야 하는 건가?

아니, 내 가족이 오직 내 기억 안에서만 사는 것은 싫다.

나는 계속해서 질문을 던진다. 너희는 어디에 있니? 도대체 어디에 있는 거니?

하늘나라에 있어. 커튼 뒤에 있어. 길모퉁이를 돌자마자 있어. 방 한가운데, 네 어깨 위에 있어. 나는 너를 감싸고 있는 외투야. 행복의 절정이 계속되는 곳에 있어. 행복이 넘쳐흐르는 영원한 사냥터(북미 인디언의 내세―옮긴이), 낙원에 있어.

사람들은 대부분 하늘나라 혹은 저승을 아름답게 묘사한다. 우리 곁을 떠난 죽은 이들이 그곳에서 잘 지내고 있다고 생각한다. 나는 그들이 있어야 할 곳에 제대로 있다고 생각하며 저승의 풍경을 눈앞에 생생하게 그릴 수 있다. 따뜻한 빛이 가득한 곳. 모든 것이 환상적이다. 이 모든 것을 방해하는 것은 딱 한 가지, 바로 불확실함이다. 그림 전체를 망치는 수채화의 잿빛 얼룩처럼, 불확실함은 아름다운 상상 속에 끼어든다. 불확실함은 우리의 생각을 지배한다. 우리를 약하게 만들고 낙담시킨다. 이 방해꾼에 대항하려면 무엇을 할 수 있을까? 사실 할 수 있는 것은 아무것도 없다. 죽음 이후의 삶에 대한 증거를 찾으려 하면 할수록 이러한 걱정 또한 살아가는 내내 따라다닐 것이다. 죽음 이후에 무엇이 존재하는지 확실히 모른다는 것은 어쩌면 생의 본질인지도 모른다.

언젠가 골똘히 생각한 끝에 내 바람이 결코 이루어질 수 없음을 스스로 증명한 적이 있다. '헬리가 아직 살아 있다는 것을 확신하기 위해서는 어떤 일이 일어나야 할까?'라고 자문해보았다. 남편이 지금 여기 방 한가운데에 갑자기 나타나는 것을 상상해보았다. 그는 아마 미소를 지어 보일 것이다. "나는 아직 확실히 살아 있어"라고 할 것이다. 그럼 나는 그 말을 믿을 수 있을까? 처음에는 잠시 믿을지도 모른다. 그러나 몇 분 지나지 않아 환영을 본 건 아닌지 자문할 것이다. 그가 나타나기를 소원하니까, 내 뇌가 나를 위로하기 위해 생각해낸 것이라고.

헬리, 조금만 더 힘을 내.

내가 보다 확신을 가지려면 남편은 무엇을 어떻게 더 해야 할까? 다시 한 번 나타나야 하겠지. 하지만 이번에는 많은 사람들이 있는 장소에 나타나야 한다. 아마 내가 친구들과 막 아침을 먹기 시작한 커피숍일 수도 있겠다. 헬리는 우리와 합석해 수다를 떨고, 하늘을 날아다니는 일과 천상의 우쿨렐레 연주에 대한 얘기를 들려준다. 그리고 15분쯤 후 작별의 키스를 하고 다시 사라진다.

나는 확신할 수 있을까? 잘 모르겠다. 심장이 두근거리기 시작한다. 친구들과 나는 어안이 벙벙한 표정으로 서로를 바라볼 것이다.

"너도 방금 봤지?"

"응, 그런데 이건 말도 안 돼. 절대 일어날 수 없는 일이야."

우리는 옆자리의 손님들에게 헬리를 보았느냐고 물어볼 것이다. 그들은 아마도 자기들만의 대화에 깊이 빠져 이쪽에 주의를 기울이지 못했을 것이다. 우리가 어떤 모습으로 우리 자리로 돌아올지 상상해본다. 우리는 할 말을 잊은 채 고개를 갸우뚱할 것이다. 불확실함은 또다시 증폭됐다. 불확실함은 야속하게도 우리가 겪은 일을 다른 사람들에게 말할 때까지 계속된다. 사람들은 우리의 등 뒤에서 "미쳤어"라고 수군거리고 곧이어 우리 자신 또한 그렇게 믿게 된다. 우리는 합리화를 통해 경험을 자신에게 유리한 방향으로 해석하려고 한다. 어쩌면 환상은 우리 모두가 원해서 나타난 결과일지도 모른다. 우리는 상상한 것이다. 어떤 무언가를 보았다면 그것은 아마도 기이한 형태의 에너지일지도 모른다.

나는 여전히 헬리가 실제로 존재하는지 확신을 가질 수 없었다. 어떤 일이 더 일어나고 어떤 증거가 더 있어야 나는 확신할 수 있을까? 생각을 조금 더 진행해보자. 그동안 깨달은 것은, 헬리가 내 앞에 어떤 모습으로 나타나든 간에, 즉 천사로 나타나든 사람으로 나타나든, 나와 대화를 나누거나 나를 감싸안아주든, 얼마나 오래 머물러 있든, 이 모든 것은 아무런 증거가 되지 못한다는 것이다. 그가 사라지자마자 불확실함은 또다시 시작될 것이기 때문이다. 내가 그렇게 생각하는 것은 내가 사람이기 때문이고, 내 뇌의 일부분은 인식이 가능하며 언제나 다시 볼 수 있는 것만을 이해할 수 있기 때문이다. 물론 기적은 어딘가에 어떤 형태로든 존재할 것이다. 그러나 정말 존재하는 건 언제든지 재현 가능한 것들뿐이다.

그러니까 결과적으로 헬리는 내 곁에 머물러 있어야 한다. 내가 언제나 그를 확인할 수 있고 다른 사람들을 데려와 그와 함께 대화를 나눌 수 있게 하고 사진 찍고 영상을 촬영할 수 있다면, 만약 그렇게 할 수 있다면 그야말로 그는 내게 죽음 이후의 삶에 대한 아무런 확신을 주지 못하게 된다. 죽음 이후의 삶이 있는 게 아니라 그의 죽음은 착각이었고 그는 지금도 지구상에 존재할 가능성이 매우 높다는 것이다. 불확실함을 갖고 나 자신을 위로하는 것 외에는 다른 대안이 없다. 모든 질문에 대해 사람이 생각해낼 수 있는 가장 끔찍한 대답을 이끌어내는 데 도사인 이 불확실함이라는 성가신 녀석조차 나의 일부인 것이다. 그들은 어디에 있을까? 저런, 그들은 가버렸어. 사라졌고 더 이상 존재하지 않아. 좋다. 불확실함의 목소리는 이렇게 말한다. 상상할 수 있는 최악의 가능성을 얘기하는 것이다. 나는 이 소리를 잠재울 수 없다. 그러나 이런 생각이 가장 부정적인 장면을 연출한다고 해서 반드시 옳은 것은 아니다.

내가 사랑했던 죽은 사람들이 어디에서 어떻게 지내는지에 대해 여러 가지로 생각해본다. 하지만 그들이 저승의 구름 위에 앉아 불평불만을 터뜨리고 있는 모습은 전혀 상상할 수 없다. '모르겠어, 도무지 모르겠어. 우린 지금 대체 여기 있는 거야 아니면 없는 거야? 우리 제대로 살고 있는 거 맞아? 아니면 지금 뭔가 잘못하고 있는 거야?' 내 생각에 천사들은 절대로 이렇게 말하지 않는다. 확신을 갖지 못하고 우왕좌왕하는 비관주의는 우리 인간만이 지닌 특징인 듯하다. 그래서 나는 의심이란 것에 더 이상 신경 쓰지 않기로 노력한다. 그리고 긍정적 가능성을 지닌 것들을 믿고, 즐겁고 아름다운 이상으로 가득한 상상을 하기로 마음먹는다.

우리에게 절대적인 지식이나 앎이 없다는 것은 근본적으로 다행한 일이다. 가능성이 있다고 믿는 것은 삶의 근본적 원동력인 것이다. 가설이란 한동안 따라가기 위해 건설하는 도로와 같다. 무엇보다 우리는 인생의 가장 중요한 문제들에 대한 가설을 세워야 하지 않을까? 바로 이 가설을 토대로 할 때 우리는 활기차고 역동적으로 상상할 가능성이 가장 높다. 살다 보면 때로는 잘못된 가설로 인해 막다른 골목에 다다르기도 한다. 지금까지의 경우 우리는 이럴 때 뭔가 잘못되었다는 것을 아주 뚜렷이 인지하게 된다.

언젠가 어떤 여자와 전화 통화를 했는데 그녀는 알록달록한 글자를 적어 넣은 널빤지 위에 유리구슬을 굴리는 방법으로 이미 2년 전에 죽은 딸과 소통하고 있었다. 그녀는 내게 "당신은 딸아이가 정말로 나와 대화한다고 믿나요?"라고 물었다. 나는 "잘 모르겠어요. 하지만 그럴 수도 있다고 생각해요"라고 대답했다. 이어서 나는 "제 생각에 하늘은 상상할 수 있는 것 이상으로 많은 가능성을 지닌 것 같아요"라고 말했다. 그녀는 내 대답을 듣고 마음이 좀 홀가분해진 듯했다. 우리는 죽은 사람과 의사소통할 수 있다는 믿음에 관한 이야기만 나눈 것은 아니었다. 죽은 소녀의 어머니는 그제야 걱정거리를 털어놓기 시작했다. 주위 사람들이 자기를 미쳤다고 생각한다는 얘기였다. 남편과 장성한 아들은 그녀가 강신술을 시행하는 것을 막으려 한다고 했다. 나는 무엇 때문에 갈등을 겪고 있는지 알아내고자 노력했다. 그리고 곧 그녀는 널빤지에 유리구슬을 굴려보지 않고서는 어떤 중요한 결정도 내리지 못한다는 것을 알아냈다. 그녀는 인생에 대한 책임을 '운명에' 전가한 것이었다.

이 여자는 왜 내게 전화를 걸었을까? 유리구슬이 그렇게 시켰는지 아니면 스스로 결정했는지 잘 모르겠다. 하지만 확실한 것은 스스로 자기 믿음에 혼란을 느꼈기 때문에 나와 대화를 시도했다는 거다. 그녀로서는 몇 가지 사안을 새로 정립해야 할 시기였던 것이다. 이제는 딸이 정말 대답하고 안 하고의 문제가 중요한 것이 아니라, 인생의 결정에 대한 책임을 과연 누가 지는지가 중요한 문제가 되었다. 그녀는 지금까지의 방식을 멈추고 새로운 질문을 정립하라는 내면의 압박을 받고 있었다. 그 질문들은 이상향에 관한 모습보다는 자기 삶에 대한 책임 쪽으로 방향을 트는 것이었다.

나와 통화한 여성뿐만 아니라 치명적 타격을 입고 극도로 낙담해 있을 때는 많은 사람들이 어떤 대상이라도 믿을 가능성이 높다. 나는 언제나 사람들에게 "당신의 믿음에 경의를 표합니다. 안타깝게도 저는 그렇게 하지 못하거든요"라며 말을 건다. 이로써 다음과 같이 자문해본다. 당신이 무언가를 믿는다면, 그것은 정확히 무엇을 의미하나요? 당신이 믿을 수 없는 것은 어떤 존재 혹은 사물인가요?

믿음을 주제로 이야기할 때 우리는 보통 이상향에서의 삶 또는 더 고차원적이고 전지전능하고 영원한 사랑을 주는 절대 권력을 떠올린다. 이때 우리는 우리 믿음의 능력을 매우 구체적인 상豫에 결부시키곤 한다. "나는 믿지 않아요"라는 말은 대개 이런 의미인 경우가 많다. '언젠가 제시된 그림이나 상상에 관한 내용을 더 이상 믿지 않아요. 통통한 배를 드러낸 날개 달린 아기천사들, 물을 와인으로 바꿀 수 있는 사람, 다시는 상처받거나 울 필요 없도록 보살펴주는 수염을 기른 신 등.'

운명이 도전해올 때 우리는 어린 시절부터 간직해온 순진한 믿음에 회의를 갖게 된다. 믿음은 사상누각처럼 무너져 내리고 먼지처럼 흩어진다. 이것은 가슴을 아프게 한다. 성인이 되면서 이미 오래전 이 사실을 알고 있었다 하더라도, 우리 내면의 아이는 여전히 신이 친히 우리를 보살피고 모든 고통에서 보호할 것을 굳게 믿는다. 그러다 그것이 실패했다는 것을 깨닫는다. 처음 잘못해 손을 놓쳐버린 사랑하는 아버지에게 실망하듯이 이러한 신에게 실망한다. 그리고 이후 자신에게 이러한 질문을 던진다. 내가 정작 필요로 할 때 자비는 어디에 있었으며 기적은 어디에 있었나? 도대체 신은 왜 나와 다른 이들을 이토록 고통스럽게 하는 걸까?

이 시점에서 우리에겐 두 가지의 선택지가 있다. 첫째, 신에게서 등을 돌리고 온전히 우리 자신만 믿는 것이다. 둘째, 지금 그토록 끔찍해 보이는 것으로부터 무언가 긍정적인 것, 더 나아가

기적과 같은 것이 자라나지 않을까 기다리는 것이다. 나는 무의
식적, 직관적으로 두 번째의 길을 선택했다. 누군가를 놀라게 했
을 때는 긍정적인 측면도 있다고 믿는 것이 무척 자연스럽게 느
껴졌다. 병원에서 광대로 일하던 당시, 미지의 세계로 나아가면
머지않아 내가 필요로 하는 것들이 모두 나타날 것이라는 믿음
을 가지려고 노력했다. 매번 병실 문을 두드릴 때마다 그 이후에
무엇을 경험하게 될지 아무 예상도 하지 못했다. 사실 늘 긴장하
곤 했다. 그러나 이미 수백 번의 경험을 통해 광대라는 직업의
이야깃거리는 바로 내가 예상치 못하게 갑자기 들이닥치는 병실
문 뒤에 있는 환자들에게서 오는 것임을 깨우치고 있었다. 마음
을 비워야만 했다. 그러면 기적은 절로 일어났다. 머리를 비우고
열린 눈으로 보면 아이들의 방에서 담아올 수 있는 이야기들을
발견할 수 있었다. 그 이야기들은 분홍빛의 세면대로, 곰인형으
로, 그리고 때로는 눈물의 형상으로 나를 기다리곤 했다. 그러면
나는 컵 전화기에 대고 속삭이거나 곰발바닥 모양의 장갑을 낀
손을 흔들거나 빗방울을 주제로 한 노래를 나지막이 부름으로써
이에 화답하곤 했다.

　나는 신 또한 비록 때로는 닫힌 문 뒤에 있기도 하지만 우리를
기다리고 있다고 믿는다. 신은 참을성 있다고 믿는다. 언젠가는
우리의 호기심이 결국 닫힌 문을 열 수 있는 용기를 낼 정도로
매우 크게 자라나리라는 것을, 신은 경험을 통해 알고 있다고 믿
는다.

　"신이시여, 당신은 누구십니까? 당신은 언제 나타나시나요?

제 바람에 뭐라고 말씀하실 건가요? 당신의 지지를 얻기 위해 제가 해야 할 일은 무엇인가요?" 이것이 현재 내가 던지는 질문들이다. 물론 나는 가끔 신과 전화통화를 하지 못해 아쉽다. 언젠가는 정말 기꺼이 신과 함께 논의하고 싶은 사안들이 있다. 만약 육체가 견디지 못할 정도로 너무 고통스러울 경우엔 영혼이 육체에서 분리된다는 것이 사실인가요? 열차와 자동차의 충돌로 제 딸아이 피니가 차에서 튕겨 나와 풀밭에 떨어졌을 때까지 아직 살아 있었다는 것이 사실인가요? 내가 그토록 갈구하는 대답을 얻는다면 정말 가벼운 마음으로 살 수 있을 텐데! 당분간 나는 많은 것들이 불확실하다는 사실과 타협해야 한다. 나는 이 불확실함을 이용하고 이것을 기회로 바라본다. 명확한 대답이 없기에 내 마음에 드는 답을 고를 자유가 있고 내 삶을 그에 따른 방향으로 설정할 수 있다. 나는 인간의 죽음이 밖에서 보는 것보다는 덜 아플 거라고 믿는다. 모든 고통은 결국 선善과 기쁜 모습으로 변화되리라고 믿는다. 내 소망과 계획들이 나 자신과 주변 환경에 해가 되지 않는 한, 더 높은 차원의 세계로부터 지지받을 수 있을 거라고 믿는다.

현재 나는 심지어 신과 의사소통을 할 수 있다고 확신한다. 신의 응답을 알아차리기 위해서는 약간의 연습만 하면 된다. 신은 "그래"라고 대답한다. 언제까지나 계속해서 "그래"라고 한다. 이 '그래'라는 대답은 바로 오지 않고 분명 하늘의 라디오 관제시스템상의 문제로 며칠 또는 몇 주씩 지연된다. 우리 질문에 대한 대답이 도달했을 무렵, 원래의 질문은 이미 잊어버린 경우가 많다. 우리의 일상과 걱정과 머릿속을 휘저어놓는 새로운 질문들이 우리를 교란시킨다. 그럼에도 불구하고 대답을 얻어내는 데 성공하는 경우가 있다.

"가족의 죽음에서 어떤 의미를 찾을 수 있을까요?", "사랑하는 신이시여, 당신은 진정 고통을 기쁨으로 바꿀 수 있나이까?" 나는 요즘 이 질문들에 대한 긍정적인 대답을 자주 받는다. "저를 위한 기적도 있을까요?" 정말 그렇다. 내 삶은 이것을 거의 매일 증명해 보이고 있다.

때로는 '그래'라는 대답이 불쑥 들려오기도 한다. 이것은 화려하거나 낭만적이거나 유머러스한 방식으로 삶 속에 갑자기 나타난다. 그러면 우리는 홀로 있을 때 그토록 고대하던 전파신호를 또다시 몸 속 깊숙이 받아들인다. 어떤 날은 읽고 있는 책에서, 또는 우연히 마주친 누군가의 입에서 이 메시지가 튀어나온다. 가끔은 오랫동안 거의 잊고 있던 오래된 일기장에서 발견하기도 하는데, 일기의 내용을 보면 당시의 우리는 지금보다 더 현명했다고 느껴지기도 한다. 영원히 우리를 사랑하는 신은 늘 '그래'라고 대답한다. 우리는 신과 관련된 일이라면 무엇이든 물어볼 수 있다. 어떤 질문을 할 것인지는 우리에게 달려 있다.

우리가 "신이시여 당신은 아예 존재하지 않아요. 그리고 사람들은 이기적이고 악해요. 맞죠?" 이렇게 묻더라도 '그래'라는 답변을 얻는다. 신은 특정 방향으로 떠밀지 않으며 우리의 여정에 동행하는 동시에 언제나 우리를 이끌어준다. 어쩌면 신은 언제나 새로운 질문을 던지고 그 질문에 대한 대답이 언젠가는 우리를 다시 행복하게 만들 것을 알고 있어서 일부러 고통을 주는지도 모른다.

삶에 도움이 되고 생각의 지평을 넓혀주는 질문들은 무엇보다 종교 분야에서 찾을 수 있다. 종교에는 우리가 도움을 구할 수 있는 수많은 비유나 그림이 있다. 다양한 믿음의 갈래들은 다양한 안경 같은 역할을 하는데, 이를 통해 봄으로써 우리가 찾으려 했던 대상을 알아볼 수도 있다. 현대 물리학 역시 인간이 살과 뼈로만 이루어진 존재가 아니라 그 이상의 무엇이며 우리의 의식은 인간으로서 이해하거나 계산할 수 있는 능력을 넘어선다는 명제를 다루고 있다.

근래에 영적으로 더 이상 기댈 곳이 없다는 사람들을 만날 때면 나는 그들에게 우선은 살아 있어 달라고 청한다. 우리가 기댈 곳이 꼭 완벽한 이상향일 필요는 없다. 어쩌면 처음에는 신뢰할 수 있는 좋은 사람으로 시작할 수도 있다. 또는 더 나은 미래가 기다리고 있을 수도 있다. 비록 당신이 미처 알아볼 수 없을지라도.

우리는 왜 얼마 동안의 산책이 이롭다고 생각할까? 또 태양이 지거나 구름 뒤로 사라졌다가도 왜 다시 떠오른다고 믿는 걸까? 이런 것은 그 누구도 과학적으로 증명하지 못한다. 또한 이를 학술적 실험 대상으로 활발히 다룰 수 없다. 구름 뒤에 태양이 숨어 있다고 믿는 것은 결국 관찰에 따른 결론이다. 이 현상을 너무 자주 봐서 결국 태양이 다시 떠오른다는 것을 믿게 된 것이다.

단순히 그저 계속 반복됨으로써 믿을 수 있게 되는 것들이 세상에는 얼마나 더 많을까. 먼저 미소를 지으면 미소가 되돌아온다는 것. 친절함과 상냥함. 기대하지 않았던 도움. 아름다움과 질서와 조화. 시듦과 치유와 새로운 출발. 더 정확히 조사해볼수록 그리고 확실히 점검하기 위해 더 많은 노력을 기울일수록, 우리가 아는 것과 믿어야 하는 것 사이의 경계는 더욱 희미해진다. 신비주의자와 시인들은 장미 꽃봉오리나 계곡을 흐르는 시냇물의 물살 안에서 신을 찾을 수 있다는 걸 보여주었다. 우리 역시 질서와 신뢰와 더 나아가 기적을 발견할 수 있다. 우리는 그저 관찰하기만 하면 된다. 머지않아 곧 보기 시작한다. 그리고 정말 제대로 정확히 관찰하면 보호받으며 살기 위해 필요한 모든 것을 볼 수 있다. 어쩌면 그보다 더 많은 것들까지도.

우리는 배고픔, 사랑, 행운 등과 함께 초월성을 뚜렷이 감지할 수 있는 능력을 타고났다. 내 생각에 식량이 전혀 없었다면 우리는 배고픔을 느끼지 못했을 것이다. 사랑받을 대상이 아무도 없었다면 우리에게는 사랑할 능력이 없었을 것이다. 이 세상이 오직 사물로만 이루어져 있고 인간은 오직 뼈와 살로만 이루어져 있다면 그토록 애타게 신을 찾지는 않을 것이다. 나는 신이 우리 안에 내재돼 있다고 확신한다.

조금 전에 안젤름 그륀Anselm Grün의 책 《삶을 가꾸는 50가지 방법》을 읽었다. 그륀은 매일 새로 맞이하는 아침을 축복하는 것이 그만의 의식 중 하나라고 한다. 그는 하늘을 향해 팔을 벌리고 축복의 말을 한다. 당신도 이 '축복'이라는 단어를 느끼는지. 우리는 무슨 뜻인지 바로 이해한다.

우리는 우리와 주변을 둘러싸고 있는 것들과 내적 일체감을 깊이 느낀다. 그리고 세계를 축복함으로써 이러한 일체감을 만들어낼 수 있음도 알게 된다. 어떻게 이런 일이 가능한 걸까? 어떻게 축복해야 하는지 알려준 사람은 아무도 없다. 그럼에도 불구하고 우리는 그냥 단순히 그렇게 한다. 아마 언젠가 손짓하는 동작을 배웠을지도 모른다. 그러나 우리 내부에서 작용하는 바로 그것은 오직 우리 자신에게서만 나올 수 있다. 축복은 보이지 않는 것과 일체가 되는 것이다. 축복한다는 것은 눈에 보이는 세상과 나 사이의 거리를 좁히고 나 자신을 세상과 연결하는 능력이다. 이것은 어떠한 물리적 접촉 없이 오직 에너지의 형태로만 이루어진다.

믿음은 언제나 작고 구체적인 것에서 출발해도 된다. 정신은 어떤 사실을 정확히 인식하기 위해 존재한다. 우리는 인생의 특정 순간이나 단계 이면에 있는 의미를 명확히 알 수 있다. 이 믿음은 우리의 정신세계에 들어왔다가 지금까지 경험한 원칙에 부합하지 않는 무엇인가를 보거나 겪은 경우에는 다시 무너진다. 하지만 그렇다 해도 모든 것이 무의미한 것은 아니다. 우리는 그저 다시 한 번 처음부터 시작하고 새로 호기심을 가지면 된다.

얼마 전 심리치료사를 찾아가 몇 시간 동안 상담을 받았다. 나는 심각한 위기상황을 맞고 있었다. 그 당시에는 믿음뿐만 아니라 나 자신을 인식하는 기분, 즉 인간으로서의 정체성을 잃어버렸다고 느꼈다. 자신이 부서질 것 같았고 좌절했고 혼란스러웠다. 두 번째 상담에서 치료사는 내 앞으로 색색의 구슬이 담긴 그릇을 내밀었다. 그리고 그릇에서 열두 개의 구슬을 꺼내어 원형으로 배열해보라고 했다. 별로 어려운 과제도 아니어서 시키는 대로 했더니 그는 다른 돌 하나를 추가로 내밀었다.

"새 돌도 원 안에 들어가도록 배치해봐요. 할 수 있겠어요? 아니, 원 한가운데에 놓지 마시고 다른 돌 사이에 끼워 넣으세요."

그렇게 하려고 노력했다. 모든 돌을 새롭게 배열해서 열세 번째의 돌이 겉돌지 않고 자연스럽게 제자리를 잡도록 하기까지 꽤 오랜 시간이 걸렸다.

과제를 다 마치자 상담사는 방금 무슨 일이 일어났는지를 설명해주었다.

"느꼈어요? 새 돌 하나를 추가하기 위해서는 기존의 모든 돌 하나하나를 다시 움직여야 했어요. 어떤 돌도 처음 그 자리에 남아 있지 않았어요. 하지만 결국 모든 돌은 새 자리를 잡았죠. 인생도 이와 같아요. 지금까지 살아온 방식으로는 받아들이기 힘든 경험들이 있어요. 우리는 인생의 어느 단계에서 재배열하게 되지요. 처음에는 무질서한 것처럼 보이는데, 이것은 대부분의 경우 더 높은 차원의 질서로 재정립되리라는 신호입니다. 새로운 질서는 금방 알 수 있게 돼요. 우리가 포기하지 않고 망치지 않는 이상 그렇게 될 기회는 아주 많아요."

어쩌면 "더 이상 믿을 수 없어"라고 말하게 되는 상태는 한 차원 더 높은 진실로 가기 위한 아주 중요한 중간단계일지도 모른다. 진실은 아직 눈에 보이지 않지만 곧 발견되기를 기다리고 있는 것이다. 나는 내 믿음이 점점 더 자라나리라는 것을 안다. 그리고 좀 더 자세히 조사하고 관찰하기 위해 고뇌하는 단계가 필요하다는 것도 안다. 이게 맞을까 저게 맞을까. 이에 대한 답은 언제나 현재의 내 세계관을 반영하는 것이다.

지금은 믿음에 관한 구체적 질문들의 확실성 여부보다는 다른 질문들을 더 중요하게 생각하게 되었다. 내가 믿는 것은 나 자신과 나를 둘러싼 세계에 어떤 영향을 미치는가? 내가 믿는 것은 나에게 이로운가? 내 믿음은 나와 다른 이들을 사랑으로 대하는 데 도움이 되나? 내면에 간직한 상像은 인생을 친절하고 자유롭고 책임감 있게 사는 데에 도움이 될까? 믿음과 관련된 과제는 어쩌면 올바른 해답인 진실을 찾는 데에 있지 않을지도 모른다. 삶과 죽음에 대한 개인의 생각을 자유롭게 펼쳐 모든 것을 옥죄이지 않고, 자신과 타인에게 폭력을 행사하고 미워하거나 파괴하지 않으면서 평화롭게 살 수 있게 하는 것이 훨씬 더 중요하다고 생각한다. 우리는 무엇을 믿는가? 이 질문은 시험이 아니라 영구적이면서 다양한 것을 해결해주는 것, 즉 배고픔을 잠재워주는 풍요의 뿔(고대 그리스 시대부터 음식과 풍요를 상징하는 장식물. 원래 과일과 곡식이 흘러넘칠 정도로 가득 찬 염소의 구부러진 뿔을 말하며, 이 뿔을 가진 사람이 원하는 것으로 가득 채울 수 있다고 함—옮긴이)과 같은 것이다.

현재 나는 삶과 죽음 사이의 명확한 구분이 점점 더 모호해진다고 믿는다. '나는 살아 있는가 아니면 죽었는가?' 이 질문은 내가 옷을 입고 있는지 아니면 벌거벗었는지를 묻는 것과 크게 다를 바 없다. 당연히 이 문장을 쓰고 있는 지금 나는 옷을 입고 컴퓨터 앞에 앉아 있다. 하지만 조금 전 옷을 다 벗고 욕실의 샤워기 아래에 서 있던 존재가 생생히 떠오른다. 물기를 닦은 후 욕실의 거울에 비친 전신의 모습도 떠오른다. 그 존재는 내가 입은 옷 바로 안에 있다. 물론 나는 옷을 입고 있다. 물론 나는 벌거벗었다. 이 두 사실은 서로 상반되는 것이 아니다.

내가 죽은 이후의 나 역시 오래전부터 내 안에 있다. 죽음은 마술을 거는 것처럼 한순간에 나를 완전히 다른 존재로 변모시키지는 않을 것이다. 어쩌면 죽음은 좀 더 많은 여지를 주고 내가 알아야 할 것을 더욱 잘 알 수 있도록 도와줄지도 모른다. 그러나 만약 내가 죽어 천사가 된다면 지금 이 순간부터 그렇게 살지 않을 이유가 전혀 없다고 믿는다. 육신의 옷은 얼마간 나를 구속하지만 그것은 '존재하려면' 육신을 벗어나면 안 된다는 생각에 나를 너무 옥죄거나 불편하게 만들 경우에만 방해가 되는 것이다. 나는 자유롭다. 그리고 이미 죽음 이후의 삶에 대한 책임을 벌써부터 지고 있다.

남편과 아이들은 이미 육신의 옷을 벗었으며 모든 구속으로부터 자유로워졌다. 그들이 어디에 있는지는 모르겠다. 아마도 자유롭게 움직이며 한 장소에 붙박여 있지는 않을 것 같다. 가족들이 어떤 상태로 지낼지 충분히 상상이 된다. 남편과 아이들이 욕조에 있는 모습이 눈에 선하다. 거품 가득한 욕조 안에서 즐겁게 장난치며 노는 모습이 가장 그들다운 모습이다. 그렇다. 저세상의 모습은 바로 이 같은 모습일 것이라고 상상한다. 내가 더 멋진 모습을 상상하게 될 때까지, 그 모습은 계속될 것이다.

나 여기 있어

물론이지 나는
엄마를 지켜보고 있어.

아니, 구름처럼은 아니야.
구름은 눈이 없잖아.
이상해
엄마

훨씬 더 잘
지켜보고 있어.

하지만 전과는 다르게
그때의 나는
너무도 어렸어.

지금은
조금 더
자라서
산 위에 있어.

엄마 혹시 기억나?
언제나
자동차에 빨리 타려던
나

나는
정말
드라이브가 좋았어.

그리고 넓은 시야를
갖게 된
조상들처럼……

알고 있을까
엄마는.
내가
이곳에서 얼마나
잘 지켜보는지.

왜
그래야
했을까?

가족을 잃은 이후 지금까지, 지인은 물론 일면식도 없는 사람들로부터 천 통이 넘는 이메일을 받았다. 처음 출간한 책의 독자들을 비롯해 내 처지를 보면서 자식들이 살아 있다는 것이 얼마나 감사할 일인지 깨닫게 되었다는 수많은 부모들 또한 많은 메일을 보내왔다. 대부분은 나처럼 사랑하는 이를 떠나보낸 사람들이 보낸 것이었다. 가슴 아프고 애절한 사연이 많았고 대부분의 경우 비슷한 질문을 담고 있었다. 질문의 첫머리에는 특히 자주 등장하는 단어가 하나 있었다. 도대체 왜 이런 일이 내게 일어난 걸까? 왜 그/그녀가 죽어야 했을까? 왜 신은 이런 시련을 주신 걸까?

왜?

내면 어딘가에서 이에 대한 대답이 들린다. "아, 그냥!" 마치 사춘기 여자아이 입에서 튀어나온 말처럼 단순명료하다. 가끔씩은 이 대답이 아주 유용하기도 하다. 하지만 죽음과 운명에 관한 문제를 다루게 되는 경우에는 난감해진다. 단순한 방법으로 풀지 못하는 문제들이 있는 것이다. 최근에 어린 조카딸 마리를 데리고 수의사한테 간 적이 있었다. 조카가 귀여워했던 애완용 토끼 몹시Mopsi가 병이 들어 안락사를 시켜야 했다. 마리는 집으로 돌아오는 내내 울었다. 빈 우리를 꼭 끌어안은 채 혼자서 들고 가겠다고 고집 부렸고 내가 안쓰러운 마음에 건네는 손수건도 뿌리쳤다. 우리는 둘 다 침묵했다. 나는 무슨 말을 꺼내야 할지 몰랐고 어린 조카 역시 자기 아픔을 표현할 단어를 찾지 못했다. 집에 거의 다 왔을 무렵 우리는 건널목의 빨간 신호등 앞에 잠시 멈춰 섰다. 마리는 오가는 차량들을 보다 갑자기 고개를 들어 나를 바라보며 물었다. "몹시는 왜 죽어야 했어요?"

뭐라고 대답해야 했을까? 나라는 사람에 대해 말하자면, 가족이 죽는 것을 경험했으며 조카의 애도행위를 함께하는 고모이자 토끼의 안락사를 함께 볼 수 있도록 선택된 사람, 즉 죽음이라는 주제와 관련된 문제의 전문가다. 하지만 어떤 대답을 하더라도 그것이 정답이 될 수 없음을 알고 있었다. 그 어떤 말도 마리의 아픔을 덜어주지 못하리라는 것을 알고 있었기 때문이다. 그럼에도 불구하고 나는 대답하려고 애썼다. 아팠던 토끼 몹시는 이제 분명 그 고통에서 해방되었을 것이라고 설명해주었다.

"하지만 도대체 아픔은 왜 있는 거예요?"

나는 이 말에 뭐라고 답해야 할지 몰랐다.

"고모도 잘 모르겠어."

그 사이 신호등 불빛은 녹색으로 바뀌었고 나는 걸으면서 말을 계속 이어나갔다. 토끼들이 사는 저세상에는 고운 풀밭이 있고 클로버들은 정말 맛있을 것이고 우리에 갇히지 않고 자유롭게 뛰어노는 삶이 얼마나 신날지에 관해 설명했다. 마리는 뾰로

통한 얼굴로 말했다.

"몹시는 내가 주는 먹이를 맛있게 먹었는걸요. 그리고 언제나 자유롭게 돌아다닐 수 있었어요. 밤에만 우리에 있었다고요."

나는 섣불리 포기하지 않고 이번에는 숫자들을 늘어놓았다. 이 세상의 모든 토끼들이 20마리의 새끼를 낳고 그 새끼들이 다시 새끼를 낳으면 400마리의 손자가 생기고 그 손자들이 또 새끼를 낳으면 1,600마리의 증손자가 생기고, 그런 식으로 계속 반복되면 이 세상이 너무 좁아질 것이라고 말했다. 그러자 마리가 말했다.

"상관없어요. 나는 왜 하필 몹시가 죽어야 했는지 알고 싶단 말이에요." 우리는 집에 도착했다. 도착하자마자 숙제 하나를 해결한 것 같은 홀가분한 기분이 들었다. 내가 할 수 있는 일이라고는 조카를 온 마음으로 안아주는 것과 맛있는 간식을 챙겨주는 것밖에 없었다. 어쨌든 헤어질 때쯤 마리는 희미한 미소를 지었다.

다음날 마리는 '몹시가 푸른 풀밭에서 깡충깡충 뛰어다니는 꿈을 꾸었어요'라는 문자를 보내왔다. 마리의 질문에 대한 답은 아니었지만 마리에게 내 말은 중요한 위로가 되었다. 사랑하는 몹시야, 행복한 여정을 떠나렴. 우리는 지금까시도 널 기억한단다.

언젠가 17세 소녀가 보낸 메일에서 '왜 우리는 답이 없는데도 끊임없이 왜라고 질문하는 걸까요?'라는 질문을 받았다. 이 질문은 기존의 질문에 비해 한 걸음 더 나아간 것이다. 나는 그녀가 좋다. 그녀는 내가 단순하고 일상적인 대답을 다루는 차원을 벗어나도록 자극한다. 이 문제에 관한 한 인생경험이나 논리는 큰 도움이 못 된다. 이 방정식은 너무나 많은 변수를 포함하고 있기 때문이다. 왜 우리는 '왜'라고 질문할까? 하나의 일화를 빌어 이에 답해볼까 한다.

오래전 학교에서 프랑스어를 막 배우기 시작했을 무렵 부모님은 내 생일날 랑엔샤이트Langenscheidt 출판사에서 나온 사전을 선물해주셨다. 부모님은 내가 프랑스어에 푹 빠져 있다는 걸 잘 알고 계셨다. 나는 프랑스어로 의사소통할 수 있는 날을 꿈꾸었으며, 혼자 브르타뉴Bretagne 지방에 가서 먼 친척뻘 되는 가족을 만나보고 싶었다. 아주 어렸을 적, 내 인생에서 가장 행복했던 여름 방학에 딱 한 번 만난 적 있는 가족이다. 나는 최대한 빨리 그들을 방문해서 함께 대화를 나누고 싶었다. 그것도 프랑스어로. 언젠가 친척들이 하는 말을 이해할 수 있다면 얼마나 멋진 일일까라고 나는 생각했다.

사전의 표지는 파랑색이었는데, 표지에 적힌 글자를 지금도 정확히 기억한다. 제목은 '프랑스어 기초사전'이었고 서문에서 저자들이 말하기를, 거의 모든 언어에는 기본 어휘라는 것이 있는데 이 어휘들이 일상에서 쓰이는 내용의 약 50퍼센트를 차지한다는 것이었다. 나는 사전을 넘기며 몹시 흥분했다. 정확히 100개였고, 이 단어들만 외우면 정말 반쯤은 프랑스인이 될 것만 같았다.

하지만 나는 금세 실망했다. 왜냐하면 아무리 '이다', '하나의', '나는', '그리고', '있다', '∼에'(est, un, je, et, suis, à)들이 사용 빈도가 높고 이를 잘 외운다고 하더라도 최소한 나머지 4,000여 개 이상의 어휘를 더 알고 이를 문장에 잘 적용했을 경우에만 의미가 제대로 살아나기 때문이다.

'나는 ∼ 이다.'

그래, 도대체 난 누구란 말인가?

'∼ 로'

그래, 무엇에게로?

'어떤 그리고 부터 아니다.'

프랑스에 오신 것을 환영합니다. 왕복표는 댁에서 이미 예약하셨겠지요?

애도에 관한 기본어휘를 작성한다고 할 때 가장 중요한 어휘 목록을 명시하기는 쉬울 것이다. 벌써 몇 가지 단어가 떠오른다. 의미, 아픔, 다시는, 더 이상, 가능, 도움, 아니다, 감사하다.

왜. 이 단어가 가장 많이 애용될지 아닐지는 잘 모르겠다. 그러나 확실한 것은 이 단어가 목록의 최상위 자리와 '소리 없는 단어'라는 단어 분류 목록의 상위 목록을 차지할 것이라는 점이다. 이 '소리 없는 단어'란 머릿속에서 수시로 맴돌지만 실제로는 사람들이 입 밖으로 내놓지 않는 생각들이다. 왜? 왜 하필 네가? 왜 지금? 왜 나에게? 우리는 이에 대해 답이 없다는 것을 안다. 그럼에도 우리는 계속해서 질문을 던진다.

"부정적 사고를 버리세요. 차라리 미래를 바라보세요." 나는 누군가 호의적인 의도에서 하는 이런 충고를 잠자코 받아들여야만 했다. 친구가 이렇게 충고했을 때는 보통 부드럽고 호의적으로 들렸으나 가슴에 그리 크게 와 닿지는 않았다. 그보다 더 강하고 엄격한 어조로 스스로에게 이렇게 충고하곤 했으나 이는 더 효과가 적었다.

친애하는 '왜'는 대체 우리에게 무엇을 원하는 것일까? 우리 인생을 힘들게 하려는 것이 목적일까? 우리는 왜 '왜'라고 묻는 걸까? 우리의 이러한 탐구가 무의미하지 않다고 믿고 싶다. 우리는 잘난 척하거나 주목받으려고 이렇게 질문하진 않는다. 또한 우리의 뇌가 이보다 더 나은 생각을 하지 못해서 그러는 것도 아니다. 그리고 우리는 이러한 질문을 골똘히 생각하기보다는 차라리 잠을 자거나 좋은 책을 읽으려고 한다.

다시 프랑스어를 배우던 때로 돌아가보자. 나는 잠시 학교를 쉬고 프랑스 코트다쥐르 근방의 칸Canne으로 어학연수를 떠나 그곳에서 여름을 맞았다. 친절하기 이를 데 없는 홈스테이 가족이 나와 언어교환을 하기 위해 나를 받아주었다. 프랑스어로 마망Maman(엄마)이라고 불리는 홈스테이 안주인은 뛰어난 요리사였고 우리는 매일 저녁이면 태양이 눈앞에서 붉은 잠옷으로 갈아입고 결국 바닷물 속으로 잠자러 갈 때까지 발코니에서 편안한 축제를 즐기곤 했다.

여름이 거의 끝나갈 무렵, 나는 이미 프랑스어를 많이 배웠고 큰 무리 없이 의사소통할 정도가 되었다. 어느 날 저녁 식탁에 오른 고기가 너무 맛있어 나도 모르게 탄성을 질렀다. 정말 생전

처음 먹어본 맛이었다. 나는 프랑스어로 물어보았다.

"이건 뭐예요?"

내가 무슨 질문을 하건, 조용조용 속삭이듯 그렇지만 매우 또박또박 발음하려고 애쓰던 홈스테이 안주인의 목소리가 아직도 귀에 생생하게 남아 있다.

"이것은 오리야."

아하. 헌데 나는 그 단어를 몰랐으며 이러한 은밀한 정보제공에도 불구하고 앞에 놓인 요리의 재료가 어떤 동물인지 전혀 짐작할 수 없었다. 사전을 들춰볼 수도 없었던 것이, 어학코스 제1번 규칙에 따라 오스트리아의 집에 두고 왔기 때문이다. 홈스테이 부부는 내게 최선을 다해 그 스튜요리의 재료를 설명하느라 배꼽을 잡고 웃기도 하고, 이마에 주름이 잡힐 정도로 고민하기도 하였다. 두 부부는 열심히 날갯짓도 하고 식탁보 위에 정체모를 그림을 그리기도 했지만 나는 도대체 감을 잡을 수 없었다. 훗날 나는 그토록 맛있게 먹은 요리가 카나리아 새라는 것을 알게 됐다. 내가 알게 된 것은 오직 그뿐이었다. 오리Canard라는 단어는, 물론 이미 학습한 기본 단어를 토대로 한 기본문법 구조에 끼워 넣어 사용하는 4,000여 개의 어휘 중 하나였던 것이다.

나는 매일 밤 수많은 프랑스어 단어를 배웠다. 바다, 날개, 새, 날다 등등. 게다가 정말로 즐거웠다. 그리고 같이 홈스테이를 하던 다른 친구들과 정말 제대로 잘 먹었다. 이 친구들과는 함께 부대끼면서 좀 더 가까워졌다. 나는 그날 오리라는 단어를 냅킨에 적었고, 원칙대로 집에 돌아온 후 사전에서 찾아보았다. 나는 요즘도 오리스튜라고 하면 심리적으로 매우 특별한 친근감을 느낀다.

오리, 카나리아 새, 스튜, 카르마, 임사체험, 평행우주. 주요 기초 어휘를 중심으로 한 언어의 기본 문장구조에 추가해 넣을 수 있는 단어 내지 개념들은 무수히 많다. 애도와 관련된 말을 처음부터 유창하게 구사할 수 있는 사람은 거의 없다. 이와 관련된 사전은 존재하지 않아서 살 수도 없으며, 만약 있다고 할지라도 우리가 지구로의 여행을 시작했던 무렵 아마도 고향에 두고 왔을 것이다. 이에 비해 '왜'로 시작하는 질문은 최소한 세 살 이후부터는 기본적 언어능력에 속한다.

친애하는 왜여, 네가 우리 삶에 들어온 것은 우리 자신을 계발하는 것을 자극하기 위해서인가? 왜라는 이름을 가진 넌 일부러 자신을 못 알아보도록 변장해서, 우리가 가능한 한 다양한 방식으로 너를 해석하고 단순한 대답 이상의 것을 발견했으면 하고 바라는 게 맞는지? 네 도움으로 우리는 애도의 언어와 믿음의 언어와 새로운 삶의 언어를 배운다. 넌 따뜻함과 공감을 느끼게 하는 언어의 문을 열어주고 그에 추가되는 새로운 숱한 단어를 배울 수 있도록 해준다. 넌 우리가 책을 구해 읽고 어휘력과 문법을 계속 향상시킬 수 있도록 이끈다. 그리고 언제나 반복적으로 침묵하는 시간을 갖도록 함으로써 우리가 배운 것을 적용해볼 수 있도록 한다.

네가 우리에게 내건 조건은 오직 한 가지. 우리는 너를 진지하게 대하며 진심으로 물어야 한다. 그러다 어느 날부턴가 너에 대해 불평불만을 늘어놓기 시작하면, 그때는 우리 스스로 자신을 돌아보고 직접 문제 해결에 나서야 한다. 혹시 우린 모든 문제를 해결할 수 있는 만능열쇠를 무심코 주머니 속에 넣어버린 채, 중요한 무언가를 잊고 있는지도 모른 상태로 계속 찾고 있는 것은 아닐까? 그 중요한 것은 아마도 우리의 호기심, 또는 참신한 대답을 갈구하는 마음일 것이다. 가장 중요한 것은 어쩌면 그 어떤 의문부호로도 뜻을 온전히 다 전달하지 못하는 물음표 그 자체일지도 모른다. 우리는 이것을 여전히 간직하고 있을까 아니면 의도적으로 내다버린 걸까?

친애하는 왜여, 너는 훌륭한 어학교사처럼 우리말의 억양에 귀 기울인다. 너는 우리가 단조롭게 중얼거리고 조바심 내며 불평하고 목소리에 자신감이 없어진 것을 감지하면 더 이상의 진도를 멈추고 인식의 다음 단계로 나아갈 준비가 될 때까지 필요한 내용을 복습시킨다. 그러나 우리가 혜안을 갖고 다시 답을 구해야겠다고 생각하면 곧바로 다시 관대해져 우리에게 다른 어학 상대자를 연결해주거나 내면에서 울려나오는 다음 단계의 나지막한 속삭임을 들려준다.

친애하는 왜여, 우리 앞으로도 계속 함께 협력하도록 하자. 나는 너의 성실한 학생이고 싶다. 그렇게 되면 훗날 언젠가 네 언어를 정말 유창하게 구사하게 돼 이렇게 말할 수 있게 될지도 몰라. 내 가족이 2008년 부활절에 죽어야 했거나 죽을 수밖에 없었던 이유는 그들이 다른 세상에 꼭 필요했기 때문이라고. 그들이 죽은 이유는 중국에 있는 나비 한 마리가 날갯짓을 했기 때문이야. 그들이 죽은 이유는 하늘과 땅의 모든 것이 아주 밀접한 방법으로 서로 연결되어 있기 때문이고, 내가 혼자 남은 건 이 지구상에서 겪어야 할 어떤 특별한 경험이 아직 남아 있어서야. 그 특별하고도 중요한 경험을 일컫는 단어는 오직 한 가지인데 그것은……

확실히 알겠어? 아니 물론 아니야.

상식적으로 마지막 말은 언제나 채워 넣을 수 없을 것이라고 생각한다. 그리고 답을 찾아볼 수 있는 사전은 저 멀리 도달하기 불가능한 그 어딘가에 있을 것이다. 하지만 내가 아는 한 돌아오는 여정의 표는 이미 오래전에 예약돼 있다. 그동안 나는 이 휴가를 즐기면서 질문들을 냅킨 위에 적어두고, 집으로 돌아오면 그동안 몰랐던 단어들을 모두 찾아보려고 한다. 어쩌면 너무 가까운 곳에 답이 있었음을 깨닫고 어이없어서 손바닥으로 이마를 때리며 혼자 웃을지도 모른다.

어떻게 이걸 모를 수 있었을까?

만약에 당신이

만약에 당신이
단어를 찾는다면
찾을 수 있어요.
당신의 두 귀 사이에서

말은 제비처럼
훈풍 따라
흥겹게
날아다니죠.

나란히 날도록
유혹하고
안내해줘요.
둥지를 지어줘요.

빨간색 일기장과
파란 잉크 혹은
깃털 색 검은 잉크로
따듯한 둥지를

바람에게
방향을 물어봐요.
부드럽게 강하지 않게
새들을 놀라게 하지 말고

그러고 나서
침묵해요.
앉아요.
그뿐이면 돼요.
제비들이 올 거예요.
자기들 둥지로

제비들과
함께하는
풀밭의 향기

왜
하필이면
너에게

착하고 좋은 사람들은 언제나 일찍 죽는다. 실제로 가끔은 하늘이 일부러 착한 사람들만 데려간다는 생각이 들 때도 있다. 천사 같고, 따사로운 햇살과 같은 이들이 3개월 만에 떠나든 혹은 89세의 나이로 떠나든, 그들이 떠나고 나면 우리 삶엔 커다랗고 슬픈 구멍이 뚫리는데 이것은 어느 누구도 그 어떤 방법으로도 메울 수 없다. 너무 일찍, 너무도 일찍 떠나버린다.

우리는 "왜 하필이면 그인가? 왜 하필이면 그녀인가?"라고 자문한다.

얼마 전에 만난 한 여성은 유년시절부터 이 질문을 해왔다고 했다. 여동생이 네 살 때 소아마비로 죽었는데, 당시 그녀의 나이는 여덟 살이었다. 마을의 목사는 "하나님은 네 동생을 특별히 사랑하셨단다. 그래서 빨리 데려가신 거야"리며 위로했다.

그녀는 지금까지도 목사의 사려 깊지 못한 설명을 언짢아하고 있다. 당시 여덟 살이던 그녀는 목사의 말을 매우 진지하게 받아들였기 때문이다. 위로의 뜻으로 건넨 말은 풀지 못할 숙제를 안겨주었다. 당시 어린 소녀였던 그녀는 그 생각들을 혼자 끌어안고 있었다. 하나님은 동생보다 나를 덜 사랑하시는 걸까? 그리고 도대체 하나님은 왜 내게서 동생을 빼앗아 혼자만 곁에 두고 싶어 하는 걸까?

신은 도대체 왜 그러는가? 목사는 왜 어린아이를 그런 혼돈에 빠뜨린 걸까? 어쩌면 다른 이들과 마찬가지로 목사 자신도 소녀에게 어떤 말을 해야 좋을지 몰랐을 수도 있다. 그의 서투른 위로를 이해할 수도 있을 것 같다. 어린아이들의 죽음은 특히나 받아들이기 힘들다. 아이들의 죽음은 말문을 막히게 한다. 생물학적 측면에서도 잘못되었고 끔찍하며 너무 이르다. 이러한 부당한 일에 뭐라고 말할 수 있을까? 기본적으로는 그 어떤 말도 답이 될 수 없다. 그렇지 않은가?

나는 2010년 3월 23일을 기억한다. 그날은 내 딸 피니의 사망 2주기였다. 2년은 결코 긴 시간이 아니다. 나는 여전히 어린 딸아이가 바로 어제 죽은 것처럼 느꼈다. 큰 소리로 "말도 안 돼. 피니는 이 세상에 와서 산 시간보다 훨씬 더 오래전에 떠나버렸어"라고 말했음에도 불구하고 그 사실을 받아들이기 정말 힘들었다. 시간이 정말 가혹하다고 느꼈다. 시간은 그냥 그렇게 흘러가고, 이를 막을 수 있는 것은 아무것도 없다. 이런, 2년이 지나가버렸네. 3년, 4년 이런 식으로 세다 보면 금방 모든 세월이 지나가버린다.

내 친구는 "그래도 피니는 있어"라고 말했다. 나는 고개를 끄덕였다. 어린 피니를 떠올려본다. 나는 지금도 피니를 내 뱃속의 햇살이라고 느낀다. 피니의 웃음을 떠올리고 순하고 평화롭게 쉬는 피니를 느낄 수 있다. 피니는 겨우 22개월을 살다 갔지만 지금까지도 영향을 주고 있다. 가끔 나는 이승에서 짧은 생을 살다 간 피니의 영혼은 햇살과 같아서 나의 현재와 먼 훗날까지도 비춰줄 거라고 생각한다. 피니의 생은 풍요롭고 충만했다. 피니는 행복했고 어른이 되어가는 과정에서 겪을 수많은 고통에서 벗어나게 되었다고 생각한다. 그리고 이승에서는 행복한 순간만 만끽했다고 생각한다. 딸아이가 감내해야 했던 유일한 고통은 첫돌 무렵에 앓았던 수두였다. 그 외에는 오직 행복한 경험만 했을 거라고 생각한다.

만약 내가 목사여서 여동생을 잃은 소녀를 위로해야 할 입장이라면 하나님의 의도를 미루어 짐작하는 건 사양할 것 같다. 그보다는 차라리 소녀에게 몇 가지 질문을 던졌을 것 같다. "동생이 지금 어디에 있을 거라고 생각하니? 그곳은 아름다워? 여기와 똑같이 아름다울까 아니면 훨씬 더 아름다울까? 동생이 다른 곳에 있는 것이 부럽니? 동생도 네가 이 세상에서 누리고 있는 것들을 조금은 부러워할까? 우리가 이 세상을 최대한 아름답게, 어쩌면 하늘나라와 똑같이 아름답게 하려면 무얼 할 수 있을까? 우리가 네 동생을 생각하는 것이 지상에서 천국을 만드는 데 도움이 될까?" 모든 질문 중에 가장 좋은 질문은 맨 마지막에 할 것이다. "있잖아, 네 동생은 왜 이 세상에 있을까?"

내 어린 딸 피니의 삶은 짧았으나 무의미하지 않았다. 내 생각에 피니는 숱한 아름다운 경험을 모아 사랑과 기쁨으로 가득 찬 꾸러미를 들고 남은 여정을 계속하고 있을 것 같다. 피니는 남아 있는 우리에게도 몇 가지를 남겨주고 떠났다. 따뜻함, 자연스러움, 해맑음, 행복한 아이의 신뢰 가득한 눈빛, 온기 있는 곱슬머리의 향기. 이것들을 결코 잊을 수 없을 것이다. 피니는 내게 '앉기'라는 행위가 누군가의 주의를 완전히 잡아끄는 행위도 될 수 있음을 일깨워주었다. '앉기'는 피니가 가장 즐겨하던 놀이 중 하나였다. 피니는 의자에 자리 잡고 앉았다가 다양한 의자들을 비교해보고 일어났다가 유쾌하게 다시 뒤로 쿵 앉는 놀이를 한참 동안 계속할 수 있었다. 이 놀이를 통해 일상에서 사소하고 너무나 당연한 것처럼 보이는 순간도 의식적으로 경험하고 즐길 수 있음을 가르쳐주었다.

"응!" 이 말도 피니가 남긴 유산 중 하나다. 피니는 누가 무얼 하자고 하면 언제나 호기심을 갖고 기쁘게 받아들였다. '응'이라고 대답하며 폴짝폴짝 뛰었고, 언제나 온전히 그 순간을 즐겼다. 피니의 '응'은 지금도 여전히 살아 있고, 나는 이 말을 매일 소중히 가꾸고 보살핀다. 이 말은 내가 어려운 순간이나 절망적인 일을 겪을 때도, 활기차게 일을 처리하고 항상 다시 새로운 삶을 받아들이는 데에도 도움이 된다. '응'이라는 말은 매일 새롭게 펼쳐지는 이 아름다운 삶에서 기대할 수 있는 유일한 대답이 아닐까? 가끔 나는 힘차게 긍정적으로 '응' 또는 '그래'라고 말하면 죽음조차 이겨낼 수 있으리라 생각한다. 언젠가는 피니처럼 호기심에 넘쳐 폴짝폴짝 저승으로 넘어가는 터널 속을 통과해 지날 수 있으리라 기대한다. 피니의 '응'은 내 인생의 방향이 어디로 향하건 언제나 함께할 것이다.

피니는 왜 이 세상에 왔던 것일까? 나는 수많은 답을 내놓을 수 있을 것 같다. 피니의 삶이 남긴 선물은 너무 크고 생생해서 피니가 죽었다는 사실에 대한 기억을 희미하게 할 정도다. 그럼에도 나는 근본적 질문에 다시 한 번 접근해보려 한다. "피니는 왜 죽어야만 했을까?", "왜 하필이면 피니여야 했나?" 확실한 답이 없는 질문이다. 다만 짐작만 해볼 뿐이다. 어느덧 이러한 질문을 기꺼이 받아들이고 이와 맞닥뜨렸을 때 경험하게 되는 말없는 침묵을 즐기는 데 익숙해졌다. 점점 더 빠른 답을 찾기가 어려워진다. 무슨 말을 해야 할지 모르겠다는 느낌은 시작도 끝도 없는 무지개처럼 머리 위로 펼쳐진다. 답을 모르겠고 도대체 어디서부터 실마리를 찾아야 할지도 모르겠다. 할 수 있는 유일한 일이라곤 무지개를 이루는 색깔 중 하나가 말을 걸어올 때까지 그 무지개를 관찰하고 그 색을 세심히 지켜보는 것이다.

많은 사람들은 무지개를 저세상의 아름다운 신호로 받아들인다. 무지개를 저승의 손짓 내지는 부드러운 부름으로 여기는 것이다. 나 역시 무지개를 보면 언제나 바로 헬리와 티모와 피니가 떠오른다. 그저 우연히 나타난 무지개일 뿐인가? 하늘이 보내오는 단순한 안부인사일까, 아니면 우리에게 깊은 메시지를 전달하는 도구일까?

지금까지 살면서 보아온 모든 무지개는 내게 특별한 의미가 있다. 무지개를 보면서 삶, 당면 문제, 내면의 아픔을 여러 측면에서 다각도로 검토해봐야 한다는 것을 깨달았다. 미세한 물방울 입자는 태양의 가시광선을 분산 굴절시켜 여러 가지 색깔을 표현한다. 무지개는 우리의 관심을 민감하고 미묘한 방향으로 안내할 수 있는데, 그것은 머릿속 신경조직을 통해 전달되는 인식의 길과는 다른 방향이다. 무지개가 안내하는 길은 마음으로의 길, 상상의 길, 물구나무 선 길, 공중제비 도는 길, 아이들의 길, 그리고 현자들의 길이다. 무지개는 우리에게 정확히 보라고 속삭인다. 모든 것을 한데 뒤섞지 마라. 다양한 색채를 보고 시야를 한 가지에만 국한시키지 마라. 다양한 관점으로 세상을 바라보라. 보이는 모든 것을 잘 관찰하라. 그리고 육안으로 볼 수 있는 것 이상으로 훨씬 더 많은 것들이 존재함을 잊지 마라.

왜 하필이면 피니가 죽어야 했을까? 나는 이 의문의 이면에 숨어 있는 질문과 대면하는 일에 익숙해졌다. 이때 질문을 이루고 있는 개별 단어들 모두 각각 유용한 지침을 주는 비밀 메시지를 담고 있다고 생각하고 이 단어들을 자세히 조사하는 것이 도움이 된다.

피니는 죽어야만 했을까? 죽는다는 것은 어떤 뜻일까? 죽음은 형벌일까? 성가신 의무일까? 아니면 피니가 소중하고 따뜻한 유아적 삶의 정점에서 죽는 것이 허용되었다고 생각해도 되는 걸까? 죽음을 행복한 결말로 봐도 될까? 그림 형제의 동화가 다음과 같이 진행된다면 어떨까. 그들은 결국 죽을 때까지 행복하게 살았습니다. 그리고 마지막엔 평화롭게 세상을 향해 축복의 말을 남기며 작별인사를 했습니다. 이런 결말이 싫지는 않다.

피니는 세상을 떠날 때까지 혼수상태였다. 나는 피니의 침상 옆에서 사흘 동안 끊임없이 격려의 말을 건넸다. 피니 앞에 놓인 수많은 날들과 나와 함께할 모든 신나는 일을 이야기했다. 딸기 아이스크림과 초콜릿 쿠키와 디즈니랜드와 야외로 나가는 소풍과 스노보드 타기와 모래성과 시골 여행도 늘어놓았다. 지구상의 아이들의 낙원에 대한 얘기도 들려주었다. 단 몇 분 동안만이라도 피니의 침대에서 멀어지는 것이 너무도 두려웠다. 나의 이야기와 계획들은 내가 피니에게 애원하는 마법의 주문과도 같았다. 아무것도 빠뜨릴 수 없었으며 잠시도 쉴 수 없었다. 내 딸이 다시 삶으로, 특히 나에게로 돌아오도록 끊임없이 설득해야만 했다.

그러다 어느 순간, 어린 딸에게 얼마나 주입식으로 말하고 있는지를 깨달았다. 어떻게 해서라도 피니가 살아 있도록 고집 부리는 내 마음은 어떤 저항도 용납하지 않았다. 그럼에도 점차 어떤 의식이 선명히 드러나기 시작했다. 아무리 어떤 약속을 한들, 그 약속이 결국 딸아이가 직면한 죽음의 문턱을 넘게 만들 수 있을까? 그리고 나는 피니 스스로가 무엇을 원하는지 잠시라도 생각해본 적이 있었던가? 왜 강요하고 몰아세웠을까? 지금껏 엄마라면 자녀들의 길을 정해주기보다는 동반자 역할을 해주는 것이 옳다고 생각해오지 않았던가. 생사가 걸린 문제라고 해서 이 기본 원칙을 이제 완전히 무시해도 되는 걸까? 아니면 바로 지금이야말로 그동안 모두가 중요시해온 가치를 잘 지키는 것이 중요하지 않을까?

결과가 어떻게 되든, 피니 스스로 결정을 내리리란 걸 깨달았다. 나는 엄마였고 피니의 여정이 어디로 향하든 상관없이 그 곁을 지켜야 한다고 생각했다. 밝고 따뜻한 빛이 가득한 영원의 세계에 살고 있는 아빠와 오빠 곁으로 가길 원한다면, 그 무엇도 그 누구도 막을 수 없을 것이라고 생각했다. 처음으로 나는 침대에 누워 있는 연약한 어린 딸이 어마어마하게 크고 강하고 한없이 현명한 존재로 느껴졌다. 피니를 믿을 수 있음을 알게 되었다. 아이는 자신이 무슨 일을 할지 알고 옳은 결정을 내릴 것이었다. 피니는 컸다. 나보다 훨씬 더 거대했다.

우리는 이 지구상의 여행자이며 아마도 저세상에서도 같은 신분일 것이다. 오직 우리 자신만이 다음의 커다란 행보를 할 시점이 언제인지 알 수 있다. 주체적 삶은 죽음까지도 포함하는 것이라야 한다. 피니는 죽어야만 했을까? 잘 모르겠다. 하지만 나는 피니가 단어 하나를 말하고 정확히 2008년 3월 23일 죽기를 원했다는 가능성을 열어두고 있다. 어떤 이유에서건 간에. 겨우 짐작만 할 뿐이지만 아마도 좋은 의도에서였을 것이다. 자유의지에 대한 개념은 지금까지도 내게 용기와 믿음을 주고 있다. 그리고 또한 내 딸에 대해 매우 자랑스러운 느낌을 선사한다. 피니는 놀라울 정도로 용감했다. 자기 스스로 먼 길을 계속 개척해 나갈 힘이 있었기 때문이다.

왜 하필 피니여야 하나? 두 번째 질문이며 문장 내의 작지만 중요한 단어다. 이는 부처에 관한 이야기를 떠올리게 하는데, 다들 아는 내용일 수도 있지만 모르는 사람을 위해 소개한다.

옛날 고타미라는 여자가 살고 있었다. 그녀는 외아들이 죽자

슬픔을 가눌 수 없었다. 고타미는 아들의 시체를 짊어지고 이곳 저곳을 돌아다니며 다시 아들을 살려낼 누군가를 찾아 헤맸다. 사람들은 고개를 가로저으며 그녀를 비웃었다. 그런데 누군가 부처라면 도울 수 있을지도 모르겠다며 그녀를 부처에게 보냈다. 부처는 여인의 이야기를 깊이 공감하며 들어주었다. 부처는 "네 슬픔을 달랠 수 있는 방법이 하나 있다. 마을로 내려가 겨자 씨 하나를 가져오되 사람이 죽은 일이 없는 집에서만 가져와야 한다"라고 말했다. 고타미는 집집마다 문을 두드렸다. 겨자씨는 도처에 있었으나 한 사람도 죽지 않은 집은 찾을 수 없었다. 고타미는 깨달았다. 고통은 자기 혼자만 겪은 것이 아니었다. 그녀는 그제야 자식의 죽음을 받아들이고 장례를 치를 수 있었다. 부처는 돌아온 그녀에게 "겨자씨를 가지고 왔느냐?"라고 물었고 고타미는 아무 겨자씨도 없노라고 대답했다. 그래도 그녀는 결국 고통에서 벗어났다. 그리고 부처의 곁에서 가르침을 받기 위해 머물렀다.

　우리는 죽음을 애도하는 최초의 사람도 아니며 유일한 사람도 아니다. 부처의 이야기에 나타난 깨달음은 매우 신속히 치유로 연결된다. 하지만 내 경우에는 이 교훈 속에 담긴 위로를 받아들이기까지 더 오랜 시간이 걸렸다. 가족이 죽은 지 얼마 뇌지 않았을 때, 아이를 잃은 수많은 엄마들에게서 위로가 담긴 메일을 받았다. 나는 답장을 하지 않았다. 내 아픔은 그들과 비교할 수 없다고 느꼈다. 나는 아픔을 무슨 트로피처럼 간직했다. 그 아픔은 너무도 소중한, 나만의 특별한 것이라 여겼으며 그 무엇과도 연관 짓기 싫었다. 당시의 나는 아직 공동체의 위로를 받아들일 준비가 되어 있지 않았다.

얼어버린 손처럼 영혼이 굳어 있는 시기가 있다. 사람들은 사랑의 행동을 보이고 연대감을 표현하는 언어를 사용한다. 그들은 따뜻한 물과 같은 존재들이다. 하지만 거기에 몸을 담그게 되면 이전보다 훨씬 더 아프다고 느낀다. 우리는 처음에 따갑고 화끈거리는 것을 참아내야 한다. 어떤 충고에 동의할 때마다 조금씩 더 죽음을 긍정하게 되기 때문이다. 우리는 죽음의 실체와 죽음의 궁극성을 인정한다. 또한 자식을 잃은 부모나 유족으로서의 역할도 받아들이게 된다. 이는 쉽지 않으며 많은 시간이 필요하다. 하지만 가장 슬픈 운명을 지녔더라도 언젠가는 혼자가 아님을 스스로 깨닫게 된다. 그 누구도 내 안에서 타고 있는 그 무엇과도 비교할 수 없는 아픔과 그리움을 거둬주지는 못한다. 하지만 많은 이들은 우리가 왜 고통스러운지 잘 이해하고 있다. 우리는 혼자가 아니며 이 슬픔을 위로받는 날은 온다.

사회상담사 자격을 취득하려고 교육받기 시작했을 때 교육 담당자는 하루를 할애해 구성원 전체에게 자기소개를 시켰다. 우리 그룹의 모든 구성원은 20분 동안 자기 자신을 설명해야 했다. 내 머리는 당장 나에 대해 무슨 말을 할지 가늠하기 시작했다. 가족이 죽은 지 4년이 지났지만 나는 여전히 아픈 운명적 상처를 지닌 여자다. 나는 그것에 이미 익숙해져 있었다. 20분의 시간은 직업 광대로서, 음악인으로서, 마술사로서 살아온 세월을 이야기하기에 충분한 시간이었다. 그러나 나는 가족의 죽음이 핵심

내용이 될 것임을 알고 있었다. 약간 긴장되고 초조한 마음으로 차례가 오기를 기다렸다. 나는 다른 사람들이 내 얘기에 어떻게 반응할까를 생각했다.

발표순서는 주사위를 던져서 정했다. 주사위가 6이 나오면 발언할 차례였다. 나는 마지막 순서가 되었다. 그런데 아픈 운명적 상처를 지닌 여자인 내 순서가 되었을 때, 이미 내 상처는 그리 특별하게 여겨지지 않았다. 이미 15명이 내 앞에서 이야기했고, 모든 이들의 등에는 살아오며 짊어지게 된 저마다의 짐이 있었다. 이혼, 가족의 비극, 가출, 해고, 질병, 죽음. 내 경험은 수많은 사연 중 하나일 뿐이었다. 나는 나만 특히 더 '불쌍한' 사람이 아니라는 것에 큰 위안을 받았다. 나는 이미 모든 실패를 경험했다는 그 사실 자체로부터 어떤 위로를 발견해낼 수 있다는 단계까지 나아가 있었다. 더 이상 내 이야기에 얽매일 필요가 없었다. 온갖 사연을 지닌 독특한 공동체 안에서 나는 소속감과 더불어 보호받는 기분이 들었다.

모든 이들은 크거나 작거나, 비극적이거나 평범하거나, 명확하거나 불명확하거나 각자의 운명을 짊어지고 있다. 이때 우리를 괴롭히는 것은 고통만이 아니다. 나는 어느 날 행복이 갑자기 사라질까 봐 두려워하며 스스로 고통을 짊어지고 저당 잡힌 삶을 사는 데 익숙한 사람들을 알고 있다. 어떤 운명이 가장 가혹한가? 고통받는 사람들의 운명을 능가하는 드라마는 어떤 걸까? 이에 대한 판단을 내릴 수 있는 사람은 없을 것이다. 애도하거나 슬퍼하거나 아파하거나 심심해하거나 이혼을 앞두고 갈등하거나 행복 앞에서 두려워하는 것과 상관없이, 우리는 결국 하나의 공통된 운명 아래 있다. 그것은 인간으로 태어났다는 것. 우리는 모두 죽음과 소멸과 인생의 예측불가능성과 시간의 유한성을 직면하고 있다. 알아차리고 기억하고 미래를 생각하는 것은 모두의 과업인 셈이다. 우리 모두 얻는 날이 있는가 하면 잃는 날도 있다. 우리가 할 수 있는 최선은 시간이 흘러감에 따라 변화되는 것을 여유 있게 바라보는 일이다. 운명의 입김은 수많은 이들의 머리 위를 쓸고 지나간다. 그 운명의 입김이 언제 우리 머리 위를 지나가는지도, 언제 다시 불어올지도 전혀 알지 못한다. 우리 모두는 인생의 바람을 맞으며 저마다의 짐과 아픔과 운명을 짊어지고 있다.

왜 하필이면 피니여야 했는가? 이 질문에 이어 또 다른 질문이 떠오른다. 다른 아이가 죽었더라면 더 나았을까? 나는 내 불행을 다른 엄마에게 떠넘기려고 하는 걸까? 그렇게 할 수 있다고 한다면 어떤 선택을 하게 될까? 아니다, 만약 그렇다 할지라도 나는 아무와도 내 운명을 바꾸지 않을 것이다. 가끔은 운명이 바뀌었기를 그토록 바라면서도 만약 나의 불행을 다른 누군가에게 전가함으로써만 가능하다면 결코 그럴 순 없다고 생각하고 있으니 참 이상하다. 항상 올바르거나 고상한 것은 아니지만 어쨌든 나는, 이성을 잃거나 타인을 미워하거나 타인에게 해를 끼치지 않으면서도 얼마간 인간적 품위를 유지하면서 운명을 견뎌낼 수 있음을 안다. 혹시 넘어지더라도 다시 일어날 수 있는 능력이 있다는 것도 안다. 내 앞에 닥친 고통을 자학함으로써 고통을 더 크게 만들지 않을 것이다. 이것이 내가 앞으로 나아가는 데 필요한 전부다.

자기연민에 빠져 왜 하필 나에게 이런 가혹한 시련이 닥치게 된 건지 불평을 늘어놓기 시작할 때, 다른 사람들 역시 모두 각자 자기만의 고통이 있다는 사실을 다시금 되새겨본다. 그렇게 하면 도움이 된다. '왜 하필 나에게?'라는 의문을 잠시 미룬 채, 다양한 경우의 수 중에서 하필이면 왜 이러한 운명을 지게 되었는지를 고민해본다. 때로는 내 운명이 나와 맞춤 양복처럼 어울린다는 느낌이 드는 날이 있다. 만약 운이 좋아 70년 동안 순탄한 삶을 산다면, 전혀 불만이라고는 없을 거라고 장담할 수 있을까? 질병이나 다툼이나 오해나 경제적 빈곤이 찾아올지 그 누가 알 수 있을까. 그 외에도 많은 다른 것들을 생각해볼 수 있다. 지금의 고통이 아닌 다른 고통을 겪었다고 해서 내가 그것을 더 잘 극복해냈을 거라고는 확신하지 못하겠다. 한 가지 확실히 알게 된 것은, 모든 인생과 운명은 좋은 면과 나쁜 면을 동시에 지니고 있다는 사실이다.

한번은 세미나에서 꽤 당돌한 여성을 만났는데 그녀는 내게 "아이들이 모두 살아 있다고 해서 항상 행복한 것도 아니에요. 당신 혼자만 불행한 것은 아니라는 얘기죠"라고 말했다. 처음에는 그녀가 몹시 미웠지만 지금에 와서 생각해보니 그 말이 전적으로 옳다. 내가 겪는 아픔을 재보거나 남과 비교해볼 필요는 없다. 또한 생을 마감할 때 누구의 운명이 더 가혹했는지, 인생 전반에 걸쳐 행복과 고통을 정확히 잴 수 있는 저울이 있는지, 있다면 어디에 있는지 우리는 알지 못한다.

왜 하필이면 피니여야 하며 왜 하필이면 나여야 하나? 어쩌면 바꿔서 물어보는 것이 더 나을지 모르겠다. 왜 또한 피니여야 했는가? 왜 또한 나여야 하나? 내가 딸아이의 죽음을 곁에서 목격하게 된 이유는 무엇일까? 이 대목에서의 대답은 쉽게 떠오른다. 상실은 곧 큰 기회가 되기도 한다. 누군가를 잃은 경험을 통해 우리는 나와 똑같이 고통 받는 사람들에 대한 이해와 공감을 계발할 능력을 갖게 된다. 사람은 저마다 각양각색의 사연을 안고 있으며, 아픔의 종류가 다양하듯이 치유할 수 있는 약 또한 각기 다를 수밖에 없다. 그러나 이 모든 사연은 방으로 들어가기 위한 열쇠 역할을 한다. 그 방은 신성한 방이다. 그 방은 처음에는 바로 이해하지 못하는 덕목인 존경과 존중의 방이다. 그 방은 인내의 방이며 제2, 제3, 나아가 제4의 관점마저 허용되는 방인 것이다.

모든 사람이 각자의 방식으로 입장하게 되는 그 방의 이름을 나는 인간성이라고 부르고 싶다. 인간성이라는 이름의 방으로 들어가는 계기가 꼭 고통 때문일 필요는 없지만 어쨌든 이 고통을 통해 보다 더 쉽게 접근할 수 있을지도 모른다. 많은 사람들은 동정과 연민이라는 단어에 반감을 갖는다. 하지만 나는 우리가 애도하고 절망하고 아픔을 느낄 때 타인의 고통을 특히 더 잘 받아들이게 된다고 생각한다. 타인이 느끼는 것을 그대로 느끼는 것은 아니다. 아니, 단순히 타인이 느끼는 것을 그대로 느끼는 것이 아닌 그 이상의 어떤 것이다. 우리는 이해 불가능하고 이룰 수 없는 것들의 원리를 생각하기 시작한다. 모든 개개인이 겪는 다양한 고통의 이면에는 인간의 근본적 자유의지가 숨어 있음을 알게 된다. 나는 이것이 바로 진정한 연민이라고 생각한다. 행복보다 고통은 마음을 훨씬 더 크게 열어준다. 부자일 때는 가진 것을 혼자만 누리고 싶어 하고 이를 지키기 위해서 애쓴다. 기존의 행복을 무너뜨리지 않기 위해서는 그야말로 큰 지혜가 필요하다. 하지만 고통을 겪을 때는 타인을 돌아보는 것이 훨씬 더 쉬워진다. 처음에는 필요에 의해서, 이후에는 감사에 의해서, 그리고 외로이 혼자 있는 것이 얼마나 아픈지를 경험함으로써 타인을 돌아보게 된다. 연민을 느낀다는 것은 컵에 든 음료를 서로 나누어 마시듯 모두가 함께한다는 뜻이다. 각자 한 모금씩 마시되 이미 내가 삼킨 것은 남이 삼킬 수 없다. 하지만 우리에겐 같은 음료수를 마신다는 공통점이 있다. 우리는 고통을 함께 나누며 다른 이들과 함께 공동체를 만들어간다. 운이 좋으면 다시 행복해진 이후에도 나눔의 경험을 계속 이어갈 수 있을 것이다.

피니는 왜 죽은 걸까? 피니 스스로 무슨 생각을 했을지는 그저 짐작만 할 수 있을 뿐이다. 피니는, 그 애를 만나기 전에는 몰랐던 방법으로 내게 마음을 열고 공감하고 연민하고 함께 기뻐해줬다. 그런데 왜 하필이면 피니가 죽어야 했을까? 바로 내 아이, 내 딸이었기 때문이다. 이 세상의 그 어떤 아이도 피니만큼 내 마음을 활짝 열어주진 못했을 것이다.

수많은 다른 이들처럼, 피니 역시 죽어야 했거나 죽는 것이 허락되었거나 죽기를 원했던 거다. 피니는 사람으로 태어나 살았고 다시 지구를 떠나버렸다. 이것은 모든 생명의 기본 원칙이다. 나는 지금껏 죽음으로부터 자유로운 사람을 단 한 명도 만나보지 못했다. 내 어린 딸아이 역시 죽음에서 자유롭지 못했다.

그런데 왜 하필이면 2008년 3월 23일이어야 했을까? 왜 그 이후의 날짜는 아니었을까?

다시 한 번 반대되는 질문을 해본다.

"왜 안 되는데? 그럼 도대체 언제여야 하는데?"

피니는 부활절 일요일에 떠났다. 2월도 아니고 4월도 아니다. 피니는 현재까지도 내게 큰 상징적인 힘을 발휘하는 날짜에 떠났다. 그보다 더 훨씬 일찍, 즉 내 뱃속에 있거나 요람에 있을 때일 수도 있었다. 이 지구상에서 22개월 동안 살았던 배경에는 얼마나 많은 요인들이 상호작용했던 걸까? 우리 모녀가 함께 시간을 보낼 수 있도록 얼마나 많은 사람들이 적재적소에서 알맞은 일을 하고 적당한 순간에 브레이크를 밟고 적절한 음식을 요리하고 올바른 규칙을 세웠던 걸까?

2008년 3월 20일 11시 40분. 피니는 우리 자동차가 열차와 충돌하는 사고로 죽었다. 남편이 잠시 한눈을 파는 바람에, 심장에 부담을 주지 않으면서 뇌압을 낮춰주는 의약품이 없어서, 의사가 최후수단으로 외과수술을 결정하고 머리에 구멍을 뚫어서, 혈압이 떨어져서 죽었다. 적절한 순간이었던가? 아니, 물론 그렇지 않다. 죽음에 있어 적절한 순간이란 영원히 있을 수 없다. 마음으로부터 피니를 진정 사랑하는 사람이라면 그 시점이 언제든 너무도 빠르다고 여길 것이다. 어떤 사람은 스스로 죽고 싶어 했지만 유가족은 너무 이르다고 생각하는가 하면, 나이 많은 친척 어르신이 이제 돌아가시기를 바라는데 정작 당사자는 죽고 싶은 마음이 없다. 외롭고 지친 삶을 살며 오랜 동안의 투병 끝에 제대로 숨 쉬어보지도 못하고 죽는 사람도 있다. 모든 사람들이 동의할 수 있는 완벽한 죽음의 순간이란 없다. 사람의 생각이란 시간이 지남에 따라 바뀌어, 자신의 1년 전 의견에도 동의하지 못하는 경우도 있지 않은가. 그래서 우리는 이런 전반적인 문제를 운명에 위임했는지도 모른다. 만약 언제 죽어야 하는지를 신이 결정한다면 정말이지 나는 그 처분대로 따르기만 하지는 않을 것이다. 신이 제대로 일을 처리하는지에 대해 내 의견을 제시할 것이다. 신이 하는 일을 판단할 자격이 내게 있을까? 어쨌거나 나는 신에게 아무런 악의도 갖고 있지 않다. 신은 내게 딸을 선물로 주었고, 이 사실은 그 선물을 너무도 빨리 데려가버린 사실보다 훨씬 더 중요하다.

우리는 신과 인생으로부터, 그리고 일부 사람들이 주장하듯 우연으로부터 선물을 받는다. 물론 우리가 죽는 시점 또한 우연의 산물일 수 있다. 기본적으로는 나도 이 가정에 동의하며 살 수 있다. 최근의 심리학 연구에 따르면 복잡한 의사결정을 내릴 때 운이나 우연에 맡기는 것이 이성적으로 판단해 결정할 때보다 더 높은 성과를 보인다고 한다. 나는 죽음의 적절한 시기가 언제일지 추측하는 것은 우리가 할 일이 아니라고 본다. 특히 이미 발생한 죽음을 놓고 그 시기가 적절했는지 논의하는 것은 더 더욱 의미 없는 일일 것이다. 우리 인간은 삶을 이어가기 위해 할 수 있는 일을 하는 수밖에 없다. 이는 우리의 본성이다. 우리는 삶을 사는 것과 식량을 조달하는 것, 어떤 일을 가능케 하고 어떤 일을 견뎌내는 것에 전문가들이다. 이러한 역할에 집중해야 한다. 그 외의 다른 것은 우리가 통제할 수 없는 것들이다.

피니는 결국 왜 죽은 걸까? 마지막으로 다시 한 번 더 이 짧은 단어를 다뤄보려 한다. 아주 평범해 보이지만 이 의문사에 대한 답은 영원히 찾을 수 없다. 얼마 전 상담사 양성교육을 이수하면서 배우게 된 작은 요령 하나를 설명하자면, 심리치료사들은 '왜'라는 말을 더 신속하게 만족을 줄 수 있는 다른 말로 치환하기를 선호한다. 무엇을 위해서? 피니는 무엇을 위해서 죽은 걸까? 피니의 죽음이 갖는 의미는 무엇인가? 오래된 그림을 감상하면 그 답이 될 만한 것을 찾을 수 있다. 혹시 죽음과 관련된 그림에 왜 낫이 등장하는지 알고 있는가. 나는 줄곧 옛날에는 목을 베는 데 낫을 사용했을 거라고 생각해왔다. 하지만 친분이 있는 호스피스 한 분이 낫의 실제 의미를 설명해주었다. 옛날에는 죽음을 주제로 한 그림에 해골이 등장하지 않았다. 오히려 반대로 통통한 농사꾼 아낙네가 등장하는 경우가 더 많았다. 그렇다면 낫의 용도는 무엇이었을까. 낫은 충만한 삶의 결과물을 수확하는 것을 표현하는 상징물이다.

나도 이 같은 시각으로 해석해도 괜찮을까. 피니 인생의 열매는 무르익었고 피니는 죽었다. 수확물을 가지러 찾아온 죽음. 열

매의 씨앗을 보관하고 있는 나는 이 유산을 기꺼이 간직하려 한
다. 안을 살짝 들여다본 헛간에 얼마나 많은 씨앗이 가득한지를
보고 놀라움을 금할 수 없다. 수많은 씨앗 중 나는 어떤 것을 심
어야 할까? 그리고 영양분을 섭취하기 위해서는 어떤 씨앗을 먹
어야 할까? 어린 생명이 남기고 간 이토록 풍성한 수확물을 최
상으로 활용할 방법을 연구하는 것은 계속해서 나의 숙제로 남
을 것이다.

이제 피니는 가벼운 짐을 짊어진 채 계속 여행을 떠나도 좋다.

삶은 한 편의 연극(한 편의 동화)

아주 먼 옛날, 모든 사람들이 동경해 마지않는 유명한 대학이 있었습니다. 이 대학에는 예술과 관련된 모든 학과들이 다 개설돼 있었습니다. 음악, 조각, 연기, 회화, 무대예술, 의상 디자인 등의 분야는 물론, 빛과 소리를 다루는 무대예술까지 배울 수 있었습니다. 이렇게 명성이 자자한 학교에 다닌다는 것은 무척 자랑스러운 일이었습니다. 이 학교는 재능이 뛰어난 학생뿐만 아니라 원하는 사람은 누구나 다닐 수 있었습니다. 졸업시험은 아예 없었습니다. 이 학교의 학생들은 각자 언제 학업을 마치고 자신이 연마한 지식과 기술을 바탕으로 사회에 진출해야 할지 그 시기를 스스로 잘 알고 있었기 때문입니다.

학생들은 학교와 학장을 사랑했습니다. 학장은 하얀 수염을 길게 기른, 현명한 노인이었습니다. 학생들을 만나면 언제나 격려를 아끼지 않았고 저마다 재능을 활짝 꽃피울 수 있도록 도왔습니다.

그러던 어느 날, 어느 해보다 특출한 재능을 갖고 입학한 학생들이 졸업을 눈앞에 두게 되었습니다. 이들은 자신들이 기대 이상으로 성장했음을 느끼고 있었습니다. 앞으로 예술가로서 살아갈 미래를 그려보며 꿈에 부풀어 있었습니다. 그래서 하루 빨리 재능을 보여주고 싶었습니다. 모두 졸업하기 전에 어떤 식으로든 학장에게 보답하고 싶어 했습니다.

학생 한 명이 "우리가 학장님을 얼마나 존경하고 또 많은 것을 배웠는지 알려드릴 수 있게 연극 한 편을 무대 위에 올려보면 어떨까?"
라고 제안했습니다. 다들 이 의견에 찬성했습니다. 그리고 저마다
"직접 대본을 쓰고, 무대에서 연기하는 것도 멋질 거야", "우리는 무
대를 설치하고 배경음악을 작곡할게", "우리는 무대조명을 맡고 가
장 화려한 무대의상을 제작할게", "와, 정말 근사할 것 같아", "이건
축제처럼 신날 거야"라며 기뻐했습니다.

분위기는 흥겨웠습니다. 학생들은 곧바로 기획에 들어갔습니다. 제
목은 뭐로 하지? 소재는 뭐가 좋을까? 누가 어떤 배역을 맡지? 신나
고 독창적이고 세심하고 즉흥적인 아이디어들이 쏟아졌고, 하나같
이 버릴 게 없는 내용들이었습니다.

하지만 작품 안에서 이 모든 내용을 어떻게 다 소화시킬 수 있을지
에 관한 고민이 시작됐습니다. 어떤 학생은 왕을, 어떤 학생은 작곡
가를, 또 다른 학생은 유명한 축구 구단 감독을 연기하고 싶어 했습
니다. 인도 춤을 추고 싶어 하는 학생도 있었고 라틴어가 아주 유창
한 친구는 오비디우스의 발라드를 무대 위에 올리고 싶어 했습니다.
무대조명에 뛰어난 학생은 연극의 배경이 숲이 되어야 한다고 했습
니다. 그 학생은 이 학교에 입학하던 날부터 녹색조명을 좋아했다고
했습니다.

비밀리에 진행하려 했던 것이, 학생들의 목소리가 점차 커지면서 이
윽고 강당 밖으로 소리가 새어나갔습니다. 학생들은 고함을 지르며
다투다가 문 밖을 들락날락하며 흥분을 가라앉히고 토론했지만 끝
내 의견일치를 보지 못했습니다.

그때 학장은 같은 층의 학장실에 앉아 오래된 창문 너머로 사랑하는

학생들이 토론하는 모습을 보았습니다. 학생들을 잘 알고 있던 그의 눈에 강당에서 벌어지고 있는 일들이 선명히 그려졌습니다. 그는 오랜 경험을 통해 자신이 언제 개입해야 하는지 잘 알았습니다. 학장은 서두르지 않고 느긋하게 강당으로 향했습니다. 문을 여는 순간, 의견 다툼을 벌이다 화가 난 학생이 문을 박차고 나오다 학장을 보고 움찔했습니다. 안에 있던 학생들은 놀란 얼굴로 일제히 문 쪽을 바라보았습니다.

학장이 학생들을 향해 입을 열었습니다. "사랑하는 학생 여러분, 여러분의 노고를 치하하고 싶어요. 여러분이 멋진 아이디어를 내서 저를 기쁘게 해주려고 한다는 것에 대해 감사드립니다. 저는 여러분 모두의 생각이 다 훌륭하다고 생각합니다. 만일 여러분의 작품을 감상할 수 없게 된다면 너무 안타까울 것 같군요. 하루빨리 연극을 보면서 웃고 울다가 막이 내리면 여러분을 자랑스럽게 안아드리고 싶습니다."

조명을 공부한 학생이 가장 먼저 말문을 열었습니다. "원래는 깜짝 선물로 준비하려던 거였어요. 그런데 결국 다 망쳤어요."

학장은 천천히 고개를 끄덕이며 한참 동안 생각하더니 말했습니다. "여러분, 제가 제안 하나 해도 될까요?"

학생들은 아직도 흥분이 가라앉지 않은 얼굴로 학장의 말에 귀를 기울였습니다. 학장은 차분한 목소리로 얘기를 시작했습니다. "여러분의 생각은 모두 다 소중합니다. 저는 여러분 모두 각자의 재능을 드러내고 표현하고 싶은 것을 마음껏 보여주었으면 좋겠어요. 지금부터 각자가 작품 속에서 꼭 하고 싶은 것이나 말하고 싶은 것을 모두 종이에 적어보세요. 서로에게 하고 싶은 말도 빠짐없이 다요. 무대 위에서 경험하고 싶은 건 무엇이라도 좋으니 다 적으세요. 시간을 넉넉히 잡고 서두르지는 마십시오. 그리고 중요하지 않은 듯한 일은 과감히 삭제하세요. 다 적은 종이는 제게 가져다주세요. 그것을 읽고 여러분이 원하는 바를 진지하게 수용해 여러분의 소망과 아이디어를 반영한 극본을 쓰도록 하겠습니다. 아마 멋진 극본이 나올 겁니다. 여러 해 동안 함께하면서 여러분의 재능을 관찰하고 여러분이 어떤 사람들인지 충분히 알게 되었기 때문이에요. 나는 학장의 옷을 입고 있으나 사실은 여러분의 가장 충실한 제자였답니다. 모르고 있었죠? 이제 제가 여러분을 통해서 배운 것들에 감사를 표해야 할 시간이에요.

여러분이 원하는 모든 것을 작품에 반영할 것을 약속드립니다. 하지만 몇 가지 사안에 대해서는 일임해주셔야 합니다. 누가 어떤 배역을 맡을지, 즉 왕을 맡을지 거지를 맡을지 동물이 될지 나무가 될지는 제가 결정하겠습니다. 그리고 한 가지 덧붙이자면, 여러분이 언제 무대에 등장하고 또 퇴장할지도 제가 결정하겠습니다. 경우에 따라 무대에 등장하는 시간이 짧은 사람도 있겠지만 어쨌든 원하는 사항들은 모두 반영하도록 하겠습니다. 어떤 사람은 연극이 거의 끝나갈 무렵에야 등장하게 될 수도 있어요. 대사가 많은 사람이 있는 빈면 한 마디도 없는 사람도 있을 것입니다. 이것은 여러분이 원하는 것과 다른 사람이 원하는 것을 조율해서 결정할 사안입니다.

여러분의 바람은 확실히 반영될 것입니다. 이 자리에서 다시 한 번 약속드립니다. 하지만 여러분의 역할은 다른 사람이 원하는 것도 충족시켜주는 데 기여해야 합니다. 따라서 여러분이 적어 내지 않은 말이나 행동도 해야 될 것입니다. 각자의 역할을 충실히 해주시기를 바랍니다. 혹시 이해하지 못하는 대목이 나오면 그것은 분명 다른 누군가의 요구사항을 반영한 것임을 이해해주세요."

강당 안의 공기는 한결 부드러워졌습니다. 모든 학생들이 안도하며 숨을 크게 들이마셨습니다. 학생들은 학장이 참으로 지혜로운 분이라고 생각했습니다.

그때 한 학생이 질문했습니다. "저희는 여러 해 동안 즉흥연기를 해왔고, 즉흥연기를 좋아합니다. 이 연극작품 속에 즉흥연기를 도입해도 될는지요?"

"물론이지요." 학장은 눈을 찡긋하며 말했습니다. "대본에 여백을 충분히 마련하도록 할게요. 얼마든지 해도 좋습니다. 여러분 스스로 언제 다시 대본을 따라갈지 알게 될 거예요. 여러분은 할 수 있어요. 저는 여러분을 믿습니다."

창가에 앉아 있던 학생이 질문했다. "전체 공연시간은 얼마나 될까요?"

"지금 현재로서는 말씀드릴 수가 없어요. 하지만 그리 길지는 않을 겁니다." 학장은 그렇게 대답했습니다.

* * *

우리는 지금까지도 이 작품이 언제 막을 내릴지 잘 모른다. 나는 매일 이 작품이 잘 진행되고 있는 것을 보며 감탄한다. 이따금씩 학생들이 적어낸 종이에 어떤 내용이 적혀 있을지 상상해보기도 한다. 어떤 학생은 대본을 잘 못 외워서 연극 중간에 무대에서 사라지기를 원했다. 마술처럼 눈앞에서 감쪽같이 사라지는 것 말이다. 그리고 후에 사람들이 오랫동안 그에 대해 좋은 이야기를 하고, 그를 떠올리면서 웃기를 바랐다. 그의 비밀스러운 소원은 다른 사람들이 자신에 관한 노래를 만들어 부르는 것이었다. 하지만 부끄러운 나머지 그 소원은 적지 않았다. 그래도 학장은 소원을 들어주었다.

한 여학생은 무대 위에 아주 잠깐 등장하지만 만나는 사람 모두를 기쁘게 해줄 수 있는지 궁금했다. 그녀는 특히 "응"이라는 말을 자주 했다.

또 다른 학생은 무엇보다 중요한 질문들을 던지고 사람들의 원망과 비난을 한 몸에 받는 행동을 하려 했다. 그는 또한 자신이 무슨 행동을 해도 사람들에게 사랑받을 수 있을지 경험해보고 싶었다. 그리고 항상 배꼽이 빠질 정도로 마음껏 웃기를 원했다.

더 있다. 그 학생은 특히 소원이 많았다. 아이를 낳고, 책을 쓰고 싶어 했다. 아이들이 집에서 자기를 기다리며 그리워하고 있다는 마음의 부담 없이 전 세계를 여행하고 싶어 했다. 텔레비전이나 큰 무대에서 다른 사람들에게 아이들 얘기를 하고 싶었다. 끝없는 슬픔이 무엇인지 알고 싶은 한편 다시 행복해질 수도 있다는 것을 가슴 깊이 경험해보기를 원했다. 그리고 영원히 사랑하는 한 남자를 위한 시를 쓰고 싶어 했다. 그녀의 소원을 적은 종이에는 분명 이보다 더 많은 내용이 들어 있을 것이다. 거기에 적힌 다른 내용들은 무엇이었을까? 안타깝지만 지금 현재로는 기억나지 않는다. 이 연극은 아직도 계속 진행 중이다.

난
모든것을
잊게될까?

내 마음속에는 깊숙이 각인된 상처들이 있다. 그중 하나는 유년시절 오빠의 짓궂은 장난에서 비롯된 것이었다. 오빠는 "만약에 말이야, 우리 집에 불이 나서 딱 한 가지 물건만 가지고 나와야 된다고 상상해봐. 너는 애완용 기니피그를 구할래 아니면 액세서리 보관함을 구할래?"라고 물었다.

당시 나는 다섯 살이었고 오빠는 열네 살이었는데, 오빠는 어린 여동생에게 대답하기 곤란한 질문을 던지고 놀리는 재미로 사는 것 같았다. 오빠의 질문들은 그야말로 어려웠다. 그 대답을 찾는 것이 어린 내게는 무척 고통스러웠다. 기니피그를 생각하니 갑자기 눈물이 터져 나올 것 같아 징징거리며 엄마에게 달려갔다. 엄마는 우리 집은 결코 불타지 않을 것이며 오빠의 질문은 심각하게 고민할 필요가 없다고 말씀해주셨고, 이 설명에 나는 뛸 듯이 기뻤다. 그제야 마음이 놓였다. 그 후에 오빠가 또 다시 이런 질문을 했을 때 나는 엄마가 알려준 대로 비장의 카드를 꺼냈다. "우리 집은 절대 불나지 않아. 절대로!" 나는 의기양양하게 대답했고, 다행히 오빠는 더 이상 괴롭히지 않았다.

만약 집에 불이 난다면 정말 무엇을 챙겨 나올 것인가? 이제는 집에 불이 나면 거의 아무것도 챙겨 나올 수 없다는 것을 경험으로 알 만한 나이가 되었다. 그래도 혹시나 불이 난다면 아마도 제일 먼저 여권과 집 열쇠를 집어 들지 않을까 싶다. 집 열쇠를 가지고 나온다는 건 그야말로 어리석은 일이지만 말이다. 그리고 만약 지금까지 애완용 기니피그를 기르고 있었다면 기니피그도 물론 화염 속에서 구해 나올 것이다.

지금껏 살아오며 경험한 바에 의하면 꼭 화염만이 사랑하는 것을 영원히 빼앗아 가는 건 아니다. 때로는 사고가, 그리고 때로는 순전히 가정의 일상적인 혼돈이 그 역할을 하기도 한다. 만약 내게 선택권이 있다면 불이 난 집과 이 세상의 어딘가로부터 다시 찾아와 제자리에 돌려놓고 싶은 것들이 있다. 하지만 이것이 불가능할까 봐 두렵다. 내겐 이미 잃어버린 것이다. 바로 작은 보라색 노트. 내게는 세상 무엇과도 바꿀 수 없는 소중한 것이다. 그 노트에 내 아들 티모가 아직 살아 있을 당시에 했던 재미있는 말들을 적어놓았다. 그 노트는 나와 남편이 함께 사용하던 서재에 있었다. 우리가 새 집으로 이사할 때까지 노트는 오래도록 거기 있었다. 그러다 어느 상자 안에 들어갔고 결국 어디에 두었는지 찾을 수 없게 됐다.

이사 후 이삿짐 상자들을 거의 다 풀고 얼마 되지 않아 사고를 당했다. 우리는 이사한 이후로는 티모의 이야기를 적지 않았다. 보라색 노트를 어디다 두었는지 도무지 기억할 수가 없었다. 사실 언제부터 노트를 찾을 생각을 했는지도 잘 모르겠다. 나는 오랫동안 노트 찾기를 미뤄두었다. 지하창고에 있는 세 개의 상자는 아직도 풀지 않은 상태로 있다. 그 마지막 세 상자는 조용한 희망을 담은 보물 상자가 됐고 이 보물은 금보다 더 귀하다. 노트는 반드시 되찾을 수 있으리라 생각했다. 분명 셋 중 한 상자에 들어 있을 것이다. 다른 데에 있을 리는 없다. 상자들 위에는 모두 '작아진 옷들'이라고 적혀 있었고 그 때문에 찾을 수 있으리란 희망을 갖게 되었는데도 나는 그냥 무시해버렸다. 웬만하면 아무것도 알고 싶지 않았다. 당시에는 그렇게 하는 것이 최선의 생존전략이라고 믿었다.

그러다 어느 날 문득 그 보라색 노트가 거기에 있는지 찾아봐야겠다는 생각이 들었다. 결과가 어떠하든 실망하지 않을 자신이 있었다. 나는 차 한 잔을 준비한 뒤 종이 15장과 볼펜을 챙겨들고 침대 위에 앉았다. 그리고 굳게 결심했다. 그 작은 노트에 이미 적어놓은 것과 그 이후에 미처 다 적지 못한 내용을 기억나는 대로 모조리 적어볼 심산이었다. 나는 모든 것을 적으려고 했다. 그야말로 모든 것을. 아들의 삶을 통째로, 모든 장면들을 세세하게 묘사하고 머릿속에 떠오르는 모든 말과 행동을 적고 싶었다. 아무도 내게서 아들을 빼앗아갈 수 없다고 생각했다. 잃어버린 노트마저도.

약 20분이 지나 볼펜을 내려놓은 나는 글이 적힌 종이를 앞에 놓고 대성통곡했다. 빠르게 휘갈겨 썼는데도 빼곡히 석 장을 채웠다. 처음에는 모든 것이 순조로웠다. 머릿속에 떠오르는 장면들을 신들린 듯 써내려갔다. 그러다 어느 순간 갑자기 더 이상

쓸거리가 없어졌다. 기억력이 한계에 부딪친 것이다. 얼마나 놀랐는지 모른다. 내가 적어놓은 것을 읽어보려 하지도 않았다. 많은 내용을 적어놓았음에도 불구하고 부족하다고 느꼈다. 아들이 종이에서 다시 살아나기를 바랐으나 내 노력은 수포로 돌아갔다. 나는 울면서 떨었다. 두려움이 엄습해왔다. 볼펜은 내 무기이자 최후의 보루였는데 패배해버린 것이다. 결국 나는 티모와 헬리와 어린 피니를 그야말로…… 잊어버리게 될까?

그로부터 6년의 세월이 흘렀다. 창고의 세 상자는 진즉에 정리해버렸고 아이들의 옷가지는 친구들에게 선물로 나누어 주었다. 보라색 노트는 지금까지도 나타나지 않았다. 아들의 재미있는 말을 적어놓은 노트는 잃어버렸지만 아들은 내 인생의 모든 순간 속에 여전히 살아 있다. 내가 비록 더 이상 모든 것을 기억하지 못한다 해도 티모가 어떤 아이였는지는 확실히 알고 있다.

이렇게 믿게 되기까지는 한참이 걸렸다.

오랜 시간 동안 되도록 많은 기억의 파편들을 한데 모으는 것이 중요하다고 생각했다. 충분히 모으기만 하면 하나의 모자이크를 완성할 수 있다고 믿었다. 가족의 죽음이라는 심리적 타격을 조금이나마 극복한 이후에는 더욱 집요하게 그 일에 매달렸다. 나는 되도록 큼지막한 노트를 구입해 항상 지니고 다녔다. 예전에 침대에서 글을 쓰다 낙담했던 경험을 통해, 내 기억은 젖은 수건을 쥐어짜면 물이 나오듯 술술 나오는 것이 아님을 깨달았다. 결국 내 머릿속에 저장된 기억은 언제나 새 장면을 보여주는 회전무대 같은 것에 더 가깝다는 것을 알게 되었다. 인생을

94

살면서 새로운 경험을 축적함으로써 나 스스로 이 회전무대를 돌릴 수 있다는 것도 깨닫게 됐다. 어떤 행동에 완전히 몰두한 순간에는 기억이 특히 더 잘 떠올랐다. 그때가 바로 기회의 순간이다. 나는 얼른 노트와 펜을 꺼내들어 기억이 달아나지 않도록 붙잡아두었다.

병원에서 퇴원하자마자 헬리와 함께 저녁노을을 보며 적포도주를 마시고 있다. 헬리와 티모랑 스페인 그라도Grado에 있는 캠핑카에 있다. 티모는 캠핑장 관리인에게 우리가 내부 서랍장 손잡이를 망가뜨린 비밀을 말하고 있다. "관리인 아저씨, 드릴 말씀이 있어요……" 티모는 해안가에서 연날리기를 한다. 피니는 생후 처음으로 자동차 여행을 하고 있다. 참 대견한 피니.

함께하는 삶. 이는 저세상에서 각자의 임무를 수행하고 있고, 내가 가슴속에 담고 살아가는 세 사람에 대한 사랑의 묘사이자 말로 그린 사진앨범이다. 나는 정성을 다해서 기록했다. 그럼에도 늘 채워지지 않는 뭔가가 있었다. 내가 묘사한 장면들은 행복했던 순간을 희미하게나마 떠올리게 했지만 이상하게 창백하게 느껴졌다. 어떤 장면을 묘사하고 나면 곧바로 사라져버렸다. 우리는 어디에 있었고 무엇을 말했고 누구누구를 알았고…… 와 같은 단순 사실을 나열하는 것은 성에 차지 않았다. 나는 기억을 잘할 수 있게 보장해준다는 책 한 권을 주문했다. 300여 개의 유도질문이 기억을 되살리는 데 도움을 준다고 했다. 기대감에 설레 책을 펼쳐들었지만, 몇 분 지나지 않아 화가 치밀어 구석으로 던져버렸다.

"당신은(티모는) 언제 학교에 입학했나요?" 아예 입학한 적 없는

데. "당신은(그는) 어디서 태어났나요?" 그라츠Gratz에서. "당신은
(그는) 마지막에 어느 곳에서 살고 있었나요?" 하트만스도르프
Hartmannsdorf에서. "당신의(그의) 형제자매는 총 몇 명인가요?" 여
동생 한 명. "가족 여행의 행선지는 어디였나요?" 그라도Grado, 리그
나노Lignano, 클라겐푸르트Klagenfurt 등. 질문에 대답하기는 쉬웠다.
하지만 특별히 나아지는 것은 없었다. 점차 어떤 못된 마술사가
내 기억을 돌처럼 단단하게 만들어버리는 것만 같은 느낌이 들
었다. 불과 얼마 전까지 우리는 넷이 단란한 가정을 이루며 행복
하게 살고 있었는데 갑자기 몇 달 만에 고대의 유물 유적지처럼
모든 것이 다 과거가 되어버렸다. 폐허. 생명 없는 돌무더기. 흥
미로운 것은 아무것도 없다. 내가 사랑했던 사람들처럼 죽어 있
다. 도대체 내가 무얼 잘못한 걸까? 제대로 기억을 못할 만큼 그
렇게나 어리석었던 걸까? 우리가 함께한 생의 모든 순간을 붙잡
아두기 위해 일기장에 다 기록해야 했을까? 혹시 돌이킬 수 없
는 어떤 근본적인 것을 놓친 것은 아닐까?

하지만 이제는 안다. 가족에 대한 기억은 예전에도 피할 수 없
었다. 기억은 그 자리에 있었다. 다만 노트에 다 표현되지 못했
을 뿐이다. 노트에 열심히 기록하던 바로 그 모든 순간에 나는
남편과 아이들과 아주 가깝게 있다고 느꼈다. 그들을 가장 잘 느
끼는 경우는 내 몸으로 직접 그들을 흉내내볼 때였다. 나는 가족
들의 행동과 목소리를 흉내 내는 것에 익숙해졌다.
나는 자주 나 자신에게 남편 목소리를 흉내 내 격려해주었고,

남편이 하던 방식대로 몸을 움직였다. 고개를 끄덕이던 남편 특유의 버릇과 그가 자주 사용하던 두 마디 말만 있으면 충분히 활기를 되찾을 수 있었다. 완벽히 재현해내는 게 중요한 건 아니었다. 그것은 그저 즐거움을 주는 놀이와도 같은 것이었다. 무엇보다 내게 격려가 필요한 순간에 하던 것이었다. "파흘로비치, 뭐 하러 고민하니. 일단 사과 한 알 먹고 보자. 그럼 세상이 완전히 달라 보일 거야. 어때?" 이것은 헬리만의 조언이다. 이 말은 특히 내가 욕실의 거울 앞에서 큰 목소리로 말할 때 효과적이었다. 내가 부끄러워했던가? 아마 그랬을 수도 있다. 하지만 아무렴 어떤가. 나는 혼자고 아무도 날 비웃을 사람도 없는데, 게다가 그런 행동들은 한마디로 효과가 있었다.

피니의 역할도 즐겨 했는데 그때는 주로 뭔가를 찾고 있을 때였다. 딸아이는 예를 들어 핸드폰을 찾을 때면 "핸폰! 해애애앤 폰"이라고 말하는 버릇이 있었다. 이 말을 들을 때마다 얼마나 많이 웃었던지. 놀랍게도 피니는 어떤 물건을 찾기 시작하면 대부분의 경우 그것을 찾아내었고 이것은 우리를 더욱더 즐겁게 해주었다. 이제 더 이상 없는 피니를 대신해 나는 그대로 따라해보았다. 찾으려는 물건들을 피니의 가녀린 아기 목소리와 다정한 몸짓을 흉내 내 불러보았고 이 방법으로 거의 언제나 효과를 보았다. 이제는 피니와 함께 보라색 노트만 찾으면 된다.

나는 그런 작은 놀이들을 통해 행복해졌고 오늘날까지도 이러한 작은 의식들을 행하고 있다. 내 남자친구 역시 핸드폰을 찾을 때면 "핸편"이라고 한다. 그는 아마도 내가 집에 없을 때도 그렇

게 할 것이다. 그는 자주 "당신 가족을 한 번도 만나본 적이 없는
데도 왠지 아주 잘 알고 있는 듯한 느낌이야"라고 말한다. 나도
그의 말에 동의한다. 피니와 같은 말투로 "핸펀"이라고 하고, 티
모와 똑같이 두 손가락으로 탁자 위를 걸어가는 시늉을 하다가
큰 소리를 내며 기절하는 척할 줄 아는 남자라면, 그야말로 무엇
이 중요한지를 아는 남자인 게다. 사실 남자로서 이렇게 하기란
쉬운 게 아니다.

　인간을 인간답게 만드는 것은 무엇일까? 어쨌거나 사실 그 자
체가 중요한 게 아니라는 것만은 확실하다. 함께한 과거를 재구
성하거나 아니면 사랑했던 사람을 떠올려보려고 할 때, 모든 사
항을 세세히 다 열거하려 할 필요는 없다. 기억한다는 것은 무엇
보다 예상하지 못했던 순간에도 언제나 나를 연결해주는 희미한
연결고리에 주의를 기울이는 것이다. 매순간 깨어 있는 상태로
인생을 살다 보면 내면에서 조심스레 직조되는 은사銀絲를 발견
할 수 있다. 모든 사람의 내면에 있는 이 은사들은 전체 네트워
크와 연결된다고 생각한다. 우리는 수시로 이러한 연결고리를
아주 뚜렷이 느끼며 실체의 완전성을 느끼게 된다. 사랑하는 사
람의 인생 전체가 갑자기 나타났다고 느낀다. 고속도로를 시속
70킬로미터로 달려온 바로 지금 이곳에서도. 지금 흘러나오는
라디오의 노래에서도. 5월의 라일락꽃 향기에서도. 그러한 순간
에는 굳이 노트를 꺼내들지 않아도 된다. 실체의 완전성을 더 자
주 실감하면 할수록, 기억은 바람과 같은 것이며 붙잡지 않아도

끊임없이 다시 돌아온다는 사실을 깨닫게 된다. 정말 그럴까? 내 심리치료사는 "맞아요. 그건 막을 수 없을 거예요"라고 말한다. 그녀가 그렇게 말해줘 정말 좋다.

사회학자인 하랄트 벨처Harald Weltzer는 저서 《재구성되는 기억: 기억에 관한 이론》에서 우리가 순간순간 완전하다고 믿는 기억이라는 것에 대해 '의도된 기억'이라는 멋진 표현을 사용했다. 우리 안에 남아 있는 기억이 실제로 우리가 마주하는 사실과 연관되고 또한 감동을 주기 때문에 그런 식으로 표현한 것이다. 벨처는 이에 비해 생명력 없는 벽돌같이 쉽게 재구성할 수 있고 아무 감정도 일으키지 못하며 다시 불러올 수 있는 중립적 사실들에 대해서는 '회상된 지식'이라고 표현했다. 회상된 지식이 개별적 단편들로 구성되는 반면 의도된 기억은 역동적이며 개별 조각들의 합체를 넘어서는 그 이상의 것이다. 때로는 겨우 몇 마디의 말이나 희미한 향기로 구성돼 있다 할지라도, 의도된 기억은 온전하고 완벽하다.

물론 우리는 많은 사실을 잊어버렸을 수도 있다. 티모를 데리고 기사 축제를 보러 갔던 곳은 도대체 어디였더라? 그 당시 티모는 몇 살이었지? 이제는 아무리 생각해도 진혀 기억이 나지 않는다. 하지만 의도된 기억과 관련하면 전혀 문제될 게 없다. 의도된 기억은 현재 사용할 수 있는 기억을 갖고 우리가 함께한 시간의 이야기를 재구성해낸다. 매우 유능한 작가들처럼 의도된 기억은 감정이나 오감을 통해 받아들인 내용에 집중한다. 왜냐하면 그것은 이야기에 생명을 불어넣어주기 때문이다.

'2004년 2월, 우리는 그라츠 상트 마레인에 살고 있었다'는 것은 확실한 사실이지만 그 사실 자체로 행복해지는 것은 아니다. 그동안 잘 간직해온 내 기억은 계속해서 질문을 던진다. 이를테면 티모가 처음으로 눈을 보고 나서 뭐라고 말했는지에 관한 것이다. 티모는 "엄마, 커다란 송이눈이 있어요!"라고 말했다(눈송이라는 말을 어린아이가 거꾸로 말함—옮긴이). 그리고 기억은 또 우리가 함께 만든 눈사람이 어떻게 생겼는지, 코를 당근으로 만들었는지 아니면 나무로 만들었는지를 묻는다. 처음 눈싸움을 하고 난 후 내가 숨이 찰 만큼 지쳤는지, 눈 속에서 실컷 행복하게 놀고 난 후, 티모의 작은 발가락을 따뜻하게 데워주려고 손으로 감쌌을 때 어떤 느낌이었는지에 대해서도 묻는다. 기억은 계속 확장돼 이윽고 땀에 젖은 아이의 양말 냄새를 킁킁 맡던 순간까지 나아간다. 그러고 나면 냄새를 맡고 기절하는 척하며 마구 웃었던 당시처럼 웃게 된다. 그 당시의 나는 티모의 시큼하면서도 달콤한 땀 냄새와 특히 해맑게 깔깔거리던 웃음에 완전히 중독돼 있었다. 그나저나 티모가 가장 좋아하던 양말 색깔은 무엇이었더라? 아마도 연두색이었던 것 같다. 그 양말을 어디서 샀더라? 아마 에이치앤엠H&M이었을 것이다. 우리는 침대 위에서 수도 없이 서로의 살을 부비며 장난치며 놀았고, 고약한 냄새가 나는 양말귀신을 이야기하며 웃었는데, 그것 말고도 또 무슨 장난을 치며 놀았더라? 숨기놀이, 소풍놀이, 원양해적놀이 등. 또 티모가 처음 손전등을 갖고 이불 속으로 기어들어가면서 했던 말은 뭐였지? 그것도 기억난다. 티모는 "우아, 엄마. 어둠이 어떻게 생겼는지 이제 알았어요"라고 했더랬다.

모든 감각을 동원해 기억을 따라갈 수 있게 될 때, 질문과 대답과 짐작으로 이루어진 연결고리를 끝없이 이어나갈 수 있음을 곧바로 깨닫는다. 각각의 실마리를 따라가는 건 정말 즐겁다. 더이상 기억하지 못하는 수많은 부분은 상상력을 동원해 채워 넣는다. 정말 확실히 그랬던가? 정확히는 잘 모르겠다. 하지만 분명히 그랬을 가능성이 있다. 그런 기억은 실제 있었던 일처럼 느껴지고 우리 가족이 함께했던 행복한 시절의 기분으로 자연스럽게 안내해준다.

인생의 좋은 기억이란 의미 있고 연대감을 갖게 해주는 것이다. 기억연구가들은 정체성을 이루는 것의 대부분은 우리가 스스로에 대해 이야기하는 내용으로 구성된다는 것을 발견해냈다. 자신만의 이야기에 관한 기억이 전혀 없는 사람은 자신이 어떤 사람인지 확고한 느낌 또한 없다는 것이다. 그리고 사랑했던 누군가와 함께 경험한 일을 전혀 기억하지 못하는 사람은 사랑했던 이가 공중으로 흩어져 사라진 듯 느낄 확률이 높다.

내가 사랑했던 사람은 누구였나? 이 질문에 답하기 위해서는 생각뿐만 아니라 몸의 감각까지 일깨워주는 감정 경험과, 볼 수 있고 들을 수 있고 느낄 수 있는 이야기들을 살펴야 한다. 그러한 기억은 그리워하는 이들을 다시 되살려낸다. 처음에는 마치 아키비스트(기록물 관리 전문가. 보존기록인 아카이브를 관리하는 전문가로서 기록연구사로도 불린다— 편집자)처럼 기억을 나열하기 시작하지만 시간이 갈수록 그리운 이들과 함께한 지난 이야기를 작가처럼 풀어놓게 된다. 생생한 이야기를 펼쳐갈 때는 삶의 굵은 가닥을 금실로 짜는 듯한 느낌을 준다. 이 같은 능력은 선천적으로 타고났기 때문에 따로 배울 필요가 없다. 뇌는 단편적 사실들을 엮어 하나의 이야기를 완결하는 능력을 갖고 있다.

이때 우리는 매우 중요한 역할을 담당하는 조력자를 자주 잊곤 하는데, 바로 망각하는 능력이다. 네, 망각이라고요? 그렇다. 대부분 두려워하지만 사실은 어마어마한 선물. 망각은 의미 있는 것과 없는 것을 구별하게 해주며, 수많은 무의미한 정보를 정리하는 데 도움을 준다. 무의미한 것들을 모두 걸러냄으로써 우리는 어떤 것의 실체를 보게 된다.

혹시 어떤 자가 좋은 것인지, 그 조건을 생각해본 적이 있는가? 좋은 자란, 도형의 세부를 그대로 그려낼 수 있는 것이 아니라 분명하고 뚜렷한 선을 그릴 수 있으면 된다. 이런저런 기능을 갖출 필요 없이, 뚜렷한 선을 그릴 수 있다면 자의 역할로 충분하다. 망각이란 머릿속에서 이 같은 너그러운 기능을 하는 자라고 볼 수 있다. 망각을 믿어도 좋다. 망각은 무의미한 것들이 주는 부담에서 해방시키고 내가 필요로 하는 모든 것을 준다.

그렇다면 우리가 망각한 것들은 다 어디로 갈까? 얼마 전 작가이자 글쓰기 지도교사인 보니 골드베르크Bonni Goldberk가 저술한《글 쓰는 방: 200개 강좌를 통한 창의적인 글쓰기》중 한 연습문제를 통해 나는 망각에 대한 모든 두려움을 떨쳐버릴 수 있었다. 그 연습문제는 이러하다.

'나는 아무것도 기억나지 않는다'라는 문장으로 시작해 머리에 떠오르는 모든 것을 최소한 한 장 이상까지 적어보세요. 무엇을 써야 할지 생각이 안 나면 새로운 생각이 떠오를 때까지 '나는 아무것도 기억나지 않는다'라는 말을 반복해서 적어보세요.

이 연습문제는 정말 효과가 있다. 매번 이 문제를 풀 때마다 효과를 보고 감탄할 수밖에 없다. 사실 나는 티모의 첫 번째 베이비시터의 이름이 기억나지 않는다. 하지만 그런 내용을 적는 동안 그 베이비시터가 어디에서 살았는지 떠오른다. 우리 동네 끝자락의 좁은 골목이 생각나고, 버섯을 따던 숲길로 이어지던 산책길이 떠오른다. 티모가 처음으로 딴 버섯을 좋아했는지 아닌지는 기억나지 않는다. 하지만 티모를 위해 어떤 요리를 해줬는지는 기억난다. 꼬치전골이었다. 그리고 쌈과 쌈 요리, 아니 뭐였더라. 정확히는 쌀과 옥수수 요리였다. 기억하는 것과 망각하는 것. 이는 상반되는 개념이 아니다. 두 개념은 서로 상호보완적 관계를 맺고 있다.

우리는 '기억을 하지 못함'으로써 기억을 불러올 수 있다. 또한 인생을 살면서 좀 더 세심하게 관찰하는 방법을 연마하고 감각을 더욱 예민하게 함으로써 기억을 불러올 수도 있다. 오늘날 주변에서 일어나는 일들을 의식적으로 진지하게 받아들일수록 기억 또한 더욱 생생해지기 때문이다. 기억은 현실에서 만나는 소음, 냄새, 목소리, 색채로 구성된다. 이 모든 것은 무엇보다 우리가 긴장을 풀 때 실제적으로 받아들이게 된다. 휴가 첫날 먹는 스파게티 한 접시는 그간 여러 해 동안 경험한 여름휴가의 행복하고 생생한 순간들을 불러일으킨다. 휴가 때의 일은 왜 유달리 잘 기억나는 걸까? 우리가 즐겁게 지냈기 때문이다. 등을 기대고 편안하게 앉아 심호흡을 해보라. 이렇게 하면 기억은 금방 다시 떠오른다.

심리학계에서 발견한 사실 한 가지를 더 언급하면, 우리가 떠올리는 기억이란 실제 감정 상태와 아주 밀접한 관련이 있다고 한다. 기분이 나쁠 때면 무엇보다 슬프고 부정적인 경험이 떠오른다. 그런데 몇 시간 후 산책이나 다른 활동을 통해 기분이 호전되면 좋았던 기억이 저절로 떠오른다.

사랑하는 사람을 잃고 난 후, 몇 달 동안 가슴에는 온통 슬픈 기억들로 가득 찬다. 그동안의 즐거운 기억은 영원히 잊어버린 것 같다는 생각이 들 수도 있다. 하지만 이제 나는 행복한 기억은 다시 돌아온다는 사실을 믿어도 된다는 것을 안다. 처음에는 이런 기억들이 작은 기포처럼 보글보글 올라오다가, 슬픔을 잊고 다시 뛰고 웃으며 밝아질 무렵이면 더 이상 멈출 수 없을 정도로 부풀어 오른다.

기억은 행복의 원천이 된다. 하지만 잊지 않고 명심할 것은, 기억은 또한 큰 아픔이기도 하다는 것이다. 가끔 과거의 어떤 기억이 한순간 쏙 빠져나간다고 느껴지는 경우가 있는데, 이는 기특하게도 무의식이 스스로를 보호하는 방어기제를 작동해서 그렇게 되는 경우다. 내부에 자리 잡은 그 무엇은, 무의식에 묻어둔 기억의 파편이 의식 위로 올라와버리면 우리가 너무도 고통스러울 것임을 안다. 어쨌거나 심리학자들은 그러한 아픈 기억을 억누르는 건 매우 힘들다고 말한다. 기억의 파편은 종종 수수께끼처럼 꿈에 나타나는데 이는 어떤 특정 주제를 생각해볼 것을 알려주는 신호다. 그러나 때로는 우리가 이를 인식하지 못하는 사이에 사라져버리기도 한다.

혹시 오랫동안 답습하지 않던 과거의 어느 시점으로 회귀할때, 폐부를 찌르는 아픔을 경험해본 적이 있는지? 나는 내가 어디에 있는지 전혀 모를 때 정말 고통스럽다. 예를 들어 자동차로 어느 골목을 꺾어 돌아 한참 운전한 후, 헬리와 함께 커피를 마셨던 커피숍이 생각날 때, 아니면 우리가 함께 연극 공연을 했던 학교 한 곳을 무심코 지나쳐버렸다는 것을 알 때에도 고통스럽다. 그러한 장소와 연관된 아프거나 힘든 기억이 떠오를 때면 그야말로 너무도 힘들어진다. 우리가 함께 이 학교에 다닐 때 피니는 베이비시터 곁에서 울고 있었지. 티모가 팔을 다쳐 깁스하고 난 후, 바로 여기 맥도날드에서 프렌치프라이를 먹었는데.

그러한 순간과 맞닥뜨릴 때마다 다른 길로 갔더라면 좋았을 거라고 생각하며 후회한다. 그러나 곧바로, 만약 아픈 기억을 모두 회피하려고만 하면 그것이 과연 의미 있는 인생일까 자문해본다. 원치 않는 기억이 떠오르지 않게 하려면 매우 제한적인 공간에서만 활동해야 할 것이다. 그리고 설령 그렇게 좁지만 안전한 공간에 있다 할지라도 불편한 기억에 대항해 쌓아 올린 장벽이 그것을 막지 못한다면 또 다른 불편한 느낌을 갖게 될지 모른다.

나는 가슴 아픈 기억에도 적응하는 편이 훨씬 더 낫다고 생각한다. 어쩌면 가슴 아픈 기억에서도 긍정적인 것을 배울 수 있을지 모른다. 가끔 폐부를 찌르는 고통이 찾아올 때면 나는 내면 기억을 담당하는 시디롬이 포맷되고 있다고 상상해본다. 그리고 스스로에게 '데이터들이 정리되고 있어'라고 말하며 이 과정에 의미를 두려고 한다. 그렇게 함으로써 나의 현재와 우리 가족이 함께했던 과거를 새로운 방식으로 연결할 수 있기 때문이다. 내 경험에 따르면, 가슴 아팠던 장소를 나중에 다시 보게 되면 그 아픔이 한결 희미해진다.

그러한 과정이 되풀이되다 보면 어느 날 그동안의 연금술 덕분에 더 이상 가슴 아프지 않아진다. 볼 때마다 가슴이 아파왔던 특정 장소는 시간이 흐름에 따라 특별히 친숙함을 주는 장소 혹은 특별한 내적 연대감을 느껴 사랑하게 되는 장소로 변모할 수 있다. 그 장소는 결코 우리를 혼자 내버려두지 않으며, 어쩌면 우리를 향한 하늘 위 누군가의 손짓을 느낄 수도 있을 것이다.

루츠 폰 베르더Lutz von Werder는 창조적 글쓰기와 자서전 기술에 관한 책 《기억하기, 반복하기, 꾸준히 쓰기》를 썼다. 이 책의 제목은 우리가 과거를 어떻게 건설적으로 구성할 수 있는지를 압축적으로 보여준다. 되도록이면 과거의 일을 생생하게 시각화하는 것이 좋다. 아팠던 경험은 그것을 구체적으로 기억하고 언급하는 순간 그 아픔이 사라지는 경우가 많다. 그 당시의 상황은 정확히 어땠던가. 그 당시에 우리는 무엇을 보았던가. 그날은 무슨 요일이었으며, 비가 왔던가 아니면 눈이 왔던가, 추웠던가. 무슨 대화를 나누었던가. 울었나 소리를 질렀나 아니면 웃었나. 그 후론 어찌 되었고 그 다음 날은 무슨 일이 일어났던가. 그리고 어떻게 해서 결국 다시 회복되었던가.

부정적 기억으로 낙담하는 것을 막기 위해서는 그 기억에 관한 내용을 구체적으로 언급하거나 글로 적어보는 것이 도움이 된다. 처음에는 아픔 때문에 무력감을 느끼게 된다. 그러나 기억을 여러 차례 되풀이하다 보면 세세한 기억들이 더 많이 드러난다. 그리고 마침내 모든 사건과 관련된 전체 맥락을 파악하고 나면 가장 끔찍했던 기억마저 긍정적으로 받아들일 수 있게 된다.

어쩌면 아픈 기억의 상처를 좋은 생각으로 바꿔 나갈 수 있도록 초반에 우리를 도와주고 지지해주는 친구들이 있을지도 모른다. 앞에서 나열한 질문들은 아직 당면하지 않았거나 벌써 오래전에 무심코 지나친 문제의 진면목을 발견하도록 도와줄 수 있다.

그럼에도 불구하고 때로는 부정적인 기억이 우리를 입도해 소용돌이처럼 집어 삼키고 절망의 늪으로 끌어내리는 경우도 있다. 그럴 때 대부분의 경우, 친구와 애인이 우리 자신보다 이를 더 빨리 감지하고는 "좋게 생각해"라고 말해준다.

혹시 "좋게 생각해"라는 말을 들어본 적이 있는지? 이 말은 우리의 기억 전체가 마치 판도라의 상자와 같아질 때 자주 듣게 된다. 이 말을 들으면 마음이 아프다. 배척당하거나 거절당했다고 느끼게 된다. 우리도 가능하면 정말 좋은 쪽으로 생각하고 싶지만, 이는 누가 시킨다고 해서 쉽게 할 수 있는 일은 아닌 것이다.

나는 오랫동안 이 말 때문에 고민했다. 그러나 결국 모든 속담이나 경구 속에는 도움이 되는 어떤 교훈이 숨어 있음을 알게 되었다. 그 후로는 어떤 말이나 경구가 특히 귀에 거슬리면 그 말을 입 안에서 아주 잘근잘근 씹어 되새겨보려고 노력한다.

도대체 '좋게 생각하라'는 것은 정말 어떤 의미일까? '좋게'라는 단어는 언제나 등장한다. 이것은 어떤 메시지를 전해주려는 걸까?

이 말에 단어 하나를 덧붙이면 나에게는 유익한 충고가 된다. 나는 이제 나 자신에게 이렇게 말한다. '알았어. 그렇게 하도록 노력해볼게. 나는 과거가 좋았다고 생각하려고 해.' 이 말은 달리 말해 과거에 겪은 일이 어떤 긍정적인 면을 지니고 있는지 이해될 때까지 모든 기억을 잘 간직하고 있겠다는 뜻이다. 하지만 나는 경험이 주는 긍정적인 핵심교훈을 곧바로 알아차리지 못하는 경우가 많으며, 기억을 되짚어보는 것도 의도한 방향대로 흘러가지 않는 경우도 많다. 과거의 어느 시점부터 시작된 내 가족과의 숱한 이야기들, 그것은 내가 계속 살아가야만 앞으로도 이어질 수 있다. 행복한 결말이라는 것은 아직 도래하지 않은 미래에서 나를 기다리고 있는 것이다.

나는 참을성 있게 기다려야 한다. 아무리 아름다운 사랑영화라 할지라도 중간에서 가장 끔찍한 장면으로 끝나버린다면 그야말로 슬픈 비극이 되어버린다. 우리는 어떤 이가 죽으면 모든 것이 끝난다고 생각한다. 인생이 드라마 같다는 말은 전혀 틀린 말이 아니다. 그러나 인생은 매일 내게 새로운 장면을 선사한다. 나의 영화, 나의 삶은 계속된다. 설령 세상이 멸망할 것 같은 느낌을 주는 경험이라고 해도 그 또한 머지않아 새로운 긍정적 교훈을 줄 수 있다. 사랑한 사람이 죽었다는 이유만으로 그들의 이야기가 끝난 것은 아니다. 그들의 이야기는 그 이야기를 계속해서 쓰는 우리와 함께 계속 이어진다.

최근에 나는 오랫동안 고민해온 문제에 새로운 행복한 결말을 발견했다. 아들 티모에 관한 기억은 아물지 않는 커다란 깊은 상처로 변해버렸고 이 상태는 한동안 지속되었다. 티모의 인생 전체가 오직 한 장면으로 응축되는 것처럼 보였다. 그것은 바로 티모가 골절상을 입고 시퍼런 멍이 들어 열 가지 의료기기를 몸에 단 채 병원에 누워 있고, 나는 아이의 고통을 덜어주지 못하면서 속수무책으로 곁에 서 있는 장면이다.

이 장면은 과거의 모든 행복했던 장면을 밀어내버리고 내 기억을 지배했다. 아무리 다른 생각을 해보려 애써도 그저 티모가 불쌍하고 슬프고 무력한 상태로 누워 있는 모습만 더욱 선명해질 뿐이었다. 앨범을 펼쳐도 오로지 거대하고 거친 세상의 희생양 같은 작고 가냘픈 사내아이밖에 보이지 않았다. 티모가 웃고 있는 사진조차도 금세 부서질 것처럼 위태롭게만 느껴졌다. "티모는 너무 연약했어. 내 아들을 정말 사랑했지만 지켜주지 못했어." 수개월 동안 나는 아주 여러 번 친구들 앞에서 울며 자책했고 심리치료사에게는 오랜 동안 내 아픔을 하소연했다. 그러다 지난여름, 티모의 유치원 교사였던 코넬리아 선생님이 결국 내가 멋대로 만들어낸 상상을 불식시키는 마법의 단어를 발견해냈다. 코넬리아는 이렇게 말했다. "아이고, 웬걸요. 티모는 강하면서 명랑한 녀석이었어요. 거기다 뛰어난 연기자이기도 했죠. 티모가 불쌍한 척하는 연기를 얼마나 잘했는데요. 진짜 잘했어요. 티모는 부모님에게서 연기력을 물려받은 아들이었잖아요. 예전부터 티모에 대해 너무 부정적인 생각만 하지 않으셨으면 좋겠다고 말씀드리고 싶었어요. 티모는 수시로 부모님의 관심을 끌기 위해 연기를 했고, 특히 어머님은 티모가 약한 척할 때면 언제나 속아 넘어가셨어요."

다재다능했던 어린 연기자 티모. 티모를 결국 이런 관점으로도 볼 수 있는 거다. 티모에 대한 여러 설명 중에서 어떤 것이 과연 맞는 것일까? 아들이 죽은 마당에 어떤 설명이 옳고 그른지를 따지는 것이 과연 의미 있는 일일까? 나는 이런 일로 신경을 쓰고 부담을 느끼지 않으려고 노력한다. 지금까지 살아오며 분명 수많은 것을 버리고 새로운 걸 받아들였을 것이다. 내 아들에 관한 이미지는 나 스스로 만든 것이었다. 자기가 떠난 이후, 내가 자기를 어떻게 생각하든 티모는 결코 화내지 않을 것이다. 나는 어린 아들에 대한 소중한 사랑을 떠올리며 티모를 추억할 때,

나 스스로에게나 다른 사람들에게 밝고 기쁜 것들을 선택하기로 결심했다. 티모와 함께한 삶을 기록하는 작가의 입장에서, 어떤 내용의 전기를 쓸 것인지는 내가 결정할 사안인 것이다. 과거의 쓰라린 장면들은 첨가하지 않으련다. 하지만 내게는 그런 이야기를 잘 들어줄 사람들이 필요하며, 나를 세심하게 배려해주는 심리적 공간이 필요하다는 것도 알고 있다. 우리의 상처는 너무도 귀한 것이어서 아무에게나 내보일 순 없다. 우리는 상처를 딛고 더 성장할 수 있다.

기억은 우리에게 이렇게 말한다. "어서 오렴. 우리 계속해서 함께 살자. 너와 나, 우리 둘 모두 서로 변화해갈 거야. 나를 붙잡아둘 필요는 없어. 숨결처럼 너와 함께할게. 나는 태양처럼 뜨고 질 거야. 그리고 시원한 시냇물처럼 끝없이 너를 적시며 흐를 거야. 너는 안전해. 인생을 이루는 모든 이야기 속에 살아 있으니 말야"라고.

현실

예전처럼
우리가
배드민턴 치는
세상이 존재해.

그곳의
풀밭은
내 눈물을 먹고
자라나지.
그곳에서 우리는
함께 웃고 있어.

그곳은 그저
눈에 안 보일 뿐

하지만
그렇다고 해서
없다
할 수 있을까.

최근에 너를
못 봤다고
네가 없는 게
아닌 것처럼

우리가 행복하게
함께 공놀이하는
세상이 있어.
방금 전
눈물 사이로
어렴풋이 보았어.

정말로
존재해.

두려움 너마저도
그것을 내게서
앗아가진 못해,
알고 있니?

이번엔 내가 이겼구나.

잘
지내고
있니?

웃고, 고개를 끄덕이고, 주위 사람들의 표정을 슬쩍 살피는, 이러한 제스처들은 내게 너무도 친숙하다. 대중 앞에서 애도를 주제로 강연할 때면 흔히 "잘 지내고 계신가요?"라는 질문을 던졌을 때 동요하지 않을 사람을 물색해본다. 청중은 이 말에 금세 반응을 보인다. 그들의 얼굴에 나타나는 마음 불편한 술렁거림을 보면 방향을 제대로 잡았음을 알게 된다.

일상생활에서 "잘 지내고 계신가요?"라는 안부는 그저 형식적인 행위일 뿐이다. 하나의 인사이자 예의상 하는 행동. 그러나 막상 애도하는 입장에서의 이 인사는 갑자기 삶이 얼마나 불편하고 복잡해졌는지를 느끼게 한다. 순식간에 엉망이 돼버린다. 이 짤막한 단어의 조합은 마치 인생을 어렵게 만드는 것이 최종 목표인 듯, 하필이면 우리가 사랑스러운 친구들로부터 가장 사랑이 필요한 힘든 시기에 등장한다.

사람들은 흔히 애도를 감정의 롤러코스터라고 말한다. 분명 잘못된 표현이다. 그러나 내가 애도하기 시작했던 무렵을 떠올려보면 내 기억은 이와는 다른 이야기를 들려준다.

"잘 지내고 있니?"

이 질문이 불편했던 것은 그 당시 오만 가지 감정의 소용돌이에서 헤어 나오지 못해서가 아니었다. 그보다는 오히려 이 물음 자체가 성립하지 않는다고 느꼈기 때문이다. 사실 누군가 다른 걸 물었더라도 똑같이 속수무책이었을 것 같다. 불과 얼마 전까지만 하더라도 예전처럼 그저 반사적으로 밝게 "잘 지내고 있어요. 감사합니다"라고 대답하는 것만이 유일하게 옳은 답이라고 생각했다. 하지만 더 이상 그렇게 대답할 수 없었다. 그렇다면 잘 못 지낸다는 말이야? 아니 그렇다고 말할 수도 없다. 어떤 감정도 들어올 자리가 없는 빈 방에 있는 듯한, 마치 미지의 별에서 지구로 내려와 육신을 지닌 채 환상의 세계를 둥둥 떠다니는 듯한 기분이었다. 내 시계는 이 세상의 시계와는 완전히 다른 시간으로 돌아갔다. 모든 것이 슬로모션처럼 지나갔고, 인생의 모든 세세한 사안들은 수백 배 더 크게 다가왔다.

나는 따뜻하고 환한 햇살을 받으며 그것을 신비로운 존재처럼 여기며 기뻐했다. 내게 친절하게 미소 짓는 사람들을 만났고 그것 또한 경이로운 축복이라고 여겼다. 거울 속의 나를 바라보면서 적당히 먼 촌수의 친척이 바라보고 있다고 여겼다. 이 모든 행위에는 어떠한 생각도 감정도 없었다. 내가 만나는 모든 사람들과 연결돼 있는 것 같았다. 나는 사람들 속에 있었다. 다시 말해 어떤 관점을 가질 만큼 충분히 거리를 확보하지 못했던 것이다.

에리히 프리드Erich Fried는 그가 지은 유명한 시에서 "사랑은 '그건 그냥 그런 거야'라고 말한다"라고 했다. 그리고 나 역시 그 말에 공감했다. 그 어떤 가치판단과 평가를 배제한 채 흘러가는 대로 받아들이는 것. 그가 묘사한 것처럼 사랑하는 사람의 죽음과 마주할 때 우리는 정말 그 사랑의 크기를 가장 잘 느끼게 되는 걸까? 죽음을 앞둔 순간 우리는 구원해주는 듯한 그 손을 잡을 수 있을 것인가. 좋고 나쁨을 구별하는 것이 마치 창틀의 먼지 한 톨처럼 사소하게 여겨지는 아주 거대한 저승 세계에서 안전함을 느끼는 날을 과연 맞이할 수 있을까.

지금도 이따금 내게 말을 붙이며 사랑하는 사람을 떠나보낸 경험을 들려주는 사람들을 만난다. 그들은 때로 나지막하고 은밀하게 비밀을 털어놓기도 한다. 그 비밀은 아무도 믿지 않을 것이라고 생각해서 누구에게든 절대 말한 적 없는 것들이다. "어떻게 말해야 좋을지 모르겠지만, 어머니가 돌아가셨을 때 한편으로는 잘됐다고 생각했어요. 제가 무슨 뜻으로 말하는지 이해하시겠어요?" 그렇다. 나는 이해할 수 있다. 나 역시 그런 경험을 했기 때문이다. 그것은 좋지도, 그렇다고 나쁘지도 않았다. 아니, 좋았다거나 나빴다는 식으로 단순히 판단할 문제가 아니다. 어떤 측면에서 그건 그 어떤 말로도 형언할 수 없을 정도로 좋은 일이었다. 고요하고 넓고 숭고하며 끝없이 장대했다.

죽음이 다가오면 우리는 인생이란 수많은 방 중에서 아주 작은 방 하나에 불과하다는 것을 깨닫는다. 인생이라는 방은 우리가 언제 멈춰야 하는지를 알려준다. 우리는 경험을 통해 익숙한 방의 범위 안에서 어떤 것이 좋고 또 어떻게 행동하면 옳은지를 알고 있기 때문이다. 죽음은 인생이라는 방에 들어와 그 이전까지는 전혀 몰랐던 미지의 세계로 가는 새 문을 열어준다. 이때 우리는 바람이 지나가며 나지막이 들려주는 이야기를 들을 수 있다. 그것은 네가 인식하기에는 너무 커. 그건 바로 지금 여기에 있어. 사랑은 '그건 그냥 그런 거야'라고 말한다. 죽음 역시도 '그건 그냥 그런 거야'라고 말한다.

살다 보면 언젠가는 어느 누군가의 죽음이 어깨 위에 손을 올리듯 아주 가까이 다가온다.

그때가 되면 이제 내 차례가 왔음을 알아차리고 더 이상 이를 회피할 수 없어진다. 이처럼 개인적이면서 궁극적인 죽음은 그동안 살아온 세계의 질서와 고정관념과 가치관을 회의하게 만든다. "잘 지내고 있니?" 이 질문에 이제 막 그 모든 전체를 아우르는 것 이상으로 더 큰 무엇이 있음을 감지하게 된 사람은 도대체 뭐라고 답변해야 될까?

아이들이 의식을 잃고 아무 말도 못한 채 병원에 누워 있었을 때, 너무도 조용해서 아이들의 몸에서 천사의 날개가 자라나는 소리를 들을 수 있을 것 같았다. 그때 나는 죽음이 실제로 나와 한 공간 안에, 바로 옆에 있음을 느꼈다. 죽음과 나. 바로 우리만의 순간이자 시간이었다. 가슴으로 죽음을 받아들이고, 결국 그것이 실제 우리 인생에 포함됨을 받아들이는 것은 내게 달려 있었다. 죽음은 우리 모두와, 사랑하기 때문에 곁에 두려는 모든 존재들과, 세상의 섭리에 따라 스러져야 하는 모든 것에게 해당

된다는 것을 받아들이는 것 역시 내게 달려 있었다. 나는 힐데도민Hilde Domin의 시 〈수업〉이 무슨 뜻인지 경험하였다.

> 모든 죽은 이들은
> 우리 자신에 관해
> 어떤 무언가 가르침을 준다.
> 죽음을 통해 얻는
> 값비싼 수업.

가족의 죽음은 내게 어떤 가르침을 남겼을까? 아마도 이런 것들일 것이다. 우리가 죽음을 생각하는 것만큼 죽음은 우리를 생각하지 않는다. 그리고 죽음에 어떤 태도를 견지하는 것은 우리의 과제가 아니다. 그렇게 하는 건 좀 우습다. 죽음은 괘씸한 것도 모욕적인 것도 아니고, 비열한 것도 아니며 어떤 사고도 아니다. 죽음은 좋든 나쁘든 그저 그 자체로 존재한다. 죽음은 어떤 느낌보다도 더 믿을 만하며 강하다. 죽음은 엄연한 사실이다. 우리가 어떻게 느끼느냐와 상관없이 존재한다. 죽음은 "나는 여기에 있고 네가 어떻게 생각하든 말든 여기에 있을 것이다"라고 말한다. 이 말은 가장 친한 친구가 얘기해줄 때에만 진짜라고 믿어지는 바로 그 말이다.

나는 한때 지구에 새로 태어난 화성인처럼 살았다. 그때는 모든 것이 무감각했다. 이제는 기억의 한편에 남아 있다. 내게는 아주 낯설고 특별한 시기였으며, 그때 마주치는 모든 사람을 사랑스럽고 놀라운 눈으로 바라보았다. 지금까지도 그 당시에 느꼈던 둥둥 떠다니는 기분, 안전하게 보호받는 기분을 다시 느끼기 위해 노력한다. 당시 머릿속을 사로잡았던 느낌, 즉 무슨 일이든 쉽게 가치 판단을 내리지 않고, 알려고 하지 않고, 모든 것을 한 번에 이해하려고 하지 않았던 느낌을 낱낱이 떠올려보려고 애를 쓰고 있다.

그 당시 상황을 얘기하면 사람들은 "당신은 충격 상태에 있었던 것이 분명해요"라고 말한다. 어쩌면 그 말이 정확할지도 모른다. 하지만 모든 걸 이 말 한마디로 요약해버리기에는 서운한 마음이 든다. '충격'이란 단어는 마치 내가 그 당시에 기절해 판단력을 잃었다는 것처럼 들리기 때문이다. 즉 내가 경험한 것이 사실이 아니라는 의미로 들린다. 하지만 내 생각은 다르다. 그 시기에 나는 어느 때보다 더 생생히 느꼈고 온전한 삶을 살고 있었다.

죽음 가까이에는 깊고 신비스러운 경험을 모을 수 있는 공간이 있다. 나 말고도 그것을 경험한 사람이 있을 것이다. 삶의 방향을 잃어버린 것처럼 보이는 많은 사람들은, 우리가 복잡한 일상에서 그저 가볍게 지나치는 사실을 진지하게 받아들인다.

우리는 보통 현재의 세계관에 맞는 사실만 바라본다. 예를 들면, 미국 원주민은 1492년에 스페인 정복자들과 제대로 맞서지 못했다. 크리스토퍼 콜럼버스가 이끄는 거대한 배들이 수평선에 나타났음에도 그 존재를 전혀 인지하지 못했기 때문이다. 북미 인디언의 세계에서 배란 없었던 것이다. 인간은 존재하지 않는 다고 믿는 것은 보지 못한다.

우리도 사랑한 사람이 죽을 수 있다는 사실을 믿지 못하거나 그건 불가능하다고 믿는 경우가 있다. 그러다 결국 가까운 사람의 죽음을 경험한다. 이러한 경험은 기존 인식의 한계를 확장시킨다. 이러한 경험은 우리에게 또 다른 놀라운 일을 안겨줄 수 있을까? 그리고 또 다른 미지의 세계, 즉 지금까지 알려지지 않은 가능성의 세계로 우리를 안내할 수 있을까?

가족을 잃은 이후 만난 세계는 그 이전까지는 존재하지 않는 다고 믿었던 경험으로 가득 차 있었다. 가족을 잃은 이후 경험한 것들은 대부분 위험하지 않았다. 이를테면 가까운 이의 죽음을 경험한 이후에도 내 인생은 충분히 가치 있으며, 공처럼 이리 뛰고 저리 뛰듯 기쁨에 넘치진 않을지라도 내면에는 주변 사람과 나눌 만한 것이 있음을 알게 됐다. 그리고 나와 가까운 사람들은 내가 기쁘게 해주지 않더라도 기꺼이 내 곁에 있으려고 한다는 것도 알게 되었다. 또한 어떤 기분은 시간이 지나면 저절로 완전히 사라진다는 것도. 비록 그 이유를 전혀 이해하지 못한다 할지라도 말이다. 이 모든 것은 전적으로 새롭게 알게 된 사실들이었다. 34년을 살아오며 이러한 가능성은 보지 못했고 또한 믿을 수도 없었다. 하지만 지금은 이 모든 것이 내가 믿는 것들의 근간을 이룬다.

"잘 지내고 계신가요? 무엇을 느끼십니까? 지금 이 순간 어떤 경험을 하고 계신가요?" 사람들이 이런 말을 정말 진심으로 물어봐주면 얼마나 좋을까. 다른 사람들을 만날 때 시시콜콜하게 설명하지 않아도 알아서 먼저 배려해주면 얼마나 좋을까. 눈높이를 맞추고 진심으로 관심을 가져주는 사람들에게는 할 이야기가 참 많다. 그런 사람들에게는 특이하고 혼란스러운 삶을 새로 살아간다는 것이 어떤 기분인지를 설명해준다. 나는 잘 지내고 있는 걸까, 아니면 잘 못 지내는 걸까? 우리는 이 물음에 대답하지 않아도 된다. 그동안 들어보지 못했고 보이지도 않는 삶, 이제 막 새로운 질서가 정립되려 하고 죽음과의 공존을 모색하려는 삶 속의 메신저 혹은 탐사원인 우리는 앞 질문의 답을 확실히 알 필요가 없다. 어쨌거나 이제 막 어떤 새로운 세상을 발견했으니 말이다.

"그렇게 물어봐주셔서 감사해요. 도움이 되네요." 이 말은 지금까지도 내가 잘 지내는지 아니면 잘 못 지내는지 판단을 유보시키는 데에 도움이 된다. 이 질문은 잠시 숨을 고르고 기운을 내서 현재 내 상태는 어떠한지 설명할 수 있도록 해준다. 그러다 그저 아무 말도 하고 싶지 않은 날에는 좀 더 가볍게 대응한다. 그럴 때면 "당신 얘기가 더 듣고 싶어요"라고 말한다. 이것 또한 아주 효과가 좋다. 사실 남에게 의례적인 말이나 쉽고 단순한 대답이 아닌, 뭔가 특별한 이야기를 꺼내기란 쉽지 않다. 하지만 지난 몇 년간의 경험을 되돌아보면 그렇게 하는 것은 소득이 있다.

물론 일상적이면서 평범하게 대답한 적이 있다. "네, 잘 지내고 있어요", "아뇨, 잘 못 지내고 있어요"처럼. 그러다 언젠가 뇌 안의 감정 영역이 다시 활성화되자 이와 같은 '좋다', '나쁘다'의 의미가 다시 인식되기 시작했다. 나는 이것을 다시 느끼게 돼 매우 기뻤다.

"저는 잘 못 지내고 있어요." 정말이지 이 말을 입에 달고 살았다. 아무것도 느낄 수 없던 시기가 지난 후에는 오히려 이 말이 쉽게 나왔다. 세상에는 나 자신을 불쌍하게 느낄 수 있도록 해주는 안경이 이미 준비돼 있었다. 매번 이렇게 대답할 때마다 언제나 상대방이 내 마음을 헤아려줄 거라고 예상했다. 그것은 바로 배려와 이해와 공감이었다. "저는 잘 못 지내고 있어요." 이 대답은 단순명료했고 모든 사람이 곧바로 알아들었다. 다만 여기엔 단 한 가지 단점이 있었다. 아니 엄밀히 말하자면 두 가지 단점이 있었다.

첫째, 대부분 이같이 짧은 대답만으로 끝나는 경우는 거의 없었다. 친구들은 나를 위로하면서 현재 나를 가장 괴롭히는 문제가 무엇인지 세세히 묻곤 했다. 나는 친구들을 실망시키고 싶지 않아 마음속 모든 얘기를 자세히 풀어놓았다. 내가 왜 잘 못 지내고 있는지에 대해서는 물론 할 말이 아주 많았다. 그리고 말을 하다 보면 훨씬 더 많은 안 좋은 일들이 줄줄이 생각나곤 했다. 그러다 상대방이 내 말에 고개를 끄덕이거나 감싸안아주면 자극을 받아 더욱더 많이 부정적인 말들을 하고, 나 자신을 재앙의 소용돌이 안으로 밀어 넣어 결국에는 나와 상대방 모두 헤어 나오지 못하게 되어버리곤 했다. 이러한 사실에 죄책감을 느꼈지만, 이것은 문제를 더욱 악화시킬 뿐이었다.

안타깝지만 말만으로는 도움이 안 될 때가 있다. 좋은 기분과 나쁜 기분 사이에서 살얼음판을 딛듯 조심스레 균형을 맞추려는 시도 자체가 문제로 이어질 수도 있다. 우리가 사용하는 말은 우리 영혼의 음악이다. 말할 때 우리는 직관적으로 어조를 결정한다. 장조로 말할지 아니면 단조로 말할지. 자전거를 처음 배우는 어린아이의 두려운 기분을 적절히 묘사할 수 있는 말은 아직 없다. '슐루트Schlut'라는 단어는 안타깝게도 아직은 없다. 이 말은 나와 가까운 친구들끼리만 사용하는 은어가 되었다. 가족의 죽음을 애도하던 시기에는 물론 이 단어를 사용할 생각도 못했다. 그래서 모두가 알아들을 수 있도록 분명히 표현해야 했다.

"잘 지내지 못하고 있어요"라면서 그 이유를 말할 때, 이 말 자체가 그대로 내 기분을 결정한다는 것을 알게 되었다. 말로 묘사한 장면은 실제로 입 밖으로 내기 전에는 아주 미약했지만 일단 말로 표현돼 나온 뒤에는 실질적인 힘을 발휘했다. 내 몸은 충실한 악기처럼 말이 묘사한 대로 울렸다. 그리고 말을 다 끝마치기도 전에 기분은 이미 엉망이 되었다.

둘째, 뭔가 도움이 되고 싶었던 친구들 역시 곤혹스러움을 느끼게 된다. 친구들은 나를 위로하려고 애썼지만 별 소용이 없었다. '위대한 죽음'과 산산조각 난 삶, 그리고 무엇보다 그 어떤 방법을 동원해도 달랠 수 없는 그리움을 어떻게 위로해줄 수 있단 말인가.

"이리 와 봐. 내가 호 해주면 금방 나을 거야." 모든 것이 이런 식으로 쉽게 풀리기만 한다면 무엇이 어려울까? 하지만 우리는 두려움으로 무너지고 때로는 더 나아가 병이 들기도 한다. 사랑의 언어조차 우리의 상처를 치유하지 못하기 때문이다.

"잘 지내지 못하고 있어.""왜? 어서 말해봐." 이 말은 해롭지 않고 서로의 관계를 이어준다. 매우 단순하면서도 자연스러운 대화다. 하지만 이 말은 자주 마법의 손을 통해 독립적 생명을 가진 존재가 되어버렸다. 이 말은 강했다. 우리 모두를 합친 것보다 더.

애도하는 사람들이 아픔을 말하려고 할 때, 언제 어떻게 말해야 할지 신중히 선택하는 것이야말로 정말 진지하게 해결돼야 할 과제다. 죽음은 우리 어깨 위에 걸터앉아 일정 기간 동안 죽음의 운반자 혹은 사신 역할을 하도록 한다. 우리는 죽음을 어깨에 올려놓은 채 이동한다. 다른 대안이 없기 때문이다. 그리고 개인적인 걱정 외에도 더 많은 것들을 얹어 짊어지고 다니는 걸 직감적으로 느낀다. 우리는 세상의 모든 고통과 슬픔을 짊어지고 다닌다. 이 짐은 정말 무겁다. 우리 자신에게는 물론 동반자들에게도.

우리에게 "잘 지내고 계신가요?"라고 묻는 다정한 사람들은 어떤 일에 휘말리게 될지 본인도 잘 모른다. 어떻게 알 수 있겠는가. 우리가 작정하고 이야기하기 시작할 때 다가올 깊은 심연 내지는 당혹감에 대해, 그 어떤 것도 예상할 수 없다. 이야기하고 위로하고 해결책을 찾는 것. 아니 애도에 관한 일은 그리 쉬운 것이 아니다. 해결책이 있긴 있을까?

"잘 지내고 있습니다. 고마워요." 이렇게 대답하는 것도 방법이다. 여느 사람들이 하는 것처럼 말이다. 하지만 이 대답 역시 문제점을 안고 있다. 이런 대답 대부분이 거짓말이 아니듯 그와 정확히 반대의 대답 또한 거짓말이 아닌 것이다.

과거의 향수에 젖어 있거나 미래의 걱정에 사로잡혀 있거나 고장 난 오븐을 예열하려고 애쓰거나 서랍장을 옮기려고 하거나 낡고 시끄러운 잔디 깎는 기계와 씨름하고 있지 않을 때면, 나는 평화로운 기분을 느끼곤 했다. 더 나아가 세상이 내게 선물해준 모든 것에 감사하는 마음마저 들곤 했다. 그럼에도 나는 기분이 좋다고 표현하는 것을 꺼렸다. 나비의 연약한 날개처럼 좋은 기분은 함부로 만지기 조심스러웠다. 그 기분은 너무나도 깨지기 쉬운 것이어서 내가 구체적으로 언급하는 순간 사라져버릴 것만 같았다.

두려웠다.

정말 기분이 좋다는 것은 내게 카드의 비밀번호 같았다. 그것을 언급하는 순간 평범한 일상 세계의 문이 활짝 열릴 터였다. 하지만 이 세상을 맞을 준비가 되어 있는지 의심스러웠다. 잘 지내는 사람은 신뢰를 받는다. 잘 지내고 있는 사람은 돌발 행동을 하거나 책임에서 도망치면 안 된다. 응석받이로 받아들여지지 않고 세심한 보살핌도 못 받는다. 잘 지내고 있는 사람은 심지가 굳고 신뢰할 수 있다. 그는 특별대우 받을 권한을 잃는다. 다른 평범한 사람들처럼 행동해야 한다. 아니, 난 아직 그렇게 할 자신이 없었다.

나는 사람들이 행복한 순간, 예를 들어 특정한 시기에만 나타나는 신기한 혜성을 볼 수 있는 순간을 나와 함께 나누고 기뻐하기를 간절히 바랐다. 내가 기분이 좋을 때는 대부분 구체적인 이유가 있었다. 새로운 것을 배우거나 경험하거나 혹은 작은 기적을 다시 체험하게 될 때, 또는 내 미약함에도 불구하고 어떤 기억을 떠올리거나 어떤 성과를 이루었을 때 같은.

"나는 잘 지내고 있어." "정말? 그 이유가 궁금해." 기분이 왜 좋은지 물어봐주는 건 기분 나쁠 때 그 연유를 묻는 것보다 훨씬 더 좋았다. 하지만 애석하게도 아무도 이 질문을 해주지 않았다. 만약 그래주었다면 친구들에게 기꺼이 더 많은 이야기를 했을 것이다. 그리고 친구들과 함께 그토록 끔찍한 상황에서도 잘 지낼 수 있다는 사실에 놀라워했을 것이다. 또한 커다란 상실감 속에서도 아주 작은 성과와 밝은 생각을 끄집어낼 수 있다는 것에 감사하고 경이로움을 느꼈을 것이다. 하지만 나를 위로해주지 않아도 되면 사람들은 대부분 단지 본인의 마음 부담이 한결 가벼워진 것만 기뻐하는 것 같았다. 아주 잘 지낸다는 대답은 정말 편리했다. 그렇게 하면 우선은 곤란한 상황을 피할 수 있었다.

"벌써 잘 지낼 만한가요?" 이 질문이 가장 두려웠다. 사람들이 내게 거는 큰 기대를 알게 되고, 내 경험이 평범한 일상과 얼마나 다른지 깨닫게 해주는 말. 정말 화가 치밀었다. 아니, 나는 벌써 잘 지낼 만하지 않다. 비극에서 행복의 방향으로 끊임없이

상승하는 수직 열차를 나는 보여줄 수 없었다. 어떤 때는 정말 잘 지냈으나 때로 하루 혹은 몇 분 지나지 않아 상태가 완전히 나빠지기도 했다. 내 기분을 나도 예측할 수 없었다. 내 생활을 다큐멘터리로 찍어 방영했다면 몇 분 지나지 않아 방송국에는 시청자의 항의 전화가 빗발쳤을 것이다. 너무 재미없을 것이기 때문이다. 시청자가 보기에 나는 즉흥적이고 불안하고 완전히 비논리적으로 보일 것이다.

방송 소재로선 충분한 비극적 죽음과 관련된 삶이지만, 구체적 이야기는 전무하고 오로지 폐기물로 가득 차 있다. 나는 "여기서 꺼내주세요"라고 말하고 싶었다. 나는 빵맨 베른트Bernd das Brot(독일 어린이 방송에 나오는 빵 모양의 캐릭터— 옮긴이)처럼 영화 속에 갇혀 있는 것같이 느꼈다. 영화는 때로는 비극적이고 때로는 즐거웠으나 끔찍이 무미건조했다. 나는 정말 아무것도 보여줄 것이 없었다. 그 어떤 새로운 감각도, 명확한 언어도, 방향도 없었고 심지어 확실한 기분조차 느낄 수 없었다.

애도자가 아닌 제3자는 상황을 매우 극적으로 상상한다. 즉 애도의 가장 큰 문제는 바로 극적인 상황과는 아주 거리가 멀다는 뜻이다. 애도 상황은 우리가 금방 알아챌 수 있는 그 어떤 작은 실마리도 제공해주지 않는다. 상황은 흥미롭지 않으며 한 방향으로 전개되지도 않는다. 우리가 갈피를 못 잡는 것은 바로 그 이유 때문이기도 하다. 애도의 시기에는 평소와 달리 개인적인 이야깃거리가 아무것도 없다. 사람을 잃은 것, 이는 하나의 사실이지 어떤 행동이 아니다. 어떤 사실의 전개도 아니다. 우리가 연결되었다고 느낄 만한 아무것도 없다. 자신도 이해하지 못하는 힘에 휩쓸려 현재 어디에 있고 어떤 상태인지 전혀 모른다.

버나드 자코비Bernard Jakoby는 책 《모든 영혼은 사라지지 않는다: 갑작스러운 사망과 자살과 관련된 이를 위한 도움과 희망》에서 애도하는 이들과 그들의 수많은 지인 사이에 놓인 침묵의 벽을 인상적으로 묘사하고 있다. 나 역시 사람들이 입장을 바꾸거나 회피하거나 외면하거나 몇 마디 말을 던지고 상황을 모면하는 것을 겪었다. 하지만 나도 예전에는 그와 다르지 않았음을 고백해야겠다. 그러한 상황에서 맨 먼저 도망가거나 숨어버리는 사람 중 한 명이었다.

애도한다는 것은 무엇보다 한동안 논리적 이야기와 결과가 통하는 세상에서 고립된 채 있는 것을 의미한다. 그리고 자신이 사는 세상에 잘 적응할 수 있는 도구들을 잃어버리는 것을 의미한다. 텅 빈 공간으로 손을 뻗어 빈 공간을 느끼는 것을 의미한다. 사람은 누구나 자기가 잘 모르는 상황에서는 딱히 무슨 말을 하기 어렵다. 차라리 숨거나 회피하는 것은 이해할 만하다. 우리가 할 수 있는 일은 무엇인가? 치과 치료 후 뺨에 남는 뻐근한 느낌이 시간이 지나면 사라지는 것처럼, 우리는 이러한 상황이 저절로 없어지기를 바란다. 조용히 침묵하며 시간이 흘리기기를 기다린다.

6년이 지난 지금 내 생각으론 이러한 전략이 썩 나쁜 것은 아닌 것 같다. 시간은 분명 효과가 있으며 최소한 몇 년이 지난 후 우리는 다시 우리 안의 '좋다', '나쁘다'의 기분을 적절히 구분할 수 있고, 기분에 맞게 행동할 수 있게 된다. 인간에게는 분명 우리가 이해하지 못하는 조절능력이 있다. 이 능력은 시계의 시침처럼 매우 천천히 움직인다. 그리고 무엇보다 시간을 정확히 지키지 못한다. 이 능력은 1년 이내에 주어진 과업을 달성하지 못한다. 행동하는 동안 우리는 시간을 지켜볼 수 없다. 그래도 대부분 뒤를 돌아봄으로써 우리가 얼마나 지속적으로 변화해왔는지를 알게 된다. 우리 문제를 시간의 흐름에 맡겨도 된다. 그런데 그렇게 하면 모든 게 다 해결될까? 나는 그렇게 생각하지 않는다. 나는 우리가 애도의 불편한 시간을 잘 활용할 수 있다고 믿는다. 애도하는 특별한 상황은 새로운 관점을 갖게 될 계기가 될 수 있다. 우리는 비틀거리는 것에 익숙해 있지 않다. 하지만 약간만 연습하면 크게 비틀거리는 것을 춤으로 변모시킬 수도 있다. 이 춤은 의도적으로 내딛는 어떤 발걸음보다 우리를 더 멀리 나아가게끔 할 수도 있다.

"제 애도기간은 너무 빨리 지나가버렸어요. 그 기간을 제대로 활용하지 못했어요." 나는 이처럼 어떻게든 빨리 정상 생활로 돌아가기 위해 애썼다가 훗날 이를 후회하는 사람들도 만났다. 그들은 과거를 돌아보며 새처럼 자유로웠던 시간을 다시 한 번 더 경험하고 싶어 한다. 정상적인 것은 생각보다 빨리 되돌아온다. 아직 모든 것이 너무 늦지 않은 시점일 때, 긴장을 풀어도 나쁘지 않다.

많은 사람들은 인생의 사다리를 타고 위로 올라가는 것에 익숙하다. 발을 내딛는 사다리의 다음 칸은 이미 확인했다. 그러다 미끄러지기라도 하면 최대한 빨리 다시 올라가기 위해 할 수 있는 모든 것을 다했다. 사다리의 위쪽으로, 행복을 향해 위로 올라갔다. 더 좋은 것과 그보다 더더욱 좋은 것, 많은 것과 그보다 더더욱 많은 것을 추구하면서 올라갔다. 우리는 그렇게 하도록 배웠다.

사랑하는 이의 죽음은 사다리를 기대놓은 담벼락이 무너지는 것 같은 느낌을 준다. 그리고 이제는 어떻게 살아가야 하나, 질문하게 만든다. 언제나 위로만 올라갈 필요가 없음을 깨닫기까지 나는 오랜 세월이 걸렸다. 언젠가 생각만 해도 평온함을 안겨주는 장면을 하나 상상해보았다.

사다리를 그냥 풀밭에 뉘어놓으면 어떻게 될까?

나는 넓은 쪽을 바닥으로 해 사다리를 수직으로 벽에 기대놓는다. 사다리의 두 기둥과 그 사이 여러 칸의 가로장. 어쩌면 '좋은', '나쁜' 이 두 가지 태도는 사다리의 가로장처럼 나란히 배열돼 삶의 순간순간 번갈아가며 선택할 수 있을지 모른다. '좋은 것'은 어쩌면 우리 여정의 최종 목표가 아니라, 습득할 수 있고 때로는 저절로 갖게 되기도 하는 태도나 행동방식에 불과한 것일지 모른다. '나쁜 것' 또한 어떤 길의 시작도 끝도 아닌 그저 하나의 과정에 불과한, 우리에게 필요한 것일지도 모른다.

내게 이득이 되는 것, 내 기분을 들뜨게 하는 것은 무엇일까? 아마 사람들은 이 질문에 끝없이 답을 적어 내려갈지 모르겠다. 바로 애도하고 있을 때, 그동안 딛고 올라선 인생의 사다리를 특히 더 잘 인식하게 된다. 사다리의 칸들은 더 확실하고 강한 모습으로 다가온다. 평소 같으면 갑작스러운 추락에 충분히 대응할 수 있다. 아래로 미끄러지려고 할 때 제동을 걸 수도 있고 욕심내서 한꺼번에 세 단계를 건너뛰어 올라갈 수도 있다. 그러나 애도기간 동안에는 그럴 만한 힘이 없다. 그때는 자신의 한계를 받아들이고 인생의 사다리를 있는 그대로 받아들일 수밖에 없다. 좋지 않다고 여겨지는 것들이 우리를 사다리 아래로 추락시키고 지탱할 힘을 상실하게 만든다. 더 이상 아무 요령도 부릴 수 없게 될 때 삶은 더욱 뚜렷한 모습으로 다가온다.

나를 기분 좋게 하는 일들은 어떤 것이 있을까? 애도기간 동안 나는 확실히 파악하게 되었다. 오렌지 껍질 벗기기, 미지근한 물에 두 손을 오래오래 씻기, 땀이 날 때까지 숲을 산책하기, 파스텔로 그림 그리기, 콜라 한 잔을 마시기, 뜨개질하기, 공 세 개로 저글링하기. 내 기분을 밝게 만드는 것은 이처럼 단순하고 사소한 것들이다. 기분을 좋게 해주고 마음을 편안히 만들어주는 행복인자는 이와 같이 단순한 것임을 애도기간 동안 더욱더 확실히 알게 되었다. 지금까지도 그때의 소중한 기억을 되새겨보곤 한다.

반대로 무엇이 기분을 나쁘게 만드는지도 알게 되었다. 나는 기분이 나빠지는 요인들을 자세히 살펴보다 몹시 놀랐다. 그중 대부분은 죽음과는 아무런 관계가 없는, 그보다는 오히려 계속 위로 올라가려 기를 쓰며 마치 모든 게 정상인 양 행동하는 내 애처로운 노력과 관련돼 있었기 때문이다. 나는 조심해, 너무 무리하고 있어라는 말을 명심해야 했다. 이 말을 인생 사다리의 길고 미끄러운 부분에 적어놓고 조심해야 할 터였다.

내키지 않은 모임에 오랫동안 앉아 있을 수밖에 없을 때, 잠이 부족할 때, 너무 오랫동안 샤워를 못했을 때, 마음에 들지 않은 옷이나 지나치게 끼는 옷 또는 헐렁한 옷을 입었을 때, 오랫동안 꼼짝하지 않고 책을 읽고 난 후에, 컴퓨터를 너무 오래 했거나 어린아이들과 오랜 시간을 보냈을 때, 이 모든 것은 나를 피곤하게 만들었다. 이런 경우에는 바로 몸이 반응한다. 땀이 나거나 둔감해지거나 걷잡을 수 없는 공포를 느끼게 된다. 이럴 땐 어떻게 해야 할까?

그냥 계속 나아가야 한다. 위로 향하는 사다리의 다음 계단을 찾아야 한다. 참을성 있게 기다리며 작은 발걸음을 내디뎌야 한다. 이제는 내 상태가 좋지 않다 해도 그것이 실패한 게 아니라는 것을 잘 안다. 인생의 사다리에서 균형을 잘 잡았다가도 살다 보면 어느 때든 다시 아래로 미끄러질 수 있다. 미끄러졌을 때 불평불만을 늘어놓는 것은 아무짝에도 쓸모없다. 젖은 풀밭으로 미끄러져 내려앉았을 때야말로 새로운 방향을 모색할 수 있는 좋은 기회인 것이다. 어쩌면 우리를 아래쪽으로 추락시킨 사다리의 가로장이 구체적으로 어떤 것이었는지 알아볼 수 있을지도 모른다. 아, 또 너였구나. 어쩌면 다음번에는 추락하기 전에 미리 그곳을 피해갈 수 있을지도 모른다.

그렇다고 바닥에 떨어질 때마다 자책하면 안 된다. 우리에겐 아무런 잘못도 없다. 용기를 내고 위험을 감수하고 능력보다 조

금 더 나은 성과를 내곤 하는 것은 우리가 미련해서가 아니라 삶
에 따르는 위험요인을 감수하기 때문이다. 나쁜 기분을 계속 피
해 갈 수는 없는 노릇이다. 그리고 최대한 빨리 기분 좋아지는
게 중요한 것도 아니다. "잘 못 지내요"라고 말할 상황에 처해
있음을 미안해할 필요는 전혀 없다. 이 말은 그저 우리가 현재
약간 무리했으며 상황을 어떻게 호전시킬지 모르겠다는 것을 의
미할 뿐이다. 이것은 또한 그러한 상황을 통해 무언가를 배울 수
있으며, 우리는 아직 모르지만 발견해주기를 기다리고 있는, 위
로 향하는 또 다른 사다리의 계단이 있음을 의미한다.

   가끔 생을 마감하게 될 때 어떤 모습으로 신 앞에 서게 될지
를 상상해본다. 신은 "자, 이승에서의 생은 항상 행복했나?"라
고 물으며 나를 판단할까? 아니, 그렇지 않을 게다. 신 앞에 서
서 7년 또는 17년 혹은 37년 내지는 그 이상의 세월 동안 정말
잘 못 지냈노라고 말하는 광경을 상상해본다. 17년 동안의 불행
했던 시간은 인간의 기준으로 보면 비극이나 다름없다. 그렇지
않은가? 신은 분명 비난하지 않을 것이다. 두 손으로 얼굴을 감
싸 안으며 도대체 뭐가 문제였냐고 묻진 않을 것이다. 내 생각에
신은 그저 궁금해할 것 같다. 그리고 "그래, 자네는 그 힘든 시기
에 어떤 경험을 했나?"라고 물을 것 같다.
   저는 잼을 만들었어요. 그리고 산책을 했어요. 그저 숨을 들이
마셨다 내쉬었다 했어요. 시간의 소리에 귀를 기울이고, 아무것
도 안 하고 그냥 누워 있는 동안에도 시간은 흘러간다는 사실에

놀랐어요. 아주 슬픈 시를 쓰곤 했어요. 오랫동안 침묵하기도 했어요.

신은 아마도 "그랬구나"라고 할 것 같다. 어쩌면 내가 지은 시를 읊어달라고 청할지도 모른다.

누구에게나 힘든 시절이 있다. 힘든 시절 또한 평온함, 균형감각, 죽음과 같이 인생의 한 부분을 이룬다. 힘든 시절은 인생을 한 박자 쉬어가면서 살아갈 계기를 마련해주는 매우 중요한 시기다. 그때 우리는 힘든 날을 견뎌내고 절망의 검은 이불을 희망의 실로 수놓을 수 있도록 도와주는 사람들을 만나게 될 것이다. 그들은 내 말에 귀를 기울이고 내 영혼 안에 자리 잡은 온갖 부정적인 요소를 버릴 수 있도록 도와줄 것이다. 많은 전문가들이 이를 돕고 있다. 모래처럼 쉽게 변하는 인간의 감정을 어떻게 대해야 할지 잘 아는 이들이므로 그들 앞에선 쑥스러워할 필요가 없다.

다른 사람들, 친구, 가족 또한 평정심을 유지하는 방법을 함께 배울 것이다. 그들은 '나쁘다'라는 단어 앞에서 놀라지 않는 법을 배우게 될 것이다. 그들은 우리 기분이 좋지 않을 때에도 그것을 너무 심각하게 받아들이지 않을 것이며, 차를 한 잔 끓여주거나 혹은 함께 산책을 나간다거나 함으로써, 믿을 수 있는 친구가 그러하듯 지극히 정상적인 삶 또한 우리 곁에 있음을 확인시켜줄 것이다. 우리가 어떤 기분인지는 그리 중요하지 않다. 주변의 사람들은 우리의 기분을 과대평가하지 않음으로써, 그리고 우리가 실제로 느끼는 기분과 별도로 우리 자신의 존재는 그 이상의 것임을 인식하도록 도와줄 것이다.

그 밖에도 우리는 '좋은', '나쁜'에 관한 문제를 정말 중요하게 생각하고 이것을 인생의 가치를 판단하는 사람들도 만나게 될 것이다. 어떻게 지내느냐는 안부 인사를 받을 때, 그 인사에 극적 요소나 득점 혹은 평가를 중시하는 시험적 요소가 있음을 우리는 본능적으로 느낀다. 그럼에도 피상적인 성과와 행복을 중시하는 사람들을 나무랄 수는 없다.

그런 사람들이 안부를 물어오면 "잘 지내고 있어요. 감사합니다. 당신은요?"라고 되묻는 것이 위험 상황을 피하는 아주 좋은 대응 전략이 될 수 있다. 이 대답은 일종의 방어막으로, 그다지 친하지 않은 사람들이 우리 영혼의 보석함을 공격하고 상처 주는 것을 미연에 방지하는 역할을 한다. 그리고 그것은 모든 사람과 연결될 필요 없는 지극히 정상적인 세계의 기억을 불러일으키기도 한다. 타인과 깊은 관계를 맺기 싫고 긴장을 풀고 회복하고 싶을 때, 그러한 세계를 대안으로 선택할 수 있다.

깊은 관계를 맺고 싶지 않은 사람들에게 대답할 때 이를 비밀스럽게 암호화해서 말할 수 있다. 우리를 진심으로 걱정해주는 사람들에게 대답할 때는, 이 암호와는 별도로 조용한 감사의 표시를 할 수 있게 된다. 이 개인적인 암호는 진실이 충분히 자리 잡을 수 있음을 우리 자신에게 상기시켜 줄 것이다.

애도는 좋은 기분과 나쁜 기분 사이를 넘나들도록 만들고, 깊은 절망과 필요에 의한 작은 거짓말 사이에서 춤추게 한다. 이러한 춤을 곧바로 몸에 익힐 필요는 없다. 내 생각에는 자신과 다른 사람들을 조용히 긴장시키고 가볍게 대하지 못하도록 할 필요가 있다. 실수를 해도 무방한데, 이 또한 이 같은 춤사위와 다를 바 없다. 어쨌든 우리가 어떻게 지내느냐에 대한 정답이란 없다. 아마도 입을 여는 순간, 이미 우리가 말한 것과는 다른 상태로 변해 있을지도 모른다. 대답이란 하나의 놀이, 대화란 일종의 실험 같은 것일 뿐이다.

나는 많은 것을 시도해보았다. 내가 가장 좋아하는 대답을 항상 다양한 버전으로 바꾸어본다. 예를 들면 1부터 10까지의 척도 중에서 6을 선택, 속도는 30으로 하기. 나는 지상에 내려앉기를 바라는 풍선이 된 기분이다. 나는 피곤하지만 산책을 나가고 싶다. 몸무게가 마치 1천 킬로그램이나 나가는 것처럼 느껴진다. 발은 아무 문제가 없는데 가슴은 약간 답답하고 머리는 더 무거운 상태이며 배는 뭐라도 채우고 싶어 한다. 이럴 때도 있고 저럴 때도 있는데, 바로 지금은 아주 만족스럽고 모든 일이 술술 잘 풀린다. 남풍이 분다. 밤새도록 자지 않고 책들을 읽어치우지만 정작 요리는 무얼 해야 할지 모르겠다. 나는 고요하게 있다. 놀라울 정도로 잘 지내고 있다. 천상에 있는 듯한 기분도 든다. 아무튼 좋다.

방금 전 나는 대답의 레퍼토리를 더욱 풍부하게 해주는 새로운 변형을 발견했다. 나는 동의어사전을 넘겨보며 '기쁜'과 '슬픈'을 찾아보았다. 수많은 동의어들은 인상 깊었고 현재 내가 느끼는 감정을 정확히 구분해 명명할 수 있도록 도와준다.

오늘 내 기분은 어떠한가? 확신에 차 있나 아니면 활발한가, 역동적인가 아니면 행복한가, 우울한가 아니면 울적한가, 낙담했나 아니면 소진되었나. 단어를 선택하기 전에 입 안에서 곱씹어본다. 우리가 느낄 수 있는 감정의 종류는 정말 많다. 좋은 기분과 나쁜 기분 사이에는 여러 기분이 있다. 감정을 표현하는 단어의 세계는 풍족하며 무수한 뉘앙스로 가득 차 있다. 이 세계를 잘 들여다보면 우리가 무엇 때문에 고민하고 있는지, 당장 무엇을 필요로 하는지에 대한 단서가 가득 차 있다. "잘 지내고 계신가요?" 이는 괴롭히는 말도 어떤 시험도 아닌, 우리 자신을 더욱 잘 알 수 있게 도와주는 친절한 초대장과 같다. 어떤 처지에 있든, 특히 애도의 문제와는 상관없이 우리 자신을 더욱 잘 알게 해주는 질문인 것이다.

모든 종류의 삶

죽음은 네 개의 삶을 선사한다.
처음에는 작고 조용한 것
연습 삼아 사는 것
그저 단순히 생존하는 것
이런 삶을 선물로 준다.

두 번째 삶은
실수를 위해 준다.
죽음은 죽도록 용감하게 만들어
실패하고 잘못하는 것
부끄러워 침묵하는 것
그럼에도 죽지 않는 것
그것이 무엇인지를 알려준다.
그 모든 '그럼에도 불구하고' 계속 사는 것
그것은 죽음이 주는 선물

세 번째 삶은 결국
진정한 우리만의 삶을
찾기를 포기한 순간
몰래 슬쩍 보내준다.

하얀 무無에서 올라오는 성탄꽃처럼
바로 '나예요'라고 말한다.
이 삶은 우리 것
죽음이 선물해준 '삶'

죽음 또한 자신을 삶이라고 말한다.
그리고 죽음은
우리가 알다시피
삶 자체, 삶 이후의 삶이다.
네 번째 삶의 이름은 죽는다는 것

죽는다는 것?
그저 죽음일 뿐
죽음은 모든 종류의 삶을
선물로 준다.

나도
잘지내고
싶어

살아 있는 게 아닌 죽음에 가까운 상태.

몸속 에너지가 완전히 고갈된 상태. 온몸이 축 늘어지고 안색이 창백해지며 팔 하나 제대로 들어 올리지 못하게 된다. 자꾸만 드러눕고 싶고 가능하다면 영원히 일어나고 싶지 않다. 나는 애도의 기간 동안 수많은 시간과 숱한 날들을, 때로는 일주일 내내 이와 같이 무감각한 상태로 지냈다. 이런 상태가 될 때면 마치 몸 안에 유령이 들어와 모든 에너지를 다 앗아가는 것 같았다. 살아 있다는 느낌이 없었다. 오히려 완전히 그 반대였다.

그러니까 어떤 상태였더라…… 오히려 죽은 상태였나?

지난 몇 년 동안 나는 죽음에 대해 자주 이야기했다. 희한하게도, 저승 사람들이 어떻게 지내고 있을 것 같냐고 물으면 사람들은 한결같이 이렇게 말했다. "분명 잘 지내고 있을 기예요." 혹은 "더할 나위 없이 잘 지내고 있을 거예요." 지옥에 대해 걱정하는 사람은 거의 만나보지 못했다. 죽은 후에도 영혼은 계속 살아 있다고 믿는 사람들은 보통 죽음 자체를 아주 편안한 것으로 받아들인다. 아울러 죽음은 따뜻하고 밝고 가벼운 것이라고 생각한다. 그리고 영혼은 안온한 사랑 속에 있고 자유로우며 무념무상인 채 영원히 끝없는 공간을 부유한다고 믿는다. 우리 대부분이 이 지구상에서 경험하는 그 어떤 것보다 더 멋진 경험 같다. 그리고 생명력과 반대되는 개념이라고는 전혀 느껴지지 않는다. 그보다는 오히려 궁극적인 행복으로 생각되기까지 한다.

죽음 이후의 모습이 정말 이와 같다면 우리는 곁을 떠난 이들과 이렇게 함께하는 모습을 가장 먼저 떠올리게 될 것이다. 함께 인라인스케이트 타기, 따뜻한 수영장에서 수영하기, 그러고 나서 햇살 아래 앉아 아이스크림 먹기. 바로 이것이 대부분의 사람들이 하늘 내지는 저승에 갖는 감정에 가장 가까울 것이다. 죽음 이후에도 행복이 있다고 생각하면 사랑했던 사람들이 바로 우리 옆에 앉아 함께 아이스크림을 핥짝이는 장면을 쉽게 연상할 수 있으리라.

하지만 이런 상상은 왜 거의 불가능할까. 누군가 죽자마자 그렇게 행동하는 건 거의 파렴치하다는 생각 때문이다. 운동을 하거나 놀거나 붉은 립스틱을 바른다거나 헤어스타일을 바꾸는 등의 행위처럼, 으레 상사병을 앓고 있을 때 기운을 내려고 하는 행동이 누군가의 죽음 이후에는 마치 배신행위처럼 느껴지기 때문이다. 하늘 혹은 저승에 대한 상상이 바로 이처럼 가볍고 밝은 모습임에도, 죽은 사람들이 행복할 것이라고 상상하기란 쉽지 않다. 이상한 일이다. 사랑하는 사람을 떠나보내고 나면 우리 내면은 우리를 절망 속으로 밀어 넣는다. '애도'의 어원은 '어려워지다, 쓰러지다, 바닥으로 떨어지다'이다. 우리는 쓰러지거나 넘어지는 바로 그 순간, 곁을 떠난 이들과 묘하게 연결돼 있다는 느낌을 받는다. 우리를 그 같은 방향으로 몰고 가는 힘은 어떤 걸까? 우리에게 말을 거는 이는 어떤 존재일까? 그 존재는 좋은 의도를 갖고 있는 걸까, 아니면 우리가 커다란 오해의 늪에서 무조건 고통 받기만을 원하고 있는 걸까?

가족의 죽음 이후 나는 거의 매일 곁을 떠나버린 세 명의 천사에게 편지를 썼다. 보통 세 번에 한 번꼴로 '얼마나 밝게 잘 지내고 있는지 알려주면 좋겠어'라는 바람을 전하곤 했다. 나는 헬리와 아이들이 많이 노력했을 거라고 믿는다. 실제로 가끔은 그들이 내 가슴에 불어넣어주는 하늘의 향기를 맡을 때도 있었다. 그럴 때면 단 몇 분 동안이지만 우리가 함께 구름 위에서 춤추고 있는 기분이었다. 내가 기분이 좋아 환호하거나 기쁨이나 행복을 만끽하는 순간에는 분명히 그들도 모두 나와 함께 기뻐해줄 것이라고 확신했다.

한동안 편지를 쓰는 일에 공을 들였고 스스로 또한 의무감을 갖고 그렇게 해야만 한다고 생각했다.

제목이 정확히 기억나지는 않지만 예전에 읽었던 어떤 책에서는 부모가 울면 죽은 아이들이 슬퍼서 떠나가지 못하고 부모 곁에 머문다고 했다. 죽은 아이들은 부모를 위로하려 하면서도 왜 그들이 계속 슬퍼하는지 이해하지 못한다고 했다. 이 같은 설명은 정말 끔찍하다. 아이들을 사랑하는 마음에서 눈물을 억지로 참는다는 것이 이해하기 힘들었다. 나는 티모와 피니가 죽은 자신들을 향한 내 그리움과 눈물을 충분히 이해할 수 있을 만큼 똑

똑하리라고 믿었다. 그래도 혹시나 하는 마음에 그들을 사랑하는 마음에서 내 기분을 좋게 할 수 있는 일이라면 무엇이든 받아들이기로 했다. 하지만 그 모든 노력에도 불구하고 슬픔의 무게는 계속 나를 짓눌렀다. 나는 나 자신이 가을날의 나뭇잎처럼 시들어가는 것을 그저 무덤덤하게 바라보고 있었다. 왜 나는 그냥 내가 사랑한 천사들과 계속 행복하게 살 수 없었을까? 대체 나와 하늘 사이에는 어떤 장벽이 들어섰고 내 가슴속에는 어떤 돌이 들어앉은 걸까? 왜 그토록 행복을 찾는 일과 천사들과 만나는 일과 죽음과 당당히 대면하는 일이 어려웠던 걸까?

심통이 났다. 그리고 한동안 모든 것을 다 '사회' 탓으로 돌리고 책임을 떠넘기곤 했다. 사실 우리는 애도자들에 대해 끔찍하리만치 칙칙하고 어두운 분위기를 연상한다. 우선 나부터도 가족의 죽음 이전에는 애도하는 미망인에게 고정된 선입견을 갖고 있었다. 무기력하다. 구부정하다. 검은 옷을 입고 있다. 몸이 굳어버린 듯 느리게 움직인다. 입꼬리는 처져 있고 한숨을 내쉰다. 가끔 훌쩍인다.

하지만 이제는 내가 바로 그런 미망인이 되어버렸다. 게다가 이 비호감 단어를 각종 공식서류에도 기입해야 했다. 결국 나 자신의 이미지가 실제로 그러한 부정적 방향으로 변모해가는 것을 자각하게 되었다. 실체를 알 수 없는 어떤 것이 치맛자락에 무겁게 매달려 있는 듯한 느낌이었다. 이러한 느낌을 불식시킬 수 있는 긍정적이면서 강한 생각이 필요했으나 안타깝게도 그러한 생각은 쉽사리 떠오르지 않았다.

게다가 나를 짓누르는 또 다른 부정적인 기운이 있었다. 나는 매우 보수적인 시골 마을에 살고 있었다. 처음에는 이웃들이 하는 얘기를 들을 수 없었으나 시간이 좀 더 흐르자 나에 대한 소문이 들려왔다. 이웃들은 내가 정상적으로 애도하지 않는다고 수군거렸다. 그리고 정말 행복한 결혼생활이었다는 내 말이 미심쩍다는 듯 은밀한 얘기를 주고받곤 했다. 대체 어떻게 된 여자가 계속 울지도 않고 가족이 죽은 지 3주 만에 댄스 수업에 나가고, 심지어 몇 달도 안 돼 다시 어릿광대 노릇을 할 수 있느냐고, 분명 어디에 이상이 있는 거 아니겠느냐고 쑥덕거렸다.

나는 깜짝 놀랐다. 남편이 살아 있을 당시 사람들이 우리를 보았다면 우리가 얼마나 즐거운가를 보고 이를 사랑의 척도로 삼았을 것이 분명했다. 그러다 마치 하룻밤 사이에 화폐개혁이 일어난 것처럼 보였을 것이다. 사람들은 남편에 대한 내 사랑의 깊이를 이제는 내가 흘린 눈물의 양과 내가 얼마나 우울해하는가로 측정하려 들었다.

일기장에 다시 '내게 유머와 기쁨을 주기를 부탁해'라고 적었다. 당시 행복을 갈구하는 과정에서 나는 오직 남편과 아이들과의 관계에서만 이를 얻을 수 있다고 생각했다. 남편과 아이들은 분명 잘 지내고 있을 거야. 지푸라기라도 잡는 심정으로 오로지 그 생각에만 매달렸다.

어떤 친구는 무거운 기분에서 벗어날 수 있는 데 도움이 되는 이야기를 들려주었다. "동양의 불교신자들은 우리 서양인이 특이하다고 생각한대. 우리는 누가 태어나면 웃고 누가 죽으면 울잖아. 그런데 동양에서는 정확히 그 반대라더라. 그들은 아기가 태어나면 안쓰럽게 생각한대. 고뇌로 가득 찬 세상에 또 다시 태어났기 때문이라는 거지. 그리고 누군가 죽으면 잔치를 벌이는데, 왜냐하면 이제 고통스러운 생을 벗어나게 되었으니 그걸 축하하기 위해서란다."

나는 이 종교의 매력에 푹 빠졌다. 슬픔과 가혹함을 똑같은 것으로 매도하지 않는 문화가 실재한다는 사실이 마음에 들었다. 그건 정말 마음에 쏙 들었다. 나는 당연히 서양의 기독교 문화에서 죽음을 기쁘게 받아들이는 문제를 어떻게 생각할지 숙고해보았다. 서양의 전통적인 장례의식이나 일부 목사들의 침통한 목소리나 기도할 때 거의 구부리듯 숙이는 몸짓 등을 생각하면 그 이전보다 더 기분이 악화되곤 했다. 나는 당장 교회를 개혁하고 싶었다. 기독교가 사실은 기쁨을 배가할 수 있는 종교가 될 수도 있다고 생각했다. 우리 기독교인은 아이가 탄생하면 세상이 환해진다고 생각하며 기뻐한다. 그리고 누군가 다시 사랑과 빛과 자유로움이 있는 하나님의 곁으로 돌아갈 때에도 역시 기뻐하며 축하한다. 우리는 부활을 믿는다. 죽은 이들을 동정하지 않을 수도 있을 것이다. 그저 죽은 이들이 얼마나 잘 지내고 있는지만 생각할 수도 있을 것이다. 정말 모든 것을 그야말로 편안히 받아들일 수도 있을 것이다.

그러나 이러한 가정에는 무언가 석연치 않은 것이 있었다. 내가 무언가 중요한 것을 고려하지 않은 것이 분명했다. 내 몸은 계속해서 땅으로 푹 꺼지는 것 같았다. 그리고 '죽음'이라는 말은 여전히 내 곁을 맴돌았다.

나는 계속해서 기독교의 단점을 찾아나갔고 갈수록 더욱 거침없이 비판하게 되었다. 어쩌면 모든 것이 다 예수의 책임일지도 모른다고 생각했다. 특히 유아기 때 보았던 예수의 그림은 내 무의식에 깊이 각인돼 있었다. 십자가에 매달린 남자, 고개를 늘어뜨린 채 슬픈 눈빛을 보이는 남자, 죽은 것처럼 생기 없고 어딘가 모르게 아주 불행해 보이는 남자. 갑자기 모든 게 다 말이 안 된다고 생각됐다. 그 그림은 부활과는 전혀 관련 없는 것으로 보였다. 예수가 육신의 죽음을 극복했음에도 불구하고 왜 사람들은 항상 십자가에 매달린 모습으로 묘사하는지 이해가 되지 않았다.

이러한 질문과 씨름하다 결국 결정적 단서를 발견했다. 그것은 바로 예수의 시신과 예수가 부활한 동굴이었다. 그것이 바로 나를 무겁게 내리누르는 것의 실체를 밝혀주었다. 내 머리와 심장은 끊임없이 천상의 행복을 갈구했지만 속세의 유한한 몸뚱이만큼은 무시할 수 없었다. 지금까지 알려진 바를 감안해보면 예수는 죽는다는 것이 어떤 느낌인지 정확히 알았던 것이 분명하다. 남편은 몸이 싸늘하게 식고 경직돼 무표정한 얼굴로 관 속에 누워 있었다. 딸아이는 병원에 있었다. 나는 딸아이가 죽은 후 몸을 닦아준 다음 침대에 뉘었다. 잠든 게 아니라 죽었기 때문에 평소보다 훨씬 더 무거웠다. 다음날은 나흘간 혼수상태에 있던 아들이 내 품에서 죽었다. 아들 역시 무거웠다. 몸은 축 늘어져 있었다. 죽은 것이다. 의사들이 사전에 알려준 덕분에 아이들을 침대에서 안아 올릴 때 놀라지는 않았다. 아이들의 무게는 충분히 감당할 수 있었다.

내 몸은 아이들의 무게를 기억하고 있었고 그 느낌은 모든 세포 하나하나에 다 각인되었다. 행복을 느낄 때 사랑하는 누군가가 안아주었을 때의 느낌을 떠올리듯, 죽은 시신을 만질 때의 느낌은 몸 안에 깊이 스며들었다. 살아 있을 때 사랑하는 이의 몸은 활기차고 다정하다. 하지만 내 몸이 기억하는 마지막 포옹의 느낌은 그와는 확연히 달랐다. 나 자신도 이들과 함께 죽은 느낌이었다. 그리고 가족의 육신의 죽음은 뼛속까지 깊이 파고들었다. 마음은 노력한 만큼 홀가분해질 수 있었으나 몸은 그렇게 할 수 없었다. 나는 육신과 함께 다시 부활한다는 의미가 무엇인지 배워야 했다.

함께 죽고 그리고 부활하기. 우리는 이때 커다란 과제를 부여받는다. 살면서 이것이 어떻게 이루어질 수 있는지를 깨닫는 것은 얼마나 큰 선물인가. 내 친구는 "불교는 믿음에 관한 정의를 내리지 않는 유일한 종교"라고 말했다. 그리고 "불교도는 몸으로 직접 경험하지 않은 것은 믿을 수 없다고 말한다"고도 했다. 애도란 삶 속에서 부활을 경험하는 것을 의미할 수도 있을 것 같다. 사랑한 사람과 함께 우리 또한 꿈과 계획과 희망을 잃은 채 죽은 것이나 다름없기 때문이다. 우리 안에는 그토록 사랑한 사람과 함께하고자 했던 또 다른 나의 시신이 잠들어 있는 것이다. 우리가 매달리는 대상은 떨어져나가 자기 길을 가야 하며 우리에겐 다른 선택의 여지가 없다. 우리는 우리가 부활한다는 것을 믿어야 한다.

임사체험에 관한 책을 읽다 보면 죽은 이들이 크고 밝은 빛에 도달하기 전에 좁고 긴 어둠의 터널을 지나야 했다는 내용을 자주 본다. 어쩌면 애도의 고통은 또 다른 형태의 어두운 터널인지도 모른다. 실패와 가슴 아픈 고통은 살아 있는 동안에도 경험할 수 있는 것인데, 이는 즉 사랑의 빛으로 가는 준비단계 내지는 부활의 필수요소일지도 모르겠다.

이렇게 생각하면 예수가 십자가에 못 박혀 죽은 그림을 이해할 수 있다. 시신의 실체는 죽음이 불변의 사실임을 말해주기 때문이다. 육신의 죽음을 계속 인정하지 않기란 불가능하다. 마치 "앞으로 3분 동안 녹색 점박이 분홍 코끼리를 생각하지 마세요"라고 하면 그때부터 그런 코끼리를 떠올리게 되는 것과 같은 이치다. 우리는 시신을 어디론가 숨길 수 없다. 시신은 물리적인 것이다. 애도 중에 부활을 경험한다는 건, 붙잡고 들여다보고 느낀 것을 몸으로 경험함으로써 죽음을 구체적으로 받아들이는 것을 의미한다고 생각한다. 아니면 최소한 머릿속에 자리 잡은 장면을 회피함으로써 몰아내기보다는 이를 따뜻하게 받아들이고 이해할 수 있을 때까지 잘 간직해야 함을 뜻한다고 생각한다.

십자가에 매달린 예수는 완전한 끝이 아니라 오히려 부활의 시작을 상징하는 것이다. 예수가 내게 이렇게 말하는 것 같다. 보라. 나도 실패하고 낙담하고 무기력하게 바닥에 쓰러져 있지 않았더냐. 나를 보라. 나도 너와 같은 경험을 했느니라. 자, 이제 그림 자체에만 몰두하지 말라. 지금 내가 어디 있는지 느껴보도록 노력해보라. 내 힘이 느껴지느냐? 너 또한 이러한 길을 갈 수 있다고 약속하겠노라. 너 역시 다시 부활할 수 있느니라.

언젠가부터 일기장에 이 무거운 기분에서 놓여나고 싶다는 욕망을 적지 않게 되었다. 대신 천사가 된 가족에게 하늘을 나는 문제에 관해서라면 그들보다 나는 더 느리다는 것을 설명하기 시작했다. 필요에 따라 내 약점을 인정했는데, 이것은 그들에게서 배운 것이었다. 나는 벌써 천사인 척할 필요가 없었고, 하늘에 있는 가족도 모두 이해해줄 것 같았다.

내 가족은 잘 지내고 있다. 그들이 가끔은 고달픈 길을 갈지도 모른다고 생각하면서도 나는 내 가족이 잘 지내고 있다고 지금도 굳게 믿는다. 하늘은 브라질의 휴양지 코파카바나^{Copacabana}와 같은 모습일까? 아니, 그렇게 평범한 곳은 분명 아닐 것이다. 그래도 나는 그들이 따뜻하고 안온한 환경에서 이런저런 인생 경험을 하는 와중에도 외로워하지 않고 잘 살아가고 있다고 믿는다.

나 또한 홀가분하고 벅찬 기분을 점점 더 느끼고 있고 바로 이러한 순간에는 가족이 곁에 있음을 특히 더 강하게 느끼곤 한다. 애도와 고통이 죽은 사람과의 연결고리이며, 홀가분함은 그들을 배신하는 것이라는 의견에는 결코 동의할 수 없다. 이러한 생각은 기본적으로 오해에서 비롯되었다고 생각한다. 사랑의 깊이를 표현하기 위해 눈물을 보일 필요는 없다. 그리고 웃음과 활기찬 생활에 두려움을 가질 필요도 전혀 없다. 우리가 기쁘고 편하다 해도 죽은 이에 대한 우리의 사랑이 없어지는 것은 아니다. 내 경험상 이는 분명한 사실이다.

그렇지만 우리에게는 애도하고 절망할 권리가 있다. 내가 만났던 한 여성은 딸이 죽은 후 울었다는 이유로 담당목사에게서 비난을 들었다고 한다. 목사는 "따님은 하나님 곁에 있어요. 왜 우는 거죠? 당신은 믿음이 부족하군요"라고 말했단다.

그렇게 말해서는 안 된다. 그것은 상식적이며, 우리의 가슴도 그에 동의한다. 우리의 동정심 또한 그러면 안 된다고 말한다.

하늘나라의 행복을 생각하고 그 행복을 지상에서도 추구하는 것은 좋은 일이다. 하지만 실패할 수도 있다. 중요한 힘의 원천은 그 실패 속에 있다. 인간은 삶의 중력을 감당해야 하며, 중력과 함께 살고 똑바로 일어서기는 우리의 전문 분야다. 그것은 우리가 태어난 이래 계속해온 일이다. 인간은 세상에 태어나 처음 일어서기까지 1년간은 거의 바닥에 누워 있는 채로 지냈다. 1년 동안 바닥의 저항을 이용해 몸을 일으키는 연습을 했다.

이제 또 다시 바닥으로 내려오게 되었다. 우리는 바닥으로부터 자라는 힘을 알고 있다. 그리고 우리가 사랑한 죽은 이들이 우리를 응원하고 기쁠 때나 슬플 때나 항상 함께한다는 것을 느낀다.

우리는 우리가 알고 있는 하늘의 가벼움과 어디가 땅인지 알려주는 무거움의 사이에서 긴장하며 산다. 때로는 이 긴장감으로 터져버릴 듯한 때도 있지만 우리는 배우게 된다. 그리고 천천히 양극 사이에서 적응하고 이를 극단적으로 양분하지 않게 된다. 그렇게 하면서 다시 일어서고 거의 하늘에 들어갈 수 있을 만큼 성장한다. 우리는 땅과 하늘 양쪽으로부터 든든히 보호받고 있다. 그리고 언젠가는 우리도 부활하게 될 것이다.

집으로

그래 너는 쓰러질 거야
그것이 필요하니까.
네가 가는 길은
언제나 아름다웠지.
어서 땅을 향해
내려가렴.
그리고 경험하렴.
땅이 널 지탱해.

너는 떨어져
그저 집으로
오직 너에게로
널 기다리는 이 누구냐고?
주위를 둘러보렴.
열쇠는 대문에
가볍게 꽂혀 있네.

누군가 정리한 집 안
혹시나 시간일까.

여행 중엔 거의 잊게 되지.
거리가 얼마나 남았는지
그곳엔 누가 사는지

너는 떨어진다.

모든 것이 너와 함께
흔들리는 무지개의
그릇 안에 떨어진다.

빈 손 위에
사뿐 내려왔다.
모든 것을 떨쳐내고
심지어 너 자신마저

떨어지고
떨어진다.
그래
거의 다 왔어.

어떻게
견뎌야
할까?

지금까지 살아오며 수많은 문제를 해결해왔다. 아마 하루에도 수백 가지 이상의 문제를 해결했을 것이다. 대부분의 문제, 그리고 특히 일상적인 문제는 쉽게 해결된다. 그 밖의 다른 어려운 문제는 해결하려고 열심히 노력한다. 나는 문제를 해결하기 위해 요모조모 궁리하고 알아보는 것을 좋아한다. 그리고 육체적으로 힘든 일도 좋아한다. 어렸을 때 아버지는 심부름을 시키시면서 항상 나를 '꼬마 도우미'라고 부르셨다. 아버지가 부르시자마자 나는 환하게 웃으며 달려와 진공청소기로 청소를 하거나 작업도구를 찾아오거나 서랍 속에 펜들을 정리하곤 했다. 심부름은 즐거웠다. 자신감 넘치는, 스스로를 매우 중요하게 생각하는 아이였던 나는 열정적으로 그 일들을 수행했다. 이 즐거움은 지금까지도 이어지고 있다.

아, 애도의 문제 또한 풀기 쉽게 되어 있다면 얼마나 좋을까. 하지만 안타깝게도 애도의 문제가 던져준 수수께끼는 어렵다. 삶의 그 어떤 문제보다 어렵다. 무슨 일을 해야 할지, 아버지나 어느 멘토라도 말해주면 얼마나 좋을까. 아니면 최소한 어디서

부터 어떻게 시작해야 하는지 알려주는 작은 단서라도 손에 쥘 수 있다면 좋겠다고, 나는 수없이 생각했다.

방금 전에 비엔나 부르크 극장과 관련된 일화를 들었다. 어느 날 유명한 여배우가 아주 어려운 배역을 맡았는데, 그녀는 이 배역을 어떻게 소화해야 할지 무척 고민했다고 한다. 그녀는 극중 인물의 심리를 분석하고 등장인물이 왜 이런저런 행동을 하는지 이해해보려고 성실히 노력했다. 리허설 날, 여배우는 "정말 끔찍해요, 이 부분에서 저 부분으로 어떻게 넘어가야 할지 당최 감이 안 잡혀요"라고 말했다.

그러자 감독은 이렇게 대답했다. "발로 가죠, 부인. 발로요." 때로 어떤 문제는 생각보다 쉽게 풀리기도 한다. 또한 한동안 생각을 멈출 때 특히 더 잘 풀리는 경우도 있다.

발로요. 정말 단순하다. 나는 인생의 문제를 이처럼 단순한 방법으로 푼 적이 많았다. 나는 문제를 오래 생각하지 않고 쉽게 접근하는 방법을 시도해보았다. 심지어 애도기간에도 이 전략은 효과가 있었다. 아침에 어떻게 침대에서 일어나지? 그냥 아무 생각 없이 일어나고 그 다음에 이어지는 일을 경험하면 된다. 수많은 서류를 어느 세월에 다 작성하지? 일단 볼펜을 꺼내들어 시작하면 된다. 어떻게 다시 요리할 수 있을까? 우선 냄비를 꺼내 쌀을 씻어 안친다. 도대체 어떻게 해결해야 할지 전혀 감 잡을 수 없을 때 나는 이처럼 단순히 처리하곤 한다.

언젠가 티모시 페리스Timothy Ferris의 자기계발서 《4시간》에서 나 자신, 그리고 무엇보다 엉망인 집안일을 해결하는 간단한 팁을 얻었다. 압박감을 갖고 해결해야 하는 모든 일에 도움이 되는 팁이다. 페리스는 부엌에서 쓰는 타이머를 5분으로 설정하고 나서 당장 해야 할 가장 중요한 일을 그 시간 안에 하라고 권한다. 나는 지금도 5분 안에 얼마나 많은 일들을 할 수 있는지 놀랄 때가 많다. 지금은 식기세척기에서 그릇을 다 꺼내는 데에 3분 30초면 된다는 것을 안다. 빨래를 너는 건 최대한 잡아 4분이다. 세금고지서와 골치 아픈 메일에 답하는 일도 이 같은 팁으로 아주 잘 처리할 수 있게 됐다.

하지만 그렇게 했는데도 주방 타이머가 작동하지 않거나 어떻게 해결할지 감이 안 잡히는 문제도 있다. 그중 한 가지는 '애도의 과제'나 '애도의 단계' 또는 '죽음을 다루는 중요한 자원' 등을 다룬, 애도에 관한 모든 조언서 안에 들어 있다. 그것은 바로 애도의 아픔을 인식하는 일이다. 이것은 심리학자 윌리엄 워든 William Worden의 《유족의 사별슬픔 상담과 치료》에서 말하는 네 가지 애도의 과제 중 하나다. 애도에 관한 책의 다른 저자들도 '감정 풀어놓기'를 핵심과제로 삼고 있다. 나는 이러한 것을 매우 충실히 따르는 편인데도 이 문제에 관해서는 오랜 동안 실패했다. 어떻게 해결해야 할지 전혀 알 수 없었다.

처음에는 감정과 관련된 부분에 아무 문제도 없었다.

아픔이 침범하지 못하는 무중력의 별세계에서 보낸 애도의 첫 단계가 지나자마자 아픔은 더욱더 맹렬히 나를 덮쳐왔다. 그리고 순식간에 갈기갈기 찢어놓았다. 미처 저항할 겨를도 없었다. 나는 고통 속에서 허우적거렸다. 나는 흐느껴 울고 떨고 소리치고 베개나 손가락을 깨물었으며 발작이 가라앉을 때까지 버텼다. 내가 견뎌야 했던 고통은 지금껏 살아오며 경험한 그 어떤 고통보다 더 아팠고, 거의 대부분 아주 사소하고 무의미한 작은 일이 기폭제가 돼 폭발하곤 했다. 텔레비전에서 방영하는 사랑영화 또는 라인하르트 메이가 진행하는 라디오 방송이나 찬장 아래 떨어져 있는 작은 레고 블록이나 친구의 배려가 담긴 말 한마디가 감정분출의 기폭제가 되었다. 이런 일은 수도 없이 많았다.

싸우는 건 의미가 없었다. 나는 고통에 금세 익숙해졌다. 어쩌면 두 아이를 출산한 게 도움이 되었는지도 모르겠다. 나는 아픔의 역학을 알고 있었으며, 극심한 고통은 몸이 감당하지 못하므로 고통과 고통 사이에는 휴지기가 있음을 경험을 통해 알았다. 고통이 극에 달해 참을 수 있는 정도를 넘으면 기절한다는 얘길 어디선가 들은 기억이 났다. 이 말이 남아 있던 마지막 두려움을 거둬갔다. 나는 몸을 믿고 그냥 흘러가는 대로 두었다. 고통스러웠지만 스스로에게 살아남을 수 있을 것이라고 말했다.

처음에는 고통을 어떻게 견뎌낼 것인지 생각하지 않았다. 그러나 내 몸은 매일 내가 견뎌낼 수 있다는 것을 증명해보였다. 수개월이 지나자 공격 횟수가 점차 줄어들었다. 어쩌면 몸이 지쳤을 수도 있고, 아니면 정신없이 일에 매달리는 바람에 의식하지 못했을 수도 있다. 나는 새 삶을 설계하는 일로 바빴다. 이사를 했고 직업을 바꾸고 새로운 일상의 리듬에 적응해갔다. 새로운 일상은 더 이상 아픔의 상처를 곱씹어보고 잠을 자고 일기를 쓰는 일을 허용하지 않았다. 대신 장을 보고 일을 하고 먹고 평범한 생활에 필요한 잡다한 일을 처리하는 것으로 채워졌다.

게다가 나는 사랑에 빠졌다. 내 심장은 아픔이 아닌 새로운 행복으로 따뜻해졌다. 밤이면 가족이 등장하는 꿈을 꾸었는데, 헬리와 아이들은 내게 빛을 비추어주고 흰 구름 위에서 나와 새로운 동반자를 감싸안아주었다. 모든 것이 좋아 보였고 새로운 시간이 열린 것 같았다. 아픔은 영원히 사라졌을까? 애도의 슬픔은 끝이 난 걸까? 기꺼이 그렇게 믿고 싶었다. 하지만 가끔 고요한 시간이 되면 복부를 찌르는 듯한 경련이 느껴졌다. 나는 그 고통을 애써 무시했다. 스스로에게 이건 위경련 아니면 여진 같은 것이라고 말하며 안심시켰다. 하늘은 새로운 사랑을 보내주었고 내 가족은 내가 새로운 삶을 살 수 있도록 적극 응원해주었다. 나는 충분히 아파했다고 느꼈다. 미세하게 타는 듯한 아픔은 곧 사라질 것이라고 믿었다.

가족을 떠나보낸 지 약 8개월 뒤 위령성월(가톨릭에서 죽은 이의 영혼을 생각하고 위로하는 달—편집자)이 되었고, 나는 삶이란 해피엔딩으로 끝나는 할리우드 영화보다는 좀 더 복잡한 것임을 깨달았다. 나는 체력이 소진된 상태였다. 피곤하고 기력이 없었으며 아무것도 느낄 수 없었다. 더 이상 아무 고통도 느껴지지 않았지만 기쁨과 활기마저 느끼지 못하게 되었다. 그리고 애도 초반에 커다란 비눗방울이 나를 감싸고 보호해준다고 느꼈던 것과 달리 가슴은 어떠한 따뜻함도 느낄 수 없었다. 결코 떨쳐낼 수 없는 무거운 운명의 짐을 짊어진 채 허덕이고 있다는 느낌이 들었다. 차라리 실컷 울어보려 했지만 그마저도 뜻대로 되지 않았다. 문득문득 애도 초반에 가졌던 느낌이 그리워지기까지 했다.

나는 다시 내 역할에 몰입했고 스스로를 일으켜 세웠다. 하지만 뱃속의 타는 듯한 고통은 점점 더 심해졌다. 이제는 뱃속에 어떤 괴물이 들어앉아 방심한 틈을 타서 나를 잡아먹으려고 위협하는 게 아닐까, 생각하게 되었다. 나는 괴물을 내 안에 억지로 가둬두고 있고, 괴물은 이 감옥에서 벗어나기 위해 발톱으로 마구 할퀴어댔다.

순수한 독약. 치명적인 독이 든 칵테일. 일부 심리학자들은 자기암시의 상태를 설명하는 데 이같이 극단적인 용어를 사용하기도 한다. 계속 불편한 느낌을 갖고 이를 억누르면 뇌 안에서는 화학반응이 일어난다. 우리 몸은 아픔과 분노와 눈물을 억제하기 위해 자체적으로 마약과 같은 물질을 생산해낸다. 하지만 이러한 물질은 장기적으로는 심각한 부작용을 낳게 된다. 이는 면역체계를 저하시키고 만성 근육통을 유발하며 더 나아가 생각에도 영향을 주게 된다. 내 뱃속의 괴물은 독과 담즙을 토해낸다. 도대체 어떻게 하면 벗어날 수 있을까?

언젠가 세미나에 참석해 그리스인들이 영혼의 아픔을 어떻게 치료하는지에 대해 배운 적이 있다. 그리스에는 애도자들이 가슴속 응어리와 아픔을 풀어냄으로써 그것이 몸에 자리 잡아 독처럼 기능하는 것을 막는 의식이 있다고 했다. 이 고대로부터 이어져 내려온 장례의식의 이름은 미롤로이Myroloi인데 지금도 펠로폰네소스에서 볼 수 있다. 이 장례의식에는 소리 지르고 노래하고 흐느껴 우는 등의 행동이 다 포함된다. 의식의 참여자들은 보통 떼굴떼굴 구르며 큰 소리로 고통을 호소한다. 여자들이 무리를 지어 함께 곡을 하고 이를 반복하며 애도자들의 외침에 대꾸해준다. 부름과 응답을 통해 아픔은 메아리를 얻는다. 애도자는 공동체와 음악 안에서 보호받는다는 것을 느낀다. 나는 기독교 문화에도 그 같은 의식이나 일종의 통곡의 벽이나 장소가 있어서, 혼자서만 아픔을 삭일 게 아니라 조금은 불편하더라도 여러 사람들 사이에서 위로받고 강한 연대감을 느낄 수 있으면 좋겠다고 생각했다.

일부 애도모임들은 감정을 분출할 돌파구를 잘 마련해놓은 것 같다. 이러한 모임에 관한 긍정적 이야기를 많이 들었지만 나는 안타깝게도 스스로 참여할 기회를 놓쳐버렸다. 가족의 죽음 이후, 아이를 잃은 부모의 모임(부부를 진심으로 환영한다고 했다)과 미망인의 모임(그곳에서 죽은 아이들 얘기를 너무 많이 할까 봐 두려웠다) 두 곳 모두 나가고 싶지 않았다. 어쨌거나 그것이 표면적 이유였다. 하지만 고백하건대 나는 분명 선입견을 갖고 있었다. '애도자들의 모임'이라고 하면 촛불을 밝히고 영정을 앞에 둔 채 울거나 아주 조용히 있어야 하는 모습이 떠올랐다. 지루하고 무의미하며 어딘지 모르게 긴장된 느낌을 줄 것 같았다.
지금은 멋진 애도모임을 많이 알게 되었다. 한 번은 멤버가 정해져 있는 애도모임에 손님으로 초대된 적이 있었다. 섣달그믐 바로 직전의 어느 날 밤이었다. 모임에 온 사람들은 생강빵을 구운 후 다양한 색깔의 설탕으로 장식했다. 함께 요리하며 이야기를 나누고 음식을 먹으며 많이 웃었다. 어린 시절에 본 크리스마스마켓의 베이커리 코너처럼 활기가 넘쳤다. 여기저기서 훌쩍이는 소리도 들렸지만 누구도 개의치 않았다. 이는 모든 반죽에 필수로 들어가는 소금처럼 너무도 자연스러운 것이었다. 우리는 둥근 탁자에 생강빵 반죽으로 얼굴 모양을 빚어놓았는데, 이는 각자가 지금까지 애도의 시기를 거치며 겪은 다양한 감정을 반영하는 것이었다. 화난 얼굴, 의문에 찬 얼굴, 슬픈 얼굴, 평온한 얼굴, 반쯤 웃거나 반쯤 우는 듯한 얼굴 등을 비롯한 다양한 표정을 볼 수 있었다. 개중에는 일그러진 모양의 설탕반죽도 있었다. 모임의 주선자는 애도가 면역체계를 약화시키며 그렇게 되면 세균이나 다른 질병에 쉽게 감염될 수 있다고 했다. 차 한 잔에 갓 구운 쿠키를 곁들여 먹으며 우리는 서로의 느낌을 주고받았다. 모임이 끝나고 난 후 나는 생기가 넘쳤고 행복했다. 내 얼굴은 붉게 상기돼 있었다.

애도모임은 단순히 즐겁게 쿠키 굽는 모임은 아니며 원탁에 빙 둘러앉아 문제 해결을 위해 토론하는 모임도 아니다. 요즘은 곳곳에 애도자들을 돕는 전문인이 이끄는 다양한 모임이 있다. 이들은 비슷한 경험을 가진 사람들이 서로 교류할 수 있도록 돕는 방법을 전문적으로 배운 사람들이다. 이들은 사람들이 과거를 이야기할 때 적절한 수위를 중재한다. 자신의 애도에 몰두해 있을 때는 누구나 다른 이의 크나큰 고통을 잘 감당하지 못한다는 것을 잘 안다. 마찬가지로 애도자 또한 항상 반복해서 자신의 아픈 경험을 설명하는 것이 큰 부담이다. 계속 과거의 슬픔을 되새기다 보면 정체감이나 무력감에 빠질 수 있다.

과거를 반추하는 일 못지않게 현재의 애도 순간이나 다양한 감정 등은 물론 당사자와 가족과 사회 안에서의 변화, 그리고 자아상과 새로운 역할의 변화를 주목해볼 필요가 있다. 이때 죽은 이들을 어떤 장소에서 어떤 방식으로 떠올리고 싶은지, 이들을 떠올리고 싶은 장소는 구체적으로 어디인지, 죽은 이들이 선호할 것 같은 장소는 어디일지 생각해보는 것도 중요하다. 영적 영역은 따로 정해져 있는 것이 아니다. 기독교와 관련된 애도모임일지라도 애도시기에 종교에 회의를 느끼거나 더 나아가 믿음을 버리는 경우도 물론 있을 수 있다.

항상 중요한 핵심질문은 이런 것들이다. 누구 혹은 무엇이 내게 도움 되는가? 무엇이 나를 강하게 하나? 누구 혹은 무엇이 이 모든 것을 경험하도록 했는가? 그리고 누구 혹은 무엇에 에너지가 소모되는가? 앞으로 미래를 어떻게 펼쳐나가고 싶은가? 애도모임에 온 사람들은 각자가 처한 상황에 홀로 있는 존재도 이상한 존재도 아니라는 것을, 그저 인생에서 단 한 번 뒤로 밀렸을 뿐임을 경험한다. 밀려난 것이지 미친 것이 아니다. 그들은 그리기, 글쓰기, 움직이기, 놀기 등 여러 방법을 통해 다양한 감정을 표현하는 방법을 배운다. 때로는 말로 형언하기 어려운 것을 표현하는 방법을 배운다. 일반 그룹 활동을 통해 사회적 관계를 형성하는 것을 배운다. 그들은 슬픔을 간직했음에도 불구하고 서로 만나면서 즐거움을 느낀다. 어느 누구도 다른 이를 소외시키지 않는다.

있는 그대로의 모습을 보여줄 수 있고 불편한 감정마저 수용되는 장소를 발견했다면 정말 기뻐해도 좋다. '애도의 슬픔을 경험하는 것'은 물론 어려운 과제이지만 한편으로는 그 안에 커다란 기회가 놓여 있기도 하다. 애도를 통해 배울 수 있는 점은 가슴 아픈 느낌을 피하지 않고 정면으로 받아들여 이를 삶의 한 색채로, 교향곡의 일부로 받아들일 수 있다는 것이다. 그 과정이 번거롭지 않을까 싶을지도 모른다. 하지만 나는 그렇지 않다고 본다. 고통은 훨씬 더 많은 일을 할 수 있다. 고통은 강하고 활기차며 무언가가 자신과 맞지 않을 때에는 큰 목소리로 그 사실을 알려준다. 우리는 사실 고통을 삶에 잘 활용할 수 있다.

애도의 고통은 커다란 기회를 내포하고 있다. 이는 오랫동안 잊고 있던 감정과 다시 연결되도록 도와준다. 고통은 힘이 세다. 해방시켜야 할 것들이 많기 때문이다. 살아오는 동안 우리는 수많은 고통을 억압하고 가두어버렸다. 뱃속의 괴물은 마침내 감옥의 문을 박차고 나감으로써 우리를 도우려 하는 것이다. 고통은 우리에게 이렇게 재촉한다. 자, 어서 느껴보렴. 네가 다시 생기를 되찾을 수 있도록 도우려고 해. 겁내지 마.

고통스러우면 소리치며 떼굴떼굴 구르는 것이 지극히 정상적인 행동으로 받아들여지는 시절이 있다. 이런 전략을 사용하지 못하는 아기는 아마 살아남지 못할 것이다. 어린아이에게는 고통을 마음껏 표현하는 것이 생존과 직결된 중요한 일이다. 아이가 그렇게 하기 위해서는 무엇보다 안정감과 사랑하는 사람의 보호가 필요하다. 혼자서 울어야 하는 아기는 어느 순간에 이르면 울음을 멈추고 무감각해지다 결국에는 포기한다.

우리 역시 우리 고통이 아무 관심도 받지 못하면 활기를 잃는다. 처음에는 강하고 건강했다고 할지라도 곧 용기를 잃게 되는 것이다. 우리를 붙잡아주는 엄마는 어디에 있나? 소리치며 흐느낄 때 다정히 감싸주는 팔은 어디에 있는가? 많은 이들은 이를 심리치료에서 찾는다. 나 또한 고통을 달래기 위해 심리치료를 많이 이용했다. 치료 시간에 검은색 파스텔로 종이에 고통을 표현했고 쿠션을 안고 발버둥쳤으며 수백 장의 티슈를 눈물로 적셨다. 고통을 직면하는 방법은 효과 있지만 때로는 정말 감당하기 힘들다. 고통을 직면하는 일은 쉽게 장벽에 부딪친다. 오직 혼자서만 고통과 대면하려고 하지 말아야 한다. 심리치료사와 상담자들은 모두 어떻게 하면 최대한 빨리 우리가 스스로의 감정을 조절할 수 있도록 도울지 궁리할 것이다. 언젠가는 우리 스스로가 엄마 아빠가 되어 고통이 밖으로 나오려 할 때 이를 잘 달랠 수 있을 것이다.

우리의 뇌는 이에 대해 최적으로 설계되어 있다. 뇌는 감각을 느끼는 동시에 자신을 잘 지켜보도록 되어 있다. 뇌는 서로 연결돼 있으나 독립적으로 활동하는 상이한 통제기관들로 구성되어 있다. 우리는 우리가 어떻게 느끼는지를 제3자의 입장에서 바라볼 수 있다. 심지어 무기력한 상태에 있을지라도 우리 자신을 돌볼 수 있다. 이것을 '고통을 감내할 수 있는 능력'이라고도 부를 수 있을 것이다. 이것은 애도기간에서 배우는 것 중 하나이며, 이후 인생을 살아가며 귀중한 힘의 원천으로도 이용할 수 있다.

나의 동종요법同種療法 의사는 언젠가 부정적 감정을 적극적이면서 주도적으로 다룰 수 있는 훈련법을 보여준 적이 있었다. 그는 이것을 통제된 정서적 관여라고 불렀다. 훈련을 시작하기 전 의사는 이 훈련의 효과를 설명했다. "우리는 분출에 대해 많이 이야기합니다. 주먹으로 마구 방석을 치거나 고함을 지르거나 목놓아 울고 나면 실제로 어떤 경우에는 속이 후련해지기도 하지요. 하지만 그런 식의 감정 분출은 근본적인 해결책이 되지 못합니다. 그렇게 할 때 자극받는 것은 오직 뇌간밖에 없습니다. 뇌간은 효율적이고 반사적으로 반응하지만 학습능력이 없어요. 무언가를 배우고 고통을 변화시키려면 대뇌를 이용해야 합니다."

이어서 의사는 의자에 편안히 앉을 것을 권하며 내 몸의 소리에 귀 기울여보라고 했다. "고통을 느껴보세요. 고통은 어디에 있나요? 어떤 느낌이 드나요? 천천히 하셔도 됩니다. 그리고 혹시 당신을 움직이게 만드는 자극이 나타나는지 면밀히 지켜보세요."

조용히 기다리자 갈수록 몸이 점점 무거워졌다. 배가 찌르는 듯 아파왔고 마치 쪼그라들어버릴 것 같은 느낌이 들었다. 바닥으로 내려가고 싶다고 말하니 의사는 그렇게 하도록 배려해주었다. 아주 천천히 바닥으로 내려가되 온몸의 근육을 다 사용하라고 했다. "지금 무슨 일이 일어나고 있는지 대뇌가 인식해야 합니다. 아주 천천히 계속 움직이세요. 어떤 느낌이 오건 그냥 받아들이세요. 서두르지 말고 천천히 하세요."

나는 바닥으로 내려와 처음에는 바짝 긴장해 태아처럼 몸을 말고 한동안 누워 있었다. 나의 움직임처럼 천천히 고통도 조금씩 달라져갔다. 고통은 다정해지고 간지러운 느낌으로 다가왔으며, 배의 긴장은 차차 누그러져갔다. 나는 양손으로 바닥을 짚고 힘을 주었다. 그리고 아주 천천히 다시 몸을 일으켰다.

의사가 물었다. "다 끝나셨나요?"

그러나 아직 다 끝나지 않은 듯했다. 나는 양손을 뚫어지게 바라보며 두 손이 무언가를 때리려고 하는 상상을 해보았다. 눈에 보이지 않는 적을 면전에서 때려눕히려는 손의 힘이 얼마나 강렬한지를 느끼고서는 깜짝 놀랐다. 어쩌면 기차를 선로에서 밀쳐낼 수도 있을 것 같았다. 내 안에서 나오는 암사자와 같은 초인적 힘을 발휘할 수 있을 것 같았다. 기차가 자동차를 치기 바로 직전, 그 자리에 있었더라면 모성애의 힘으로 기차를 세울 수도 있을 것 같았다. 식은땀이 흘렀다. 몹시 힘들었지만 한편으로는 강해진 것 같았고 기분이 좋았다. 가장 좋았던 것은 내 자신이 모든 것을, 특히 고통마저 통제할 수 있게 되었다는 점이다. 나는 몸이 보내는 모든 신호를 감지하자마자 이를 바로 움직임으로 전환했다. 그리고 마침내 내 안의 고통괴물과 소통할 수 있는 가능성을 발견했다.

지금까지도 이 방법은 내가 자주 사용하는 응급처치 방식 중 하나다. 영적인 고통을 겪을 때는 물론이고 다른 경우에도 도움이 된다. 특히 도움이 될 때는 내가 분노했을 때다. 분노와 고통, 이 두 가지 감정은 생각하는 것 이상으로 밀접하게 연관돼 있다.

미처 인식하지 못하는 경우가 많지만 우리 몸은 이 두 감정을 자주 연결 짓곤 한다.

그동안 나는 내 고통에 대항해 싸울 필요가 없다는 것을 깨달았다. 오히려 그 반대다. 우리 즉 나와 내 고통과 내 분노는 함께 싸우고 있는 것이다. 우리는 보이지 않는 화물열차와 가시적·비가시적인 두려움과 우리를 아프게 하거나 위협하는 모든 것에 대항해 싸운다. 그러나 무엇보다도 우리가 중요하다고 생각하는 모든 것을 위해 싸운다. 만일 통제력을 잃고 날뛰지 않는다면 우리는 상당한 힘을 지닌 존재가 될 수 있다. 나의 내부와 나의 괴물이 가진 힘이 얼마나 막강한지 언제나 인식하고 있어야 한다. 나는 나 자신뿐만 아니라 수많은 애도자들에게서도 이 힘을 발견한다. 자신이 얼마나 강한지 그들 모두 알고 있는지는 잘 모르겠다.

죽음은 우리를 무기력하게 만든다. 죽음이 삶에 끼어들면 우리는 스스로를 약자 혹은 제물로 바쳐지는 어린아이처럼 느낀다. 위로와 보살핌과 격려와 보호를 필요로 하고 우리와 공감하는 사람들에게서 이 모든 것을 제공받는다. 그러나 고통이 차차 다른 형태로 변하고 더 막강해지고 분노와 뒤섞여 공격적이 되면 때로 이해받지 못하는 경우도 생긴다. 하지만 제 길을 가고 있다고 믿어도 좋다. 우리 몸은 우리를 위해 싸우기 시작한다. 몸은 고함을 지르고 주먹질하고 보이지 않는 적을 물리치려 한다. 이 모든 것은 건강한 삶의 원동력을 표현하는 방식이므로 이를 기쁘게 받아들이고 이용해야 한다.

동물의 세계에는 이러한 애도의 강력하고 공격적인 측면이 널리 퍼져 있다. 한 쌍으로 살던 동물들은 짝이 사라지고 나면 움직임이 매우 활발해지기도 한다. 같은 종족과 싸우며 소리를 지르거나 짝을 찾아 나서고 자기 영역을 방어하는 데에 온 힘을 다 쏟아 붓는다. 생물학적인 측면에서 보면 맞다. 동물은 죽음에 대한 개념이 없다. 동물은 자기 짝이 아직 어디엔가 있다고 믿는다. 짝을 위해 싸우려 들고 짝을 되찾고 싶어 한다. 우리 뱃속의 괴물은 이러한 동물들과 매우 유사하다. 이 같은 자연스러운 반응은 막을 수 없으며, 이에 대항해 싸우는 것은 무의미하다. 차라리 이를 이해하고 세심하게 다루어야 한다.

우리의 고통은 큰 소리를 낼 수 있고 막강한 힘을 발휘할 수 있다. 가끔 방금 전까지 잘 지냈던 사람들이 내게서 멀어지지는 않을까 걱정하는데 이는 지극히 정상적인 일이다. 상처로 인한, 얼마간 공격적인 분노를 가진 채 사랑하는 친구들을 대면하는 것보다는 무기력하게 우는 편이 훨씬 쉽다. 우리에게는 고통이 힘을 발휘할 때에도 믿고 기댈 수 있는, 정말 신중히 선택한 동반자들이 필요하다.

우리 뱃속의 힘을 무시하고 차라리 무기력하게 사는 방법을 택하는 것도 이해할 수 있다. 우리 안의 괴물은 한동안 참을성 있게 기다린다. 그러나 어느 순간이 되면 자기 멋대로 하려고 든다. 그러다 실수로 엉뚱한 사람을 공격하게 될 수도 있다. 이 또한 모든 과정의 일부다. 결국 우리는 상처 입은 심장을 부여안고 피를 흘리는 초보자들인 것이다. 우리 안의 거친 동물을 잘 길들이기 위해서는 연습과 경험이 필요하다. 이 동물이 통제를 벗어나기 전에 쓰다듬고 진정시키는 법을 배울 수 있을까?

한번은 어떤 친구와 다투게 되었는데 이 때문에 안타깝게도 우리 관계가 틀어져버렸다. 친구는 메일을 통해 자기 심정을 토로했다. 친구는 자신 또한 죽은 내 남편을 애도하며 매우 그리워하고 있다고 적었다. 나만 위로와 격려가 필요한 유일한 사람이 아니라 자신 역시도 그러하기에 당분간 나를 도울 수 없겠노라고 했다. 사고 직후 큰 힘이 되어준 친구가 이제는 내 남편이자 그녀의 친구이기도 했던 사람을 애도하기 위해 나를 떠나려 하고 있었다. 친구는 내 가족이 살아 있을 때를 포함하여 지금껏 나를 위해 해온 일을 다 나열했는데 그것은 마치 자기 행동을 합리화하는 것처럼 보였다. 그것이 모두 비난의 목록으로 여겨졌다. 나는 경악했다. 배신감과 동시에 공격을 받은 것 같았다.

나는 그 자리에서 후닥닥 답장을 써서 고민할 새도 없이 전송 버튼을 눌렀다. 친구는 즉각 다시 답장을 보내왔고 이로써 서로의 감정이 폭발했다. 비열하면서도 저급한 문장들로 우리는 서로를 탓하며 비난했고 상대를 파렴치한 인간으로 매도하고 어설프게 심리학자 흉내를 내며 잘난 체했다. 너는 말이야, 항상 네 생각만 하지. 왜 그렇게 화를 내는지 너 자신을 잘 들여다보란 말이야. 남들도 나처럼 말해. 내가 계속 네 말을 듣고 있을 거라 생각해? 한 가지만 분명히 말할게. 이제 정말 신물이 나, 잘 먹고 잘 살아.

한 시간에 무려 다섯 번째 메일을 쓰고 나서 전송 버튼을 누르려다 나는 멈칫했다. 내 손가락은 일분일초도 낭비하지 않고 한 번의 클릭으로 답장을 전송하려고 했다. 그러나 나는 차차 다시 이성을 회복했다. 지금 무엇을 하고 있는 거야? 이러는 이유는 뭐야? 나는 일어나 잠시 방 안을 서성거렸다. 여전히 제정신이 아니었음에도 불구하고 심호흡을 하며 몸의 감각에 집중하려고 애썼다. 내 몸은 전혀 편안하지 않았다. 단단한 육체의 껍질 아래에는 상처와 분노가 있었으며 상상하기 어려운 고통이 존재했다. 네가 할 수 있는 건 아무것도 없어. 친구는 그냥 너를 이해하고 싶지 않은 거야. 지금 너와의 관계를 청산하려고 해. 그녀도 너처럼 부당한 대우를 받았다고 생각해. 지금 당장으로서는 이에 대해 할 수 있는 게 없어.

이런 생각을 인정하는 것은 그야말로 끔찍했다. 그보다 한층 더 끔찍했던 것은 메일을 쓴 이유가 단지 우리의 풀기 어려운 갈등이 가져온 부끄러움과 슬픔을 방어하기 위해서였다는 것이다. 단어에 매달리고 날선 문장을 씀으로써 나 자신의 고통을 외면하려 했다. 어떠한 대가를 치르고라도 정당한 대접을 받고 싶은 마음에 갈등을 증폭시켰다. 그리고 이 모든 것은 오직 애도의 고통에서 벗어나기 위해서였던 거다. 이성의 목소리는 이렇게 말했다. 더 이상 서로 생채기 내기를 원하지 않는다면 나는 나 혼자서 고통을 책임지기로 마음먹어야 한다고. 하지만 내 안의 무언가는 이 생각에 맹렬히 반항했다.

외투를 낚아채 밖으로 나갔다. 걷다 보니 생각이 차분하게 가라앉았다. 산책하면서 나는 스스로를 다독거렸다. '아직 너는 혼자서 감당할 준비가 안 됐어. 고통을 느끼고 싶어 하지 않잖아. 우린 무얼 할 수 있을까? 일단 조금이나마 고통을 씻어보면 어떨까?'

신기한 일이었다. 이 '씻는다'는 말을 머릿속에 떠올리자마자 눈물이 흘러내렸다. 드디어 눈물샘이 열린 것이었다. 나는 슬픔과 부끄러움과 뱃속의 작열하는 고통과 분노와 고통을 씻어 내렸다. 그러다가 어느 순간 다시 집으로 돌아왔다. 마지막 메일을 전송하지 않고 읽지도 않은 채 삭제해버렸다. 그렇게 하는 것이 더 나았다. 날카로운 화살은 집어던지고 계속 우는 편이 더 나았다.

"하나님, 당신의 뜻대로 하옵소서." 갑자기 평소 친분 있던 종교인이 해준 충고가 떠올랐다. 여러 해 전의 일인데, 그 당시 온갖 모진 말을 퍼부어도 도무지 해결이 안 날 것 같은 갈등 상황을 겪고 있었다. 그때 그는 "나는 그럴 때면 하나님께 기도해. 모든 것이 다시 제자리를 잡을 수 있도록 일러주시라고 말이야"라고 말했다.

이성적인 생각을 못할 만큼 마음이 어지러울 때는 모든 것을 스스로 해결하려 할 필요가 없다. 대개의 경우 시간이 해결해준다. 그동안 우린 계속해서 숨 쉬고 느끼며 자유를 방해하는 그 모든 것이 없어질 때까지 계속 씻어내도 좋다. 한때 오랫동안 치료를 받았던 호흡치료사는 이런 처방전을 내리기도 했다. "때로는 뭔가를 땅에 내려놓아도 좋아요." 이러한 설명도 참 마음에 든다. 고통을 느낄 때마다 신에게 의지하는 게 어려운 때도 있기 때문이다. 어렸을 때에는 신이 하늘에 살고 있다고 배웠다. 그러나 내 안에서 으르렁거리며 울부짖는 성난 짐승의 시선은 주로 아래를 향하고 있고 하늘은 너무 멀기에 나는 땅을 의지할 수도 있다고 생각했다. 어떻게 하면 내 안의 괴물에게 신은 도처에 존재하며 우리 사이를 통과하기도 하고 아래에서 우릴 지탱하기도 한다고 설명할 수 있을까? 이것은 지나친 욕심일지도 모른다. 내 안의 괴물은 거칠고 퉁명스러우며 미성숙한 게 분명했다. 신은 하늘나라에 있고 그곳은 너무도 멀다. 이런! 이렇게 생각될 경우 땅이 나를 받쳐주고 있다는 생각은 도움이 된다.

씻어내기. 땅에게 내맡기기. 신이 모든 것을 제자리에 정리해 놓을 것이다. 이 말들은 지금까지도 감정을 제대로 통제하고, 길고 날카로운 공격의 문장 뒤에 숨기 좋아하는 고통을 해방시키는 데에 큰 도움을 준다. 몸심리치료에서는 이와 같이 도움이 되는 문장을 '프로브' 또는 '만트라'라고 한다. 그중 어떤 것은 많은 사람들이 인정하고, 그 외의 어떤 것은 우리 스스로 찾아내며 어쩌면 그것은 우리 자신에게만 효과적일 수도 있다. 말은 간결한 상태로 혀 위에서 부드럽게 녹아내릴 때 기적을 행할 수 있다. 이에 반해 성급하고 날카로운 말은 위험을 부른다. 교묘한 문구 뒤에 숨음으로써 우리는 얼마나 쉽사리 자신을 기만하는가.

무기력한 상태일 때 만나는 사람을 놀라게 하지 않으려면 비판과 비난을 잘 구별해야 한다. 고통이 괴물은 싸움이 시작되면 굉장한 설득력을 갖는다. 우리 안의 거친 동물은 자기연민, 분노, 반격을 좋아한다. 이에 대항해 할 수 있는 가장 중요한 것은 침묵을 지키는 일이다. 딱딱하고 날카롭고 끝없이 불평불만을 늘어놓지 않는 것이다. 수많은 성급한 말 뒤에 숨은 진의를 파악하고 기다릴 수 있는 용기가, 우리에게는 있을까?

내 안의 괴물을 다루는 말은 특별히 복잡하지 않다. 그것은 내가 무엇인가를 쉽게 떠올릴 수 있는 짧은 문장이나 구체적인 단어들이다. 바로 효력을 나타내는 구체적인 장면들이다. 우리의 고통이 이해하는 언어를 익히고 단어를 확장하고 문법구조를 익히는 것은 가능하다고 생각한다. 이 즉각적인 언어는 결국 우리의 고통을 경감시키는 데에도 도움이 될 수 있다.

지난해 초에 있었던 일을 떠올려본다. 나는 자동차를 탄 채 시내 한복판에 있었다. 해가 쨍쨍한 맑은 날이었다. 활기찬 하루였고 세상은 마치 제과점에 있는 레몬타르트처럼 밝은 노란색으로 빛나고 있었다. 나는 라디오에서 흘러나오는 유행가를 따라 부르며 창밖으로 횡단보도 앞에서 웃고 있는 사람들을 바라보았다. 학생들 몇 명과 유모차를 끌고 나온 엄마가 있었다. 그녀의 옆에는 어린 남자아이가 아이스크림을 들고 유모차의 손잡이를 꽉 잡고 있었다.

지금 이 순간에도 그 어린 남자아이의 모습을 떠올리면 가슴이 저려온다. 어린 꼬마는 내 아들과 똑같은 금발이었고, 엄마를 강아지 같은 눈으로 바라보고 있었다. 아이는 엄마에게 뭔가를 조르는 듯했다. 그것은 바로 티모의 눈빛이었다.

"엄마, 엄마!"

그때 나는 티모의 애원하는 목소리를 들었다. 티모는 언제나 그렇게 내 모성 본능을 자극했다. 나는 그런 티모를 꼭 껴안고 볼을 비빈 다음 아이가 원하는 것을 들어주곤 했다. 티모가 그렇게 말할 때면 나는 그렇게 행동할 수밖에 없었다.

그러나 이젠 더 이상 일어나지 않을 일인데 무슨 소용이람.

그 사이 신호등은 녹색으로 바뀌었고 어디선가 경적이 울렸다. 차창 너머로 보이는 남자아이는 다가가 안고 볼을 비빌 수도 없고, 설령 자동차에서 내려서 달려가 안는다고 할지라도 결코 내 아이가 될 수는 없었다. 갑자기 심장이 불에 타는 것처럼 아팠다. 내가 한낮의 도로 한가운데서 이런 곤경에 처한 것을 아무도 알지 못했다. 어떻게 해보려 했지만 손 하나 까딱할 수가 없었다. 달아나기. 달아나고 싶은 충동을 느꼈으나 자동차를 그 자리에 그대로 세워둘 수는 없었다. 그것은 그저 머릿속에서의 생각이었다. 나는 뭐든 최대한 빨리 대책을 세워야 했다.

그때 불현듯 몇 주 전 호흡세미나에서 훈련한 내용이 생각났다. 그것은 마치 망망대해에 떠 있는 사람을 구조하려고 하늘에서 내려온 구명튜브 같았다. 세미나에서는 다리와 팔을 뻗는 단순한 동작을 했는데 지도교사는 몸으로 한 행동을 최대한 정확히 말로 표현해보라고 했다. 나는 발꿈치를 앞으로 보낸다. 그와 동시에 무릎이 펴진다. 종아리 근육이 펴지는 것이 느껴진다. 손이 발을 만지는 것을 느낀다. 허리가 조금 아프다. 오른쪽 어깨를 옆구리 쪽으로 조금 내리고 앞쪽으로 숙인다. 이제 덜 당긴다. 머리는 좀 더 자유롭게 움직일 수 있다…….

세미나에서 중요하게 다룬 것은 내면에 떠오르는 상을 더욱 구체화하는 일에 관련된 것이었다. 우리는 '감각능력'을 예민하게 발달시키는 훈련을 받았다. 감각은 감정과 다르다는 것을 배웠다. 감각을 느낄 때는 좋지도, 나쁘지도 않은 중립적인 단어를 사용한다. 예를 들자면 넓다, 좁다, 차갑다, 따뜻하다, 크다, 작다 등의 단어 같은. 이 모든 것은 감정을 묘사하는 단어가 아니라 감각을 설명하는 단어들이다. 감각을 느낀다는 것은 가치중립적으로 사실을 있는 그대로 받아들인다는 것을 의미한다. 사람은 매순간 주변 환경의 변화와 자극에 대한 감각을 받아들일 준비가 되어 있다. 감각을 의식적으로 느끼는 일은 삶을 지속하기 위한 기초가 된다.

우리는 각자 현재 느끼는 감각을 설명하는 중립적인 단어를 찾으며 몸의 감각에 더욱더 집중했다. 그러다 보면 현재에 집중하고 긴장을 풀어줌으로써 변화에 대응하는 데 도움이 되었다. 지금의 위급상황에서도, 운전대를 잡은 상태에서 고통과 티모를 향한 그리움을 지각할 수 있을까? 나는 시도해보았다.

어디가 아픈가. 어디가 가장 아프지?

맞다. 심장이다. 그리고 방금 심장의 고통을 잡으려는 순간 아래쪽의 태양신경총으로 이동해버렸다. 아야. 정말 아프다. 얼마나? 정확히 어떤 느낌? 타는 것 같다. 뜨겁다. 그리고 속이 쓰렸다. 내 몸 안에서 분비되는 이 산은 어떤 색깔인가? 녹색 빛을 띠는 노란색이다. 아니 이제는 노란색이 되었다. 노란 고통. 뱃속 한가운데에서 불타는 노란 불이다. 이 불의 크기가 어느 정도인지 확실히 알 수 있나? 아니, 그 불은 상대하면 할수록 점점 더 커진다. 불길은 몸 전체로 번지고 이제는 마치 심장이 뛰는 살아 있는 생명체로 느껴진다. 이러한 생명력을 가진 것을 몸 안에 계속 두어도 될까?

정말 힘들다. 여러 개의 작은 기포들이 팔과 다리, 그리고 특히 사타구니에서 터져버릴 것만 같은 느낌이었다. 정말 그렇게 될까? 곧 나아질 거야. 어쨌거나 지금은 따뜻한 기분이 느껴져. 타는 듯한 느낌 없이도 티모를 생각하는 일이 가능할까? 그래, 이제 좀 나아진다. 지금 발끝까지 뻗어나가는 힘찬 온기가 느껴진다.

사랑이 나를 온전히 휘감았다. 나를 가득 채우면서도 사랑은 나를 차 밖으로 이끌어내어 끝 모를 곳으로 데려가지는 않았다. 그와 반대로 몸의 구석구석에서 살아 숨 쉬고 있었다. 이때 흘러내린 눈물은 뜨겁고도 달콤했다. 에크하르트 톨레Eckhart Tolle는 강연회에서 "당신은 사랑이 머물 수 있는 그릇이 될 수 있습니까?"라고 물었다. 그가 말하려 한 것을 나는 그날 자동차 안에서 경험했다고 생각한다. 불편한 순간을 무조건 벗어나거나 회피하려 하지 않고 내게 주어지는 자극을 열린 마음으로 느껴봄으로써 고통에게마저 자리를 내어줄 수 있었던 것이다. 나는 마음이 더 넓어지는 것을 느낄 수 있었다.

고통을 경험한 이야기를 하나 더 해보자면 이것 또한 같은 맥락의 이야기다. 다시 감당하기 힘들 정도로 막강해진 고통에 관련된 이야기이기 때문이다. 나는 시간이 흐르면서 많은 것을 배웠고, 고통에 대응하고 고통과 조화롭게 지내는 방법에 대해 많은 훈련을 했다. 그럼에도 불구하고 경험해야 할 것들은 여전히 남아 있었다.

있잖아, 모든 일을 언제나 다 잘할 필요는 없어. 영웅이 될 필요 없어.

너보다 훨씬 더 강한 어떤 존재가 있어. 긴장을 풀어. 너는 어떻게든 보호를 받을 거야. 고통은 직접 나를 찾아와 존재를 확인시켜주었다.

그때 나는 힘든 고비를 간신히 넘은 상태였다. 온몸의 에너지가 고갈되었으며 또다시 몸이 보내는 신호를 무시하고 있었다. 며칠째 복잡한 일들 때문에 애먹고 있었고 비참한 기분이 들었다. 게다가 집안의 불화가 겹쳤다. 영적인 상처를 간직한 사람은 조그마한 갈등조차 도화선이 돼 자기 내부를 불태울 수 있다. 바로 그때가 그런 순간이었다.

나는 욕조에 들어앉아 따뜻한 물속에서 안정을 찾으려고 노력했다. 경련을 일으켰던 가여운 배는 곧바로 이것이 기회임을 알아차렸다. 내 배는 분명 내가 자신을 제어하는 긴장의 끈을 늦추기만을 몇 분간 기다려왔을 것이다. 곧이어 모든 일이 순식간에 벌어졌다. 몸은 통제력을 벗어났다. 배의 근육이 수축하고는 더 이상 이완되지 않는 것을 눈으로 볼 수 있었다. 불에 덴 것처럼 뜨거웠고, 금방이라도 숨이 막혀버릴 것 같았다. 내 몸은 폭발하거나 타버릴 것 같았으며 경직되어갔다. 숨도 쉬어지지 않고 더 이상 움직일 수조차 없었다. 태어나서 처음 느껴보는 고통이었다. 설상가상으로 나는 알몸인 상태였다. 살면서 그처럼 무기력하게 느껴진 적은 없었다.

나는 떨면서 욕조를 나와 목욕가운을 걸치고는 기어가다시피 해서 겨우 소파에 다다랐다. 나는 멋지고 쿨한 사람이 아니었다. 나 자신을 제3자의 눈으로 바라볼 수 없었고, 책에서 흔히 얘기하는 '에너지의 출력을 높게 유지'할 수도 없었다. 오랜 세월이 지난 후 처음으로, 머릿속에서 용기를 북돋워주던 엄마와 같던 다정한 목소리는 침묵을 지켰다. 내게는 유일한 바람이 하나 있었다. 이대로 그만 숨을 놓는 것.

"신이시여, 왜 나를 당신 곁으로 데려가지 않으시나요?"라며 나지막한 목소리로 비난했다. 목소리는 점점 더 커졌다. "제발, 제발 곁으로 데려가주세요. 신이시여, 정말 진심입니다. 지금이에요. 저를 당신 곁으로 데려가주세요. 제발요."

아마 십여 분 정도는 그렇게 기도했으리라. 하지만 그 시간이 영겁의 세월처럼 느껴졌다. 얼마쯤 지나자 더 이상 새로운 말도 떠오르지 않았고 절망적인 기도는 차차 힘을 잃어갔다. 나는 지쳐 축 늘어진 채 그곳에 엎드려 있었다. 신은 분명 내 소원을 들어주지 않기로 결심한 모양이었다.

다시 천천히 긴장이 풀어지자 아주 따뜻하고 커다란 두 손이 나를 떠받들고 있다는 생각이 들었다. 소파 위로 몇 센티미터가량 들린 채 안온하게 보호받으며 떠다니는 기분이었다.

이어서 귀에 대고 속삭이는 듯한 목소리가 들려왔다. 너를 내 곁으로 데려올 수 없어. 언제까지나 너를 받쳐주마. 나는 여기에 있다. 목소리의 주인이 하는 말을 믿을 수 있었다.

"신이시여 감사합니다."

더 이상 아무 말도 떠오르지 않았다. 그것으로 충분했다.

용감한 고통에 관한 노래

어느 날 고통이라는 녀석이 찾아와
사람들의 판단력을 앗아가
시와 노래를 지을 때 운율을 무시하고
말도 안 되는 말을 하게 하고
이야기의 주인님을
화나게 만들었네.

고통 앞에서 뽐내고
고통을 언급한 모든 이는
곧바로 심장을 담보로 잡혔네.
아름답던 글은 모두
눈물과 감정으로 젖었다네.
나쁜 고통, 저주받을 고통

고통은 진정한 번뇌와 원망이
자신만의 것이던
나날을 사랑했네.
돈도 있고 다리도 있고
발부터 손끝까지, 집 안 어디에든지
마음대로 머물 수 있었네.

음유시인과 시인들은
허리띠를 졸라매었네.
고통을 작은 심장의 방 안에
꼭 붙들어 가둬두었지.
잃어버린 고통의 소중한 가치
아 이런 어떡하면 좋지.

이제 사람들은 힘든 시기에도
공허함을 못 느끼고
무엇이 그들을 도울 수 있냐고 묻네.
운율의 감옥에 갇힌 고통은
성이 나 맹렬히 외치네.
"떨치고 일어나 진격하라!"

텅 빈 사지에는 생명이 필요해
나로 인해 모든 세포가 떨게 되리라.
쓰리고 찔리고 불타는 고통은
모든 사지에 생명을 되돌려 주리라.
고통의 힘을 칭송하는 이는
새로운 축복을 받게 되리라.

고통은 재빨리 스스로
자신의 운명을 마감하네.
"운율 맞추기는 이제 그만. 충분해."
이렇게 외치며 땀 뻘뻘 흘리며 웃네.
'지구'로부터 아주 쉽게 해방되네.
그의 용기가 이를 가능케 했다네.

예전보다 훨씬 줄어든 모습
그러나 줄어들지 않은 그의 정신
'ㄱ'이 된 고통은 자신을 왕으로 느끼네.
이제는 아무도 그를 잡을 수 없어.
'ㄱ'의 운율은 맞추기 어렵고
드디어 고통은 안식을 찾네.

운율전쟁에서 이긴 고통
더 이상 드러나지 않는 그의 모습
심장의 고통을 안고 사는 이 있다면
스스로 불러들인 결과라네, 영원토록.

누가 나를
이해할 수
있을까?

혹시 '쇳가루'라는 단어를 아시는지. 내 기억이 맞는다면 학창시절에 물리선생님이 자력의 원리를 설명하며 사용하신 미세한 철조각들을 의미한다. 물리선생님은 쇳가루 한움큼을 플라스틱 접시 위에 부은 다음 그 아래쪽으로 막대자석을 갖다 대셨다. 선생님은 "사람에겐 자력 감지 기관이 없어. 우리는 그저 자력이 어떤 대상에 미치는 영향만 관찰할 수 있단다"라고 하셨다. 쇳가루는 자석의 영향으로 순식간에 대칭 무늬로 배열되었다. 당시 마술과 같았던 장면은 지금도 눈에 선하다. 중심부에는 쇳가루가 몇 조각 있었고 그 주위로는 빈 공간이, 다시 그 빈 공간 밖으로는 쇳가루가 원형으로 질서정연하게 배열돼 있었는데 모두 중심을 향해 방사상으로 펼쳐져 있었다.

슬픔에 빠져 있을 때면 나 자신이 마치 고립된 쇳조각 같다는 생각에 외롭다. 도와주겠다는 사람이 주변에 수천 명이나 있는데도 홀로인 상태. 모두가 지켜보고 있으나 그 누구도 양 측의 간격을 극복하지 못한다. 원형을 이룬 개별 쇳가루는 인력과 척력을 동시에 경험한다. 마치 보이지 않는 자력처럼 슬픔은 우리 모두에게 영향을 미친다.

우리는 모두 '아, 누가 좀 다가와 주었으면' 하고 바란다. 누군가 선뜻 나서 어려운 길을 헤치고 우리가 외로이 서 있는 중앙부로 와주기를 바란다. 물론 지켜봐주고 걱정해주는 많은 사람들에게 고마운 마음이다. 하지만 그 모든 도움과 격려와 위로의 말을 다 합친 것보다 더 중요하고 꼭 듣고 싶은 말 한마디가 있다.

"당신을 이해합니다."

우리는 이 말이 언제 진정성 있게 다가오는지 느낄 수 있다. "당신을 이해합니다"는 "나도 언젠가 당신과 비슷한 경험을 했습니다" 또는 "당신이 어떤 심정인지 알 수 있을 것 같아요"와는 다른 뜻이다. 진정한 이해란 두 사람이 서로 상호작용할 때만 얻을 수 있는 결과물이다. 이것은 하나의 커다란 승리다. 애도로 인해 만들어진 사람들 사이의 골을 넘어서는 승리인 것이다. 귀 기울여 듣기, 말할 때는 인내심을 갖고 신중하게 단어 선택하기, 묻고 함께 해결방안을 강구하고 재확인하기를 끊임없이 반복하기. 이해한다는 것은 끈기와 양 측의 노력이 모두 필요한 일이다. 누가 "당신을 이해합니다"라고 말한다면 그것은 우리가 느끼는 감정의 소용돌이와 혼란 상황을 함께 겪으며 곁을 지키겠다는 의미로 받아들여진다. 함께 상황을 안정시키기 위해 인내심을 갖고 노력하며, 세상 속에서 길을 잃어도 다시 방향감각을 되찾고 나름대로 다시 자리 잡고 살 수 있도록 돕겠다는 의미다.

어떠한 상황에 처해 있는지 갈피를 못 잡는 상태는 애도의 한 단면에 속한다. 그러다 어떤 용감한 벗이 그저 우리 말을 듣기만

하는 것에서 나아가 함께 노력한 끝에 우리의 진의를 파악하고 우리의 눈으로 세상을 바라보고, 그 또한 자신의 눈으로 바라본 세상을 이야기해줄 수 있게 되면, 우리 역시 스스로 이해한 일을 다시 시작할 수 있을 것이다. 이것이 성공하면 마치 기적이 일어난 것 같은 느낌을 받게 된다. 대부분의 경우 우리는 의견을 피력하기도 전에 움츠러들곤 한다. 무슨 말을 해야 할지 모르는 경우 누구보다 가슴 아픈 사람은 대개 당사자인 우리다. 뿐만 아니라 두렵기도 하다. 우리가 말과 행동으로 표현할 수 있을 때에만 사람들은 우리와 공감하고 도울 거라는 사실을 알아서다.

사랑하는 사람을 떠나보낸 지 얼마 되지 않았을 때는 대부분의 것들이 단순하고 이해할 만하다. 사람들은 우리 눈물과 그리움과 아픔을 이해한다. 그리고 혼란스러워하거나 아무것도 느끼지 못하는 경우에도 우리를 이해해준다. 대부분의 사람들이 애도의 첫 단계에서 보이는 반응은 대체로 한 번쯤은 책을 통해 접했을 법한 반응들이다. 멍한 충격, 분열, 심한 통증 또는 심한 우울증 같은 것들. 거의가 이런 식의 반응을 보인다. 설령 그것이 유례없이 큰 아픔일지라도 애도 초반의 반응이 어떤 것인지 확실히 알게 된다.

그리고 시가이 흐른다. 우리는 모든 것이 다시 잘되기를 바라고 또 그렇게 되도록 애쓴다. 그러나 사랑한 사람은 죽었고, 우리는 이내 깨닫게 된다. 애도 초반에 보이는 상태는 과도기적 상황이 아니고 아물 수 있는 상처 같은 것도 아니며 우리 스스로 규정해야 하는 엄연한 사실이라는 것을. 불안정하고 미흡하고,

그리고 무엇보다 경험으로 검증되지 않았어도 오직 우리 자신만의 방식으로 규정해야 하는 사실인 것이다. 우리는 실수하고 넘어지고 다시 일어서면서 앞으로 어떤 인생이 펼쳐질지 자문한다. 우리는 새로운 인생을 살기 위해 능력이 허락하는 한 모든 일을 다하려고 할 것이다.

옛날에 아름다운 인생이 있었습니다. 그러던 어느 날 죽음이 찾아와 모든 것을 무너뜨렸습니다. 그러나 애도자는 차츰차츰 다시 일어섰습니다. 짧지만 정말 근사한 이야기가 아닌가. 그러나 안타깝게도 문제는 이처럼 단순하지 않다. 우리의 친구와 쇳가루는 왜 거리를 유지하고 싶어 하는지 본인들 스스로도 너무 잘 알고 있다. 애도의 자기장이 영향을 미치는 삶은 수많은 힘이 충돌하는 삶이기 때문이다. 이 힘은 눈에 보이지 않으며 우리의 용기보다 더 강하다. 이 힘을 이루는 더 많은 힘들은 묘한 방식으로 서로를 밀어낸다.

물리시간의 실험 하나가 더 기억난다. 물리선생님은 자석 위에 나침반을 올려놓으셨다. 그러자 곧바로 나침반의 바늘이 흔들리더니 미친 듯이 회전하기 시작했다. 나침반의 바늘이 북쪽을 가리킨다는 것은 그저 이론에 불과했다. 보이지 않는 어떤 힘은 지구의 자기장보다 더 강했다. 우리는 "필요한 게 뭐야?", "어떻게 지내?", "지금 어디로 가려고 하니?" 등과 같은 질문을 스스로에게 묻곤 한다. 우리는 담담하려고 노력하며 이러한 질문을 마치 사소한 것인 양 간주하려 한다. 울고 성내고 하소연하며 원망하거나 입을 꾹 다문 채 자신 안으로 움츠러든다. 충격, 고통, 우울함. 이것이 어떤 것인지 우리는 잘 안다. 이 얘기를 좀 더 해보자.

때로 우리는 우리 곁을 지키며 눈물이 마르기를, 그리고 스스로 만든 동굴 밖으로 고개 내밀기를 기다려주는 사람을 만나기도 한다. 그이는 인내심을 갖고 기다리며 우리가 용기를 내 자신을 솔직하게 드러낼 때까지 심리적으로 지원해준다. 그이는 우리가 자기모순에 빠져들더라도 우리 말을 경청하며 혼란스러워하지 않는다. 그이는 우리가 경험하는 것을 함께 겪으며 슬픔 뒤에 숨은 보이지 않는 힘을 함께 키워나간다. 우리를 이해하기에 계속해서 도와준다. 이러한 사람이 항상 가까이에 있는 것은 아니다. 특히 두 사람이 같은 한 사람을 애도하는 경우에는 실망하는 경우가 많다. 두 사람 모두 객관적으로 판단하기 어렵고 각자의 역할이 명확히 규정되지 않은 채 뒤섞여버려 진정한 이해가 곤란해진다.

누군가를 이해한다는 것은 이해받는 당사자의 고유한 세계를 방문하는 것이다. 이는 특히 이해하려는 사람과 이야기를 털어놓는 사람이 각각 확실히 구별될 때 가장 잘 이루어진다. 보통은 차 한 잔을 마시자고 약속하는 경우, 누가 누구를 대접할 것인지가 정해진다. "저희 집으로 오실래요?" 이렇게 말함으로써 모든 것이 분명해지는데, 이는 대화할 때에도 그대로 적용된다.

이해의 방문은 방문객이 자기 세계와는 판이한 세계를 방문할 수도 있는 가능성을 내포한다. 이해하려고 노력하는 사람은 즉각 자기 기분과 가치판단만으로 상대방과 자기 세계를 비교하려고 하지 않으며 상대방의 눈으로 세상을 바라보려고 노력해야 한다. 같은 상황에서 우리는 상대가 나와 완전히 달리 생각한다 하더라도 그를 이해할 수 있다.

우리 자신과 동반자에게는 어떤 마음가짐이 도움이 될까? 각자 어떻게 느끼느냐와 상관없이 서로를 환영해줄 수 있는 중립적인 장場이 있을까? 우리 자신을 끔찍하고 매정하게 대할 때 느껴지는 감정을 있는 그대로 느껴도 괜찮은 걸까? 세상을 보는 눈이 밤보다 더 어둡고 부정적이라면 곁에 있는 사람들을 힘들게 할 것이다. 설령 그렇다 할지라도 우리는 있는 모습 그대로 존재해도 되는 걸까?

그렇다.

'그렇다'라는 말은 고통과 슬픔을 얘기할 때 매우 드물게 사용되는 단어다. 이 말을 쓰다 보면 어딘지 모르게 모순처럼 느껴진다. "모든 것이 정말 끔찍하다. 더 이상 견딜 수 없어. 앞으로 어떻게 해야 할지 막막하고, 어쨌거나 더 이상 살고 싶지 않아."

"그래. 너는 애도하고 있어. 정확히 그런 느낌이 들 거야."

고통으로 허우적거리는 누군가에게 그저 동의하는 일이 가능할까? 울거나 소리 지르거나 성내거나 만용을 부릴 때도 그의 말에 동의해줄 수 있을까? 이해하지 못할 일에 대해서도 '그렇다'라고 말할 수 있을까? 그렇게 하는 게 과연 가능하기는 할까?

나는 서른두 살이 되어서야 누군가를 무조건 격려하는 법을 알게 되었다. 어린 딸아이를 통해 처음으로 부정적인 감정도 있는 그대로 받아들이는 것이 참 좋을 수 있다는 걸 알았다. 그리고 부정적 감정을 회피하거나 위로하려고 하지 않아도 될 경우, 마음이 정말 가벼워지는 것도 알았다. 피니가 14개월이었을 때 나는 피니를 에미 피클러Emmi Pikler(헝가리의 몬테소리라고 일컬어지는 영아 보육이론의 창시자—편집자) 방식으로 지도하는 놀이 그룹에 참여시켰다. 우리 그룹은 8명의 엄마 또는 아빠와 한 살에서 두 살 사이의 아이들로 구성되었는데, 매주 한 번씩 두 시간 동안 만났다. 첫날 모임에서는 아이들이 자유롭게 놀면서 다양한 체조장비들을 만져볼 수 있었다. 그 다음 시간에는 함께 차와 쿠키를 먹으며 앞으로의 모임에 대한 몇 가지 안내사항을 들었다. 이때까지만 해도 모든 게 다 그럭저럭 순조로웠다.

그러나 우리가 부모로서 지켜야 할 주의사항은 뭔가 좀 낯설었다. 우리는 아이들을 가운데 두고 그 주위에 원형으로 빙 둘러 앉되 무슨 일이 일어나도 그대로 앉아 있어야 한다는 주의를 들었다. 우리 아이가 넘어지거나 놀이 짝이 된 아이들이 함께 넘어지는 경우도 물론 있을 터였다. 지도교사는 이것이 유아기 학습 경험의 아주 중요한 부분임을 설명해주었다. 우리는 곧 여기에 아이들만 배우러 온 것이 아님을 깨달았다. 무엇보다 부모들 자신이 이 교육과정의 기본 취지를 이해해야 했던 것이다. 아이가 어떤 문제에 맞닥뜨렸을 때 무조건적으로 개입하지 않을 것. 적극적으로 개입하지 말고 도와주지도 말 것. 도와달라고 할지 말지 아이 스스로 결정할 수 있도록 둘 것. "여러분의 자녀는 여러분이 어디에 있는지 알고 있습니다. 도움이 필요하면 아이가 먼저 다가올 테니 안심하셔도 좋아요."

지도교사는 두 번째 주의사항을 알려주었다. 우리는 처음부터 끝까지 우리가 보는 것에 대해서만 이야기할 수 있었다. 아이가 다가오면 아이의 기분이나 아이가 원하는 바를 우리 마음대로 판단하거나 조작하지 않고, 있는 그대로 말로 옮기도록 노력해 보라는 지시였다. 아이를 위로하는 것도 허용되지 않았다. 아이는 자기가 느끼는 감정을 어떻게 말로 표현해야 하는지 우리를 통해 배워야 했다. 고통이나 분노를 사라지게 하는 데에는 다른 누군가가 필요하지 않다는 사실을 깨달아야 했다. 아이들은 어떻게 감정을 다루고 받아들일지를, 그리고 감정은 저절로 바뀔 수도 있음을 스스로 알게 될 것이었다.

"다쳤구나. 지금 울고 있구나. 너무 아파서, 그래서 정말 화가 많이 나 너 자신을 때리고 있구나." 나는 그전까지 이렇게 말해 본 적이 전혀 없었다. 처음에는 이렇게 하기 힘들었지만 곧 이것이 얼마나 쉬운지 알게 되었다. 딸아이의 온갖 기분에 책임감을 떠안는 대신, 아이의 기분을 매번 말로 표현해주다 보니 정말 편안해지는 것을 느끼고 깜짝 놀랐다. 그때 참여했던 놀이그룹을 통해 아이가 스스로 경험을 쌓고 자기감정을 온전히 느끼도록 지지해주어야 한다는 것을 배웠다. 결국 아이가 자기만의 삶을 살기 시작할 때 어떻게 하면 진정으로 도울 수 있는지를 배울 수 있었다. 나는 아이가 느끼는 감정을 모두 수용한다는 것을 보여주려고 노력했다. 나와 의견이 달라도 딸아이의 감정을 다 인정한다는 것을 보여주려 했다. 이것은 일상생활도 더 편하게 만들어주었다. "너 지금 슬프고 화났구나." 이 말은 아이가 초콜릿 푸딩을 더 먹겠다고 고집부리거나 눈 오는 날 수영복을 입고 밖에 나가겠다고 떼쓸 때에도 해줄 수 있는 말이었다.

지금 어떤 감정을 느껴도 괜찮아. 내가 무슨 권리로 그것을 판단할 수 있겠니. 네 길을 가고 너만의 경험을 쌓으렴. 나는 언제나 네 곁에 있고 네가 나를 필요로 할 때 도움을 줄 거야. 이 같은 태도는 애도할 때에도 기적을 일으킬 수 있다. 운이 좋으면 우린 어떤 태도를 취해야 할지를 직관적으로 아는 친구들을 만난다. 친구들은 "나는 상상조차 못할 정도로 고통스러워 보여" 또는 "정말 모든 것이 심하게 다 뒤죽박죽이야. 그렇지?"라고 말한다. 그런 말은 그 어떤 근심어린 위로 보다 훨씬 더 도움이 된다.

우리가 필요로 하는 것은 흔히 사람들이 생각하는 것보다 훨씬 더 단순하다.

우리에게는 지지가 필요하다. 혼자 고통을 감내하면서 혼란스러운 채로 있고 싶지 않다. 우리를 완전히 이해하고 우리가 느끼는 감정을 그대로 느껴주기를 바라지 않는다. 스스로도 정체를 까아하지 못하면서 어떻게 다른 사람에게 내 감정을 설명할 수 있겠는가. 상대가 깊이 얽히지 않고 그저 곁에 있어주는 편이 훨씬 더 좋다. 가장 기분이 좋을 때는 있는 그대로 받아들여지는 경우다.

유가족을 돕는 사람 중 일부는 누군가 눈물을 흘릴 때 어떻게 해야 하는지 매우 구체적으로 대응책을 제시하기도 한다. 누가 울면 안고 달래고 손수건을 건네주라고 하는데, 과연 그걸로 다 해결이 될까. 전문가들은 이것이 언제나 최선의 방법이 될 수는 없다고 말한다. 눈물을 흘리는 사람에게는 시간이 필요하고 스스로 추스를 기회가 주어져야 하기 때문이다. 울고 있는 사람에게 해줄 수 있는 일로는 무엇이 있을까. 그저 지켜보는 것이다. 그리고 지지해주는 것이다. 그래, 아파. 그래, 네가 얼마나 고통스러워하는지 보여. 아픔을 드러내는 것은 좋은 일이고 꼭 필요한 일이야. 굳이 참으려고 하지 않아도 돼.

편안하고 든든한 지지는 대개 오래전에 마찬가지로 사랑하는 이를 떠나보낸 적이 있는 친구들에게서 나온다. 긴 시간을 지나오는 동안 과거를 담담히 받아들이게 된 그들은 우리가 고통을 하소연해도 과거를 되돌아보며 고통스러워하지 않을 수 있다. "그래, 넌 지금 그런 상태구나." 이 말을 들으면 임자를 제대로 만난 듯한 기분이 든다. 그들은 우리 말을 경청하고 우리의 침묵을 기다려준다. 우리는 침묵 속에서 천천히 생각을 확장하고 여기저기 흩어진 실마리를 한데 모으게 된다. 그들은 답을 미리 정해놓지 않고 질문을 던진다. 호기심이 많으며 잘못 추측했다가도 이를 거리낌 없이 정정할 수 있는 용기가 있는 사람들이다. 이런 성품을 가진 사람들은 그 어떤 자기장도 모두 다 이겨낼 수 있을 거라고, 난 믿는다.

내 가장 친한 친구들이 모두 피에로였다는 건 어쩌면 우연이 아닐지도 모른다. 어릿광대 시절 우리는 놀라는 척 연기하는 법을 배웠으며 세상을 처음 보는 것처럼 신기한 눈으로 바라본다거나 방금 막 하늘에서 땅으로 떨어진 것처럼 느끼는 법을 배웠다. 또 지나치게 흥분한 나머지 잘못 선택했음을 알게 되거나 그외의 다른 엄청난 실수를 저질렀어도, 친절하고 상냥하게 대응해야 하는 것도 우리 같은 직업인이 갖춰야 할 덕목이었다. 이러한 내면적 태도는 상대방을 이해하는 데 도움을 주었다.

어쩌면 당신은 피에로라곤 만나본 적도 없을지 모르겠다. 그래도 친구 중에는 질문을 던지고 경청해주는 좋은 사람이 분명 있을 것이다. 다른 사람들의 세계로 사전답사를 떠나는 것에 능숙한 사람은 기꺼이 경청하며 질문한다. "혹시 나를 도와주고 이해하기 위해 시간 좀 내어줄 수 있어?" 이 질문은 거의 언제나 올바른 문으로 안내하는 역할을 담당한다. 애도 상담가와 심리치료사들은 이러한 역할을 전문적으로 수행할 수 있다. 그들 또한 다른 사람의 눈을 통해 세상을 바라보고 그들과 함께 새로운 방법을 모색하는 것을 배운 사람들이다. 만약 교제 범위가 한정돼 있고 주변 사람들 모두 가슴 아픈 애도를 겪는 중이라면 우선 자신을 추스르고 마음의 중심을 잡을 수 있도록 외부의 도움을 고려해보는 것도 필요하다.

애도의 시간을 감내하느라 힘들어하는 당신을 방문한 사람이 어디서 왔는지는 아무런 상관이 없다. 누군가에게서 이해받는다는 것은 정말 아름다운 일이지만 절대 당연한 것이라고는 할 수 없다. 내 생각에 호기심과 숙련된 경청보다 더 중요한 것은 실패를 받아들일 줄 아는 능력이다. 이는 우리와 함께하는 사람들뿐만 아니라 우리 자신에게도 적용된다.

나는 혼란스러운 감정을 정리하는 데 아무런 도움도 못 되는 대화를 수도 없이 경험했다. 그것은 내 탓이기도 했고 혹은 상대방의 탓이기도 했고 어쩌면 잘못된 날짜 아니면 별자리 탓이었을 것이다. 아니, 그저 단순히 깊이 이해할 만한 분위기가 무르익지 않은 탓일 수도 있었다. 대화를 하다 보면 좋게 마무리 짓느라 상대가 단순하고 성급하게 결론 내리는 경우가 많다. 그럴 때마다 나는 대부분 강하게 저항했다. 내 안에는 여전히 뭔가가 부족했고 어떨 때는 상대와 정반대 생각일 경우도 있었다. 나는 그저 이해받지 못했다고 느꼈다.

최근 남자친구에게 조커카드를 한 장 선물했더니 그는 지갑에 넣고 다닌다. 그는 원할 때면 언제든지 그것을 갖고 놀 수 있다. 우리에게 조커카드는 '우리가 곧 서로 상처를 줄 것 같은 느낌이 들어. 오늘은 더 이상 이 문제를 얘기하지 않는 게 좋을 것 같아. 다음 기회에 이 문제에 대해 다시 생각해보자'라는 의미다. 이 조커를 사용하기 전까지 우리는 항상 싸웠다. 나는 혼란스럽고 고통스럽고 외로울 때면 "나를 좀 이해해줘"라며 도움을 요청했다. 나는 충분한 시간을 갖고 서로 이야기하면 저절로 이해가 싹트리라고 생각했다.

사랑하는 친구마저 나를 수용할 수 없어지면 그 이전보다 훨씬 더 외로워졌다. 이러한 상황을 피하기 위해 나는 모든 노력을 다 기울였다. 마치 내 생명과 직결된 것인 양 이야기했는데, 이는 어떤 면에서는 당연하다. 내 생명. 나는 이해하고 이해받고 싶었다. 이것이 불가능해지면 마치 나 자신이 무너지는 것 같은 느낌이 들었다.

그러나 이제는 다른 사람들이 고랑을 뛰어 넘어 우리 세계를 방문하려 할 때 벌어지는 모든 일에 우리 또한 책임이 있다는 걸 안다. 우리는 그들이 용기를 내도록 도울 수도 있다.

애도는 사람을 불안하게 하고 두려움을 유발한다. 나는 감정이 야기하는 부담을 피해 철갑 뒤로 안전하게 숨는 사람들을 모두 이해할 수 있다. 그것은 지극히 당연하다. 물론 철갑은 자기장으로 뛰어들기에 적합한 복장은 아니다. 애도하는 우리는 다른 사람들이 투구와 갑옷을 차례차례 벗을 수 있도록 도울 수 있다. 비록 이 과정에서 우리 자신이 상처받는 경우가 있을지라도. 어쨌거나 전문가인 우리가 가야 할 길의 한 부분인 것이다. 애도하는 일은 살면서 마주치는 일종의 교육과정이다. 우리는 우리 자신을 표현하는 방법을 배워야 한다. 타인을 놀라게 하지 않으면서 그들 곁으로 다가가야 한다. 그리고 더 이상 그것이 가능하지 않을 때는 적당한 시간에 그만둘 줄도 알아야 한다.

요즘도 가끔 애도가 마치 길들일 수 없는 짐승처럼 내 위에 앉아 있는 듯한 느낌을 받곤 한다. "혹시 자녀가 있으신가요?" 처음 만나는 사람끼리 나눌 법한 지극히 평범한 질문이지만 내게는 고역이나 다름없다. 내 아이들에게 어떤 일이 일어났는지 설명하자마자 당황해 시선을 어디다 둘 줄 모르는 일 등에는 더 이상 연연하지 않는다. 나는 사람들 대부분이 애도하는 이를 어떻게 대해야 할지 모른다는 것을 안다. 어떤 동물을 쓰다듬으려는데 그것이 나를 물지 안 물지 어찌 알겠는가. 이럴 경우 상대방이 예방 차원에서 화제를 돌려버리거나 아니면 내 어깨 위에 걸터앉은 동물을 의도적으로 무시해도 나는 이해한다.

상대방은 "제 아이들 얘기를 하면 많이 불편하실까요?"라는 질문은 대개 생략해버린다. 그 질문에 내가 뭐라고 답할 수 있을 것인가. 가끔은 있는 그대로 "네"라고 대답한다. 그러면 대부분 대화는 바로 중단돼 다시 이어가기 어려워진다. 그로부터 30분 동안은 둘 다 언급할 수 없는 사랑스럽고 어린 아이들 생각 말곤 아무 생각도 할 수 없다. 우리의 뇌는 이와 같이 작동한다. 물론 나는 언제나 다시 아이들에 관한 언급을 허용한다. "아니에요. 말씀하셔도 괜찮아요." 이러면 모든 것을 자세히 다 말하게 된다. 아이들과 천사들과 아이들이 했던 재미있는 말과 수천 가지 사랑스러운 일화들을 모조리 다. 마치 최면이라도 걸린 것처럼 말이 술술 나온다. 어쩌면 아이들과 천사들 얘기는 모두 사실일지도 모른다. 무방비 상태로 내 이야기를 듣게 된 사람들은 의지와는 상관없이 애도의 자력 공간으로 끌어당겨진 것이다. 본인들은 아마 자각하지 못할 수도 있다. 그러나 나는 확실히 안다. 죽음은 강하며 절대로 평범하지 않다. 죽음은 지금까지도 내가 사람들 앞에서 내 인생을 이야기할 때면 한 공간으로 따라 들어온다. 모든 사람들이 각자의 방식으로 우리, 즉 죽음과 애도와 나와 함께 지내려고 노력한다. 사람들의 반응은 대체로 세련되지 못하거나 불안하거나 지나치게 들떠 있거나 거칠다. 과연 누가 누구를 탓할 수 있겠는가.

우리는 모두 죽음을 어떻게 다루는지 가르쳐준 학교에 다닌 적이 없다. 우리처럼 애도하는 사람들은 어떻게 애도자를 대해야 하는지를 대부분 다 경험을 통해 배웠다. 나는 지난 수년 동안 애도자들을 대하는 방법을 익혀왔다. 나는 상대방을 편안히 안심시키고 그의 언어를 이해하는 법을 배워야 함을 깨달았다. 이를 위해서는 무엇보다 시간이 많이 필요했는데, 특히 나 자신만을 위한 시간이 필요했다. 나는 애도하는 동안 몸과 생각과 마음이 어떻게 반응하는지를 관찰했다. 그러다 차차 첫 번째 규칙을 발견하게 되었다. 어떤 상황에서 슬픔이 잠잠해지는가를 발견했고 글을 쓰거나 그림을 그리거나 소수의 선택된 사람들과 대화함으로써 나 자신을 표현하는 연습을 했다.

'도대체 누가 나를 이해할 수 있을까?' 그 누구보다 우리 자신이 우리를 가장 잘 이해할 수 있다. 우리를 이해하고 혹여 기분을 다 맞춰주지 못하더라도 곁에 머물 수 있는 사람은 분명히 존재한다. 하지만 우리 또한 마음이 넓어야 한다. 자력에 딸려오는 쇳가루처럼 우리 영역으로 뛰어 들어오는 것은 아무나 할 수 있는 일이 아니다. 모두가 우리 상황을 이해할 수 있는 것은 아니다.

어떤 이들은 아무것도 이해하지 못하기도 한다. 그들은 민망한 일을 들춰내 말하기 좋아하고 온갖 것을 심판하는 데 달인이다. 그럼에도 그들 역시 언제나 큰 도움을 줄 수 있다. 이를테면 일상에서 마주하는 실용적인 문제들에 관한 도움 같은 것이다. 아무것도 이해하지 못한다는 것을 스스로 알고 있는 사람들은 대부분 그 사실 자체로 괴로워한다. 그들은 누가 어떤 구체적인 일을 도와달라고 요청하면 대부분 기뻐한다.

아무것도 이해하지 못하고 아무것도 이해하지 않으려는 사람 역시 그러한 몰이해를 통해 우리에게 어떤 자극을 준다. 때로는 이 또한 그리 나쁘지 않다. 모든 것이 우리를 중심으로만 돌아가지 않는 세상에 사는 것이 어떤 기분인지를, 그런 이를 통해 우리는 조금씩 알아간다. 지극히 평범한 세상에서는 기분이 좋건 나쁘건, 강하건 약하건, 참을성이 없고 몹시 직설적이건 간에 모든 이들이 다 공평하게 대우받는다. 최소한 그들은 소외받지 않는다. 우리도 언젠가는 다시 이처럼 매우 평범한 세상의 일원으로 돌아갈 수 있을 것이다. 처음에는 일반 세상으로 돌아가는 것이 단지 몇 분 혹은 몇 시간이 될 수도 있는데, 이는 우리 애도의 짐승이 얼마나 오랫동안 잠자느냐에 달려 있다. 우리는 언제든 자기력의 중심 공간으로 되돌아갈 수 있고, 그곳은 우리 자신과 사랑스럽게 재회하는 공간인 것이다.

어쩌면 애도의 끝은 우리가 짐작하는 곳에 없을지도 모른다. 어쩌면 옛날처럼 구김살 없고 아무 그늘도 없는, 모든 것이 잘 정돈된 세계로 돌아가는 것은 중요하지 않을지도 모른다. 우리 는 어쩌면 고랑을 뛰어넘고 두 세계 사이를 자유롭게 넘나드는 법을 배우고 있는 것은 아닐까?

쇳가루가 없는 가운데의 빈자리, 즉 홀로 있을 수 있는 자리 또한 애도가 주는 수많은 선물 중의 하나다. 거기에서라면 우리 자신에 대해 설명하지 않아도 되고, 누군가의 이해를 구하느라 그럴싸한 예를 들지 않아도 되며 본래의 모습 그대로 머물러도 좋다. 그러한 장소를 그리워하는 사람들이 있을 것이다. 우리는 그들을 우리 쪽으로 초대할 것이다. 그것이 언제가 될지는 모르 겠지만.

일기장에 쓴 혼잣말

오늘은 좋은 날이 아니야
오늘도 일어나고 싶지 않아

그냥 침대에 누워 있고 싶어
네 몸은 휴식이 필요해 보여

더 이상 삶의 의미를 못 찾겠어
길을 도저히 알아볼 수 없어

날씨도 끔찍하게 추워
얼었구나. 소름까지 돋았네

그냥 따뜻한 차 한 잔 마실까
너는 따뜻한 차 한 잔을 생각하는구나

바로 그거야
너는 지금 필요한 것을 느끼고 있어

따뜻한 차 한 잔 들면 세상이 달라 보일지 몰라
희망이 보이는걸

그럴지 모르지만 한 번 해보지 뭐
너는 결과를 모르지만 차를 끓이는구나

나쁘지 않네, 어때?
그래. 이제 자신감을 찾았구나

바로 그거야. 난 우리 둘 모두 좋아해
나도 기뻐. 나도 우리 둘 모두 좋아해

내겐
무엇이
필요하지?

혹시 나처럼 즐겨 듣는 라디오 채널이 있는지 모르겠다. 기분 전환이 필요할 때면 언제라도 틀게 되는, 집에 있는 것 같은 편안함을 느끼게 해주는 채널 말이다. 나는 '라디오 빈Radio Wien'을 가장 즐겨 듣는다. 아주 여러 해 전부터 운전할 때나 청소할 때나 아침에 샤워할 때 듣곤 한다. 라디오 빈에서 나오는 음악을 들으면 항상 즐거워진다. 거기에서 흘러나오는 음악은 내 삶과 어울리며 춤추기 쉽다. 정정하자면, 쉽다고 생각했다. 과거에, 내 삶이 아직 정상적이었을 때.

가족의 죽음 이후 약 2년 동안은 라디오 방송을 들을 수가 없었다. 내 인생의 사운드 트랙은 멈춰버렸다. 한때 아주 단순하면서도 무척이나 아름다웠던 것을 송두리째 박탈 당해 비참했다. 죽음은 가장 애청하던 라디오 채널과 나와의 관계조차 파괴해버렸다. 그뿐만이 아니었다. 죽음은 내 인생 전체의 음악을 비틀어버리고 리듬이나 노래가사나 익숙한 멜로디에 대한 애정까지 파괴해버린 것 같았다. 마치 엄청나게 시끄럽게 긁어대는 소리처럼 혹은 귀에 거슬리는 잡음처럼, 죽음은 갑자기 음악 한가운데에 끼어들었다. 너무도 크고 거친 소리여서 하마터면 고막이 찢어질 뻔했다. 나는 머리가 터지지 않도록 즉시 어떤 조치든 취해야 했다. 나는 재빨리 '끄기' 버튼을 누르고 인생에서 처음으로 일상의 모든 일을 멈춰버렸다.

몹시 오래 걸렸지만 어느 땐가부터 나는 삶이 다시 고유의 멜로디를 찾을 수 있도록 노력했다. 내 인생의 음악을 다시 찾기 위해 조심스레 탐색 기능을 사용했지만 결국 삶이 보내는 음악은 도저히 견뎌낼 수 없다는 결론에 이르렀다. 너무 날카롭고 시끄러웠다. 도대체 무엇이 문제일까? 내 취향이 변해버린 걸까? 혹시 다른 채널이나 다른 삶이 필요한 걸까? 아니면 아직은 그저 좀 더 고요한 상태로 다시 되돌아가는 것이 좋을까? 알 수 없었다. 그저 그 같은 소음이 나를 괴롭힌다는 것밖에는. 겨우 안정을 찾고 생활하려 하면 언제나 이 소음이라는 방해꾼이 나타났다. 마치 어떤 못된 마법사가 개입해 삶의 의욕을 떨어뜨리고 존재조차 회의하게 하려고 일부러 그러는 것 같았다. 조금씩 나아지려고 할 때면 언제나 고통이 찾아왔다.

인생이라는 라디오 방송국의 청취자상담실에 전화를 해보면 어떨까 상상해본다. 만약 내가 잘못된 프로그램과 최근 끊임없이 불안을 조장하며 삶의 의욕을 빼앗아버리는 잡음에 대해 항의하면 그쪽에서는 뭐라고 할까? 과연 내게 충고나 대안을 제시해줄 것인가?

아마 방송국에서는 "그냥 계속해서 다시 한 번 해보세요"라고 대답할 것 같다. 아니, 이미 노력해봤지만 아무 소용 없었다. 지극히 평범한 삶과 나 사이에는 깨끗한 교신이 이루어지지 않았다. 나는 상처를 입고 뒤로 물러났다. 어쩌면 내게 삶은 그야말로 아무것도 아닌 것인지도 몰랐다.

"무엇이 필요하니? 어떻게 하면 너를 도울 수 있을까?" 친구들은 나를 도울 준비가 되어 있었다. 인생이라는 라디오 방송국 피디들은 나만을 위한 특별 프로그램을 편성한 것 같았다. 사람들은 내가 당분간 정규 방송을 들을 수 없음을 알아차린 것이다. 그래서 결국 방송국의 모든 자료를 다 제공해 내가 원하는 내용을 프로그램에 반영해준 것 같았다. 방송국에서는 나를 위해 기꺼이 무엇이든 할 준비가 된 좋은 이들을 보내주었다. 나는 그저 원하는 것을 말하기만 하면 되었다. 아주 멋진 제안이었을 것 같다고? 그렇지 않다. 그저 내게 엄청난 부담을 안겨준 제안이었을 뿐이다.

나는 무엇을 필요로 했던가. 모든 것 혹은 아무것도 필요하지 않았다. 그저 누가 곁에 있어주길 바랐다. 나만의 휴식을 원했다. 나는 배가 고팠다. 하지만 구체적으로 먹고 싶은 것을 떠올릴 수 없었다. 책을 읽고 싶었다. 통속소설 말고 소설도 아니고 그림책도 싫고 복잡한 글도 싫고 전문서적도 아니고……. 아, 그냥 아무것도 읽고 싶지 않았다. 나는 그저 누가 나를 도와주기를 바랐다. 어떻게? 그건 모르겠다. 사실 다른 사람들이 알았으면 했다. 앞으로 계속해서 일하지 않아도 되도록 사람들이 내 의식주와 관련된 문제를 해결해주기를 바랐다. 정말 그걸 바랐다고? 아니, 그렇지 않다. 나는 당시 외부로부터의 것을 받아들일 힘과 용기 모두 전무한 상태였다.

지금 무엇이 필요하니? 어떤 아이디어도 아니고 어떤 문제의 단서도 아니었다. 나 스스로도 이에 답하기가 얼마나 어려운지 깜짝 놀랐다. 지난 33년 동안 한 번도 이 문제를 진지하게 생각해볼 필요 없는 평탄한 삶을 살아왔다. 삶은 방송 프로그램을 제공했으며 나는 이에 맞춰 춤추거나 아니면 몸을 흔들거나 그저 휴식을 취했다. 나는 이런저런 것들을 소망하였다. 소원이 다 이루어지지 않는대도 특별히 나쁠 건 없었다. 그때만큼 놀라 철저히 무기력했던 적이 없다. 건강한 몸과 마음으로 살아가기 위해 진정으로 무엇이 필요한지, 나는 진지하게 생각해본 적이 전혀 없었다. 그런데 하필이면 지금 어떻게 그걸 말할 수 있단 말인가.

나약하고 실망한 채로, 나는 객관적인 사실조차 외면해버렸다. 완성된 요리. 돈. 여름휴가. 숙련된 장인. 청소부. 치약. 샴푸. 화장실용 두루마리 휴지. 이런 것들이 필요해도 달라고는 하지 않을 거라는 속내를 아무도 모를 거라고 생각했다. 하지만 사람들은 정확히 내가 무엇을 필요로 하는지 알았다. 나는 완전히 맹인이었다.

지금까지도 나는 애도 첫 주 동안 삶을 붙들어준 사람들에게 감사하는 마음을 갖고 있다. 사람들은 무엇이 필요한지 묻지도 않은 채 재빨리 판단해 요리를 해주고 마당 잔디를 깎아주고 막힌 배수로를 뚫어주었다. 내가 현실감각 없이 공중을 떠다니고 하늘의 가족과 대화를 나누는 동안 그저 내 곁에서 묵묵히 지극히 평범한 일상의 과제들을 해결해주었다. 도움을 청하는 것은 너무 어려운 일이었다. 선량한 이웃들이 와서 그저 소매를 걷어붙이고 일해주는 것이 너무 좋았다.

친구들은 시간이 날 때마다 들렀다. 토요일마다, 그리고 아이들이 잠든 밤이면 찾아왔다. 혹은 내가 아직 잠들어 있는 이른 새벽에도. 때로는 아침에 일어나자마자 어마어마한 사랑이 녹아든 수프가 든 커다란 냄비를 들고 찾아왔다. 그것은 만나Manna, 즉 신이 내린 음식이며 불로장생의 영약이기도 했다. 수프를 먹다 고마운 마음에 닭똥 같은 눈물이 수프 속으로 뚝뚝 떨어지기도 하였다.

내가 받은 선물은 셀 수 없이 많다. 하지만 아무것도 미화하고 싶지는 않다. 당시 무엇이 필요했는지 돌이켜 생각해보면 지금도 마음이 복잡하다. 고마움. 그래, 고마움이 가장 먼저 앞선다. 하지만 그 외에 또 다른 것들도 있다. 그것은 바로 쓰라린 고통과 실망과 마비와 무리한 요구로 인한 압박감이다. 또한 삶과 우주 전체와 죽음에 대한 분노 같은 것도 있었다. 요즘 애도하는 사람들과 대화하다 보면 그들이 내부에 간직한 분노를 느끼게 된다. 수많은 미망인과 홀아비들은 하필이면 가장 도움이 필요한 때 혼자 남겨진 것 같아 더 서글픈 생각이 든다고 호소한다.

아무도 우리 애도자들을 걱정하지 않아서 그런 문제가 발생한 세 아니다. 문제는 시스템에 있다. 친구들이 아무리 도와주려고 노력했어도 그들의 노력은 내게 너무 부족했다. 이것을 입 밖으로 내려니 정말 어렵다. 그렇게 말하면 너무 배은망덕한 사람 같아서. 하지만 사실이다. 당시 내게는 실제로 훨씬 더 많은 도움이 필요했다. 이제는 더 이상 살아 있지 않는, 오직 단 한 명이 남긴 빈자리를 채우기 위해서는 정말 많은 노력이 필요하다는 것을, 나는 지금까지도 절실히 느끼고 있다. 남편 헬리는 어떤 방법을 동원해도 메울 수 없는 커다란 빈틈을 남겨두고 세상을 떠났다. 이 빈틈은 우리 모두에게 막대한 부담이 되었다.

언젠가 내 절친이 약속을 어겨 몹시 화났던 기억이 난다. 당시 내 자동차는 당장 정비소로 가야 했다. 자동차 검사를 받아야 한다는 걸 깜박 잊고 있었다. 그러나 다행히 검사 시한 마지막 날 정비소에 예약할 수 있었다. 검사에 걸리는 시간을 감안해 친구는 정비소 앞으로 나를 데리러 오기로 약속했다. 그런데 전화를 걸어와 아들이 코를 훌쩍거려서 올 수 없다고 했다. 나는 화가 머리끝까지 나 씩씩거렸다. 코를 훌쩍인다고? 그게 나를 궁지에 내 버려둘 이유가 되기나 하나.

나는 어찌할 줄 모르고 정비소에 꼼짝 않고 앉아 있었다. 아무도 내 상태를 알아보지 못하는 것 같았다. 친구는 그날의 일을 그저 쉽게 취소할 수 있는 아주 간단한 일정에 불과하다고 생각했다. 하지만 나는 유일하게 잡고 버텨야 하는 한 줄기 지푸라기가 끊어진 것처럼 느껴졌다.

전에는 나를 든든히 지켜주던 남편이라는 울타리가 있었다. 우리는 서로 강한 애착을 느꼈고 관계는 견고했으며 마치 모든 것이 나에게 맞춰진 듯했다. 그러나 이제 울타리는 사라졌고 나는 사람들 간의 연결고리가 미약한 집단에 의존해 있었으며, 그들은 자신의 역할이 얼마나 중요한지 몰랐다. 자녀가 코를 훌쩍이면 언제든 덜 가까운 타인과의 약속은 제2 순위로 미뤄버릴 수 있었다. 자발적인 선의로 나를 대하지만 그들이 그렇게 해야 할 의무는 없었다.

극히 사소하고 일상적인 문제에 부닥쳤을 때 나를 위해 시간을 내줄 사람이 없는 경우가 빈번했고 나는 이 때문에 몹시 낙담했다. 유효기간이 다 된 자동차 검사증, 너무 무거워 혼자서는 조립할 수 없던 선반, 아무리 고치려고 애써도 작동되지 않던 잔디 깎기 기계. 모든 것이 버거웠다. 누군가 무엇이 필요하냐고 물으면 아무것도 떠오르지 않다가, 한밤중 혹은 완전히 부적절한 시간에 누군가가 필요해질 때는 아무도 내게 시간을 내어줄 수 없었다.

최근에 남편과 사별한 부인의 집을 방문한 적이 있다. 부인은 친구들이 준 선물을 자랑스럽게 보여주었다. 직접 제작한 달력이었다. 달마다 10개의 쪽지가 붙어 있었는데 그 달 내로 사용할 수 있는 쿠폰들이었다. 친구들이 매달 지키기로 한 10가지의 약속이었다. '청소 1회', '영화관람 1회', '아기보기 1회', '3시간 동안 원하는 대로 소원 들어주기' 등, 이는 유대감이 상징이자 백지수표 같은 것이었다. 도움이 필요한 순간, 그것을 요청하기가 얼마나 어려운지 잘 알고 있는 사람들이 만든 것이었다.

나는 그 달력 아이디어가 근사하다고 생각했다. 그리고 기꺼이 하고 싶지 않은 일 혹은 최소한 자발적으로 하기 어려운 일은 쿠폰으로 안 만들었을 거라는 생각에서 또한 이상적이라고 생각했다. 제한된 쿠폰 수 덕분에 당사자는 물론, 친구들 또한 서로 지나치게 부담 주지 않을까 하는 걱정에서도 자유로울 수 있다. 애도가 자신에게만 커다란 아픔이 되는 것이 아니라 다른 이들에게도 영향을 미친다는 것을 잊어서는 안 된다. 슬픔 속에 완전히 매몰되지 않을까 하는 걱정은 우리만 하는 것이 아니다. 사랑하는 사람을 잃은 후의 애도처럼 절대적이며 깊고 실존적인 감정은 없다. 삶이 무너져 내렸다. 그리고 무너진 삶을 재건하는 방법을 미리 배워둔 사람은 없다.

고통스러운 우리는 다른 누군가가 도와주기를 기대한다. 주변 사람들은 우리를 도우려 할 때 해결할 과제가 얼마나 크고 중한지 알고 있다. 손가락 하나 내밀었을 뿐인데 손목 전체를 덥석 잡혀버리지 않을까, 많은 사람들은 두려워한다. 이러한 두려움이 전혀 근거 없는 건 아니다. 어떤 지푸라기라도 잡으려 든다는 것을 과연 누가 모르겠는가.

일정한 분량의 몫으로 나누어 놓은 연대감은 이러한 두려움을 없앨 수 있는 마법의 묘약과도 같다. 만약 다시 한 번 미망인이 된다면 나는 장례식에 온 모든 사람에게 빨간색과 초록색 엽서를 각각 나누어줄 것이다. 빨간색 엽서 뒷면에 나를 위해 해줄 수 있는 일을 하나씩 적어달라고, 내가 필요할 때 그것을 사용하게 해달라고 부탁할 것이다. 어쩌면 엽서의 유효기간은 1년으로 제한할지도 모르겠다. 초록색 엽서 뒷면에는 그들이 언제든 기꺼이 도와주고 싶은 일을 적어달라고 할 것이다. 즉 그들도 하고 싶은 일이니 내가 요청하면 언제든지 기쁘게 할 수 있는 일들 말이다. 어디까지나 그들 스스로가 기쁨을 느낄 수 있는 일, 그러므로 나 역시 감정적으로 빚진 느낌이 안 드는 것이라야 했다. 나 같으면 초록색 엽서 뒷면에 쿠키 만들기, 영화관 가기, 산책 가기, 국민차 콤비Kombi 타고 이케아 쇼핑가기 등을 적어 넣을 것이다.

위와 같은 배려가 절실히 필요했던 때가 있었다. 가족이 죽은 지 약 6개월이 지나 다시 일상생활로 복귀했다. 나는 새로운 도시로 가서 새로운 삶을 살기 위해 이삿짐을 꾸렸다. 나는 용감했으나 모든 걸 혼자 해낼 만큼 충분히 강하지는 못했다. 나는 친구들에게 연락했다. "지금 너희 도움이 필요해. 와주면 좋겠어." 그러고 나서 모든 것이 너무 늦었음을 알게 되었다. 도움이 필요한 나와 도우려는 친구들의 마음 사이에는 묘한 불협화음이 발생했다. 한때는 화음을 이루던 아름다운 음들의 박자가 살짝 어긋나는 것 같았다. 이는 또한 라디오에서 전주곡이 먼저 나오고 광고방송이 나온 후 본 멜로디가 흘러나오는 것과도 같았다.

가족이 죽은 지 며칠 안 지났을 무렵 주위 사람들의 충격은 300퍼센트에 이를 정도로 대단했다. 그래서 당시에는 도와주겠다는 사람들이 넘쳐났다. 그러나 약 두 달이 지나자 사람들은 대부분 내 가족의 죽음에 얼마간 적응하였다. 충격과 함께 어떤 불편함을 이겨내겠다는 용기도 차차 사그라졌다. 아주 가까운 친구 몇 명만 나를 보러 올 마음이 있었다. 그러다 결국 11월 하순의 어느 날, 지하 창고에 가득 쌓인 잡동사니를 단시간에 정리하기 위해 처음으로 도움이 필요하다고, 그것도 매우 절실하다고 말했을 때는, 그야말로 아무도 나를 도와주지 않았다. 연락이 뜸했던 지인들은 내가 왜 한참 후에 갑자기 애타하는지 이해하지 못했다. 가장 용감했던 조력자들은 결국 지쳐버렸던 것이다.

내게는 도움을 요청할 수 있는 백지수표가 없었다. 하지만 다행히도 다른 것이 있었으니, 그것은 바로 돈이었다. 당시 사람들은 나를 위해 모금운동까지 벌였다. 나를 위한 통장을 개설하고 계좌번호를 일간지에 게재하기도 했다. 그 덕분에 나는 전문 이삿짐 업체를 불러 지하실을 청소하고 온갖 잡동사니들을 치운 뒤 편히 이사할 수 있었다.

돈. 오래된 교환 수단. 실용적이며 큰 도움이 되는 것. 애도하는 사람들은 대부분 돈 얘기를 금기시한다. 나 또한 절대 그런 생각을 하지 못했을 것이다. 당시에 통장을 개설해 그 덕분에 많은 일을 편리하게 해결하도록 도와준 분께는 아무리 감사해도 모자랄 지경이다. 그녀는 하늘에서 적재적소에 보낸 천사와도 같다.

요즘은 나 스스로 그러한 천사가 되려고 노력한다.

얼마 전, 병상에서 죽어가는 어머니를 간호하던 젊은 여성을 도왔다. 우리 둘 다 어머니가 돌아가시면 지급해야 할 병원비가 상당하다는 것을 알고 있었다. 그리고 간호하는 딸이나 그녀의 이모 또한 그 비용을 감당할 수 없다는 것도 알고 있었다. 나는 어머니의 장례식에 온 사람들에게 기부를 부탁하라고 조언해주었다. 그러나 그녀는 그렇게 하기를 꺼렸다. 다른 방법을 찾겠다면서. "제게 돈을 주세요." 우리 대부분은 이렇게 말할 엄두를 내지 못한다. 사랑하는 사람이 죽은 건 내 탓이 아니라고 생각하지만 안타깝게도 장례비용은 내게 청구된다. 나조차도 이런 딜레마를 어떻게 해결해야 할지 모르겠지만, 그럼에도 눈 한 번 질끈 감고 부끄러움을 참으며 도와달라고 말하라고 조언한다.

사람들은 직접 몸으로 행동하거나 시간을 들이지 않으면서 무언가를 주고 싶어 한다. 그리고 또 많은 사람들이 어떤 구체적인 것, 예를 들어 묘비석 구입, 휴가비용, 이삿짐 전문 업체를 통한 창고 청소비용을 기꺼이 기부한다.

결혼에는 혼수 목록이 있고, 출산을 앞두면 출산준비물 목록이라는 것이 있다. 우리는 인생의 생애주기에 대비해 돈을 모을 필요가 있다. 어쩌면 죽음을 대비해서도 일정 몫을 비축할 필요가 있을지 모른다. 우리는 금기시되는 룰을 깨고 용기를 내어 미망인과 홀아비에게, 혹은 남편을 잃고 자녀들과 새로운 삶을 사는 데에 힘이 되는 돈을 달라고 말해야 할지 모른다. 애도의 과정에서 필요한 다양한 일에는 돈이 든다. 휴가, 청소 도우미, 이삿짐센터, 상담 또는 심리치료 등, 이 모든 것은 사치가 아니다. 다시 정상적으로 살려면 이 모든 것이 필요하다. 애도의 침대를 털고 일어나기 위해서는 이 모두가 필요하다.

우리는 자신에게 "어떻게든 다시 나아지겠지"라고 말한다. 사실이다. 그러나 사람들은 이 말에 의지해 다시 일어나지만 훗날 다른 이들을 돕지는 못한다. '어떻게든'은 그리 적절한 단어가 아니다. 우리는 더 나은 대우를 받을 자격이 있다. 사람들에게 무엇을 요청할 수 있을까? 각자 다시 정상적인 삶을 사는 데 필요한 모든 것을 목록으로 적어도 좋다고 생각한다. 계좌번호를 적어도 된다. 우리가 아는 모든 사람에게 따뜻한 인사말과 더불어 필요한 항목과 계좌번호를 적어 보내도 된다. 어쩌면 목록 중 아주 일부만 받게 될 수도 있지만 이것은 우리가 앞으로 나아가기 위해 필요한 힘이 될 것이다.

주변 사람들은 우리를 위로하기 위해 무슨 말을 해야 하는지를 고민한다. 하지만 막상 애도시기를 보내며 먹고사는 문제로 위기에 처했을 때 자발적으로 도와주는 사람은 드물다. 위기에 처해 있음에도 부끄러워서 손을 못 내미는 마음은 지구 밖으로 추방해버리도록, 무엇이든 돕고 싶다.

물론 돈이 전부는 아니다. 우리가 그리워하는 많은 것들은 가게에서 살 수 없다. 삶의 기쁨, 과제, 의미, 우정, 공동체, 칭찬과 지지와 같은 것, 그리고 영혼 또한 돈으로 살 수 없다. 영혼이 필요로 하는 것은 말로 형언하기 어렵다.

현실적인 원조 외에 무엇이 또 필요했던가. 나는 무엇을 꿈꾸고 어떤 희망을 지녔던가. 하늘을 향해 자주 즉흥적으로 기도했던 것이 기억난다. 휴양원이나 키부츠나 수도원 같은 공동체에서 살아보고 싶었다. 모두 질서 정연하고 나를 따뜻하게 받아들여주고 사람들이 말하는 정상적인 삶으로 다시 나갈 수 있는 훈련의 기회를 줄 것이라고 생각했다. 나는 지금도 참된 공동체로서 기능하는 성스러운 공간을 그리워한다.

애도는 나를 낭만주의자로 만들었다.

지금도 나는 이러한 성스러운 세계가 과연 가능할까, 우리 스스로 그러한 공간을 만들어 나가면 어떨까 생각해본다. 이런 생각에 심취하다 문득 고대의 부족문화라면 이 같은 성스러운 세계에 근접하지 않았을까 상상해본다. 아주 먼 옛날에는 모든 것이 지금보다 더 나았을까? 지금의 문명적 환경보다 과거 원시 숲에서의 애도는 더 쉬웠을까? 인디언 부족에게서 배울 수 있는 것으론 무엇이 있을까? 다시 평범한 삶을 살 수 있도록, 인디언 부족으로부터 무언가를 배울 수 있지 않을까?

나는 다양한 문화권의 장례 의식을 조사해보았다. 많은 장례 의식들은 죽음과 애도 이후에 지극히 평범한 일상생활로 복귀하는 문제를 내포하고 있다. 인디언 부족은 대부분 세 단계의 의식을 행한다. 첫 번째 단계는 우리에게도 익숙하다. 죽은 사람과의 작별. 전통 의식에서는 작별할 때 오직 죽은 자의 영혼이 제 갈 길로 떠나 저승으로 가는 것을 중요시한다. 사람들은 모두 죽은 사람만 바라볼 뿐, 애도자의 심정에는 아무 관심을 두지 않는다. 사람들이 흘리는 눈물마저 오로지 죽은 자만을 위한 것이다. 이들은 죽은 이가 지구를 떠나는 것이 고통스러워 흘릴 눈물을 대신 흘려주는 것이다. 다시 말해 죽은 사람이 홀가분하게 여정을 떠날 수 있도록 그의 눈물을 말려주는 것이다.

죽은 사람을 위한 격정적인 장례 의식은 몇 시간 혹은 며칠이면 끝난다. 사람들은 예전처럼 가벼운 마음으로 일상생활을 이어간다. 그럼 죽은 사람과 아주 가까운 관계였던 유가족의 경우는 어떨까? 유가족은 한동안 공동체에서 소외된다. 특정 문화권에서는 그들을 만져서도 안 된다. 그들은 어떤 면에서는 새처럼 자유롭다.

두 번째 단계에도 커다란 의식이 준비되어 있다. 이번에는 유가족이 그 대상이다. 일정한 애도의 시간이 흐른 후 유가족은 의식 절차를 통해 공식적으로 다시 공동체에 받아들여진다. 이는 애도자에게 이러한 의미다. 새로운 삶이 시작되었다. 당신도 공동체의 다른 구성원처럼 똑같은 책임을 지고 있으며 어떠한 예외도 바라지 말고 공동체의 삶에 동참할 것. 당신은 다시 공동체의 일원이다. 이를 현대적 애도의 표현으로 바꾼다면 다음과 같을 것이다. 당신이 직접 정비소에 자동차를 맡기세요. 당신의 변기는 스스로 닦으세요. "못하겠다"고요? 아니요, 할 수 있어요. 당신이 할 일은 직접 하고 그만 좀 투덜거리세요.

어딘가에 속해 있다는 것은 참 아름다운 일이나 소속감을 느끼고 싶다면 책임 또한 짊어져야 한다. 낭만적인 감정에 빠져 있으면 이 같은 면을 간과해버리기 십상이다. 나는 스스로 자문해본다. '넌 바꾸고 싶니? 파푸아뉴기니로 이주해서 여러 세대에 걸쳐 지금까지 이어져 내려오는 방식으로 애도하기를 원해?' 솔직히 말하자면 불평불만을 늘어놓고 우울해하고 자기연민에 빠져 있더라도, 냉정한 비난을 받지 않는 세상에 살고 있어서 매우 기쁘다. 그리고 나와 함께 심한 압박감을 견뎌내고 최선의 해결책을 찾기 위해 노력해준 친구들의 따뜻한 마음에 감사한다.

만약 내가 원시공동체 일원이었다면 어쩌면 남편이 죽은 지 몇 주 안에 시동생과 결혼해야 했을지도 모른다. 만약 인도에 살았다면 최악의 경우 산 채로 남편과 함께 화장되었을지도 모른다. 아무리 이승의 삶과 그에 따르는 과제들에 불평을 늘어놓는다 해도, 이 삶에 엄청난 기회가 있다는 것과 현대 사회를 사는 여성으로서의 자유가 얼마나 중요한지는 잘 알고 있다.

그런데도 내면 깊숙이에는 애도의 리듬이 어떤 방식으로 작동하는지 꿰뚫어보는 원형적 존재가 자리 잡고 있다. 내 영혼은 내가 필요한 것을 직관적으로 공급해주었다. 지난 시간을 돌이켜보면 겉으로는 분명 혼란스러운 상황인데 내면에서는 오히려 차분히 정돈돼 있는 경우도 많았다. 애도 중에는 무엇이 필요한가. 이 문제를 재조명하기 위해서는 원시시대의 생활을 들여다보는 것이 유용하다.

태곳적부터 내 안에 살고 있는 원시여성은 처음으로 죽은 사람과 교신하려고 했다. 그녀는 가족이었던 세 명의 천사가 새로운 세계에 잘 도착했다는 것을 확신할 때까지 그들을 안내했다. 내 친구들은 당시 내가 떠안은 과제를 나만큼이나 직관적으로 이해했다. 초반에는 산욕기의 젊은 산모처럼, 혹은 삶과 죽음 사이에 존재하는 중요한 문제를 해결하고 세속에는 관여하지 않는 성직자처럼 사람들로부터 빈틈없는 보살핌을 받았다.

그러나 몇 주가 지나자 나는 서서히 현실로 되돌아왔다. 나는 다시 살면서 부딪치는 일상사를 해결하는 일에 익숙해졌다. 계속해서 받게 되는 배려에 감사한 마음이 들었으나 더 이상은 수프나 청소 도우미가 필요하지 않았다. 내게 있어 살아간다는 것은 더 이상 최우선의 문제가 아니었다. 다른 사람들은 안도의 숨을 내쉬었다. 어떤 이는 차차 모든 것이 더 나아질 것이라고 생각했을지도 모른다. 지금은 스스로도 나의 진정한 애도는 바로 이 시점부터 시작됐다고 믿고 있다.

가족의 죽음 이후 몇 주간 지속된 '하늘을 떠다니는 듯한' 황홀한 기분을 생각해보면 왜 인도 문화권에서 한동안 유가족을 공동체와 격리시키는지 충분히 이해하고도 남는다. 장례식 이후 몇 달간의 내 행동들을 생각하면 몇몇 친구들은 아마도 나를 사막에 내다버리고 싶었을 것이다. 감정의 기복이 심했으며 무엇보다 극단적 생각이 많았다. 누군가 내게 무엇이 필요하냐고 묻거나 무얼 하고 싶냐고 물으면 건방지게 대답했다. 약간의 휴식은 필요하지 않았다. 아니, 나는 '영원히 잠들기'를 원했다. 그러다 이내 앞으로 힘차게 전진하고 그저 '계속해서 나아가기'를 바랐다. 모든 것을 '있는 그대로의 상태로 두기'를 원했다가 또 어떤 날엔 모든 물건을 내다버리고 완전히 텅 빈 집에서 평온을 되찾고 싶기도 하였다. 나는 '다시는 무언가를 먹지 않기', '다시는 휴가를 떠나지 않기' 그리고 '다시는 사랑에 빠지지 않기'를 바랐다. 그러다 또 다시 아주 먼 곳으로 이사 가서 모든 것을 처음부터 다시 시작하겠노라 선언하고 싶었다. 이 모든 것들을 확신에 차서 말했다.

이러한 극단적 생각들은 당시엔 지극히도 당연한 것으로 생각되었다.

친구들의 반응을 통해 내가 언제 상식에서 벗어나고 있는지를 감지할 수 있었다. 나는 미쳤던 걸까? 아니, 나는 그저 균형감각을 잃었을 뿐이다. 내게는 극단적인 생각이 필요했다. 진정으로 불쌍해지고 슬퍼지고 용감해지고 절망에 빠지기를 원했다. 나 자신의 존재를 자각하기 위해서는 이 모든 것이 필요했다. 인터넷 게시판에서 위로와 공동체를 필요로 하는 애도자들이 남긴 글의 댓글을 읽어보면 내가 지내온 시간들이 떠오른다. 현실세계에서는 애도자가 어떤 말을 하면 다른 사람들은 그저 고개를 끄덕이는, 그 외에는 별 다른 반응을 기대할 수 없으므로 결국엔 인터넷 공간에서나마 극단적 이야기를 한다는 생각이 들었다.

지금으로부터 여러 해 전, 사고가 나기 전에 나는 감정을 주제로 연수를 진행하는 광대지도사의 지도를 받았다. 우리는 그의 지도 아래 광대가 슬플 때, 화날 때, 기쁠 때, 짜증날 때 혹은 사랑을 느낄 때의 표정을 연습했다. 우리는 어떤 표정을 짓는 순간 자기 얼굴을 만져보았다. 우리는 스스로를 육신과 영혼, 피부와 머리카락을 가진 어린아이처럼 느꼈다. 그는 우리를 더욱더 자극했다. "좀 더, 좀 더! 화를 좀 더 내봐, 좀 더! 정말 재미있다고 생각될 때까지 계속해서 화를 내봐!"

극단적 생각에 빠져 있던 시기에도 나는 무의식적으로 내 감정을 극적으로 증폭시키곤 했다. 마치 세 살짜리 어린아이가 된 기분이었다. 광대가 된 기분이었다. 혹은 아주 평범한 사람인데 애도의 짐이 너무 무거워서 미세한 움직임에도 균형을 잡을 수 없는 사람이 된 기분이 들었다. 극단적 감정과 무모한 계획들. 뛸 듯이 환호하다 죽을 정도로 우울해하기. 만약 인디언 부족의 미망인이었다면 나는 이 기간 동안 아마 스텝초원의 바람 속을 거닐고 있었을 것이다. 초원의 바람은 걱정스레 이마를 문지르거나 "그래, 하지만……"이라고 중얼거리지도 않을 것이다. 초원의 바람은 나를 그저 내버려두었을 것이다. 다시 평온을 되찾아 온전히 나 스스로의 힘으로 삶의 모순에 대처해 나가고, 충분히 유연성을 회복해 현실과 타협할 수 있도록, 초원의 바람은 언제까지나 내게 귀를 기울였을 것이다.

스텝초원이 아니라 도시 외곽의 정원이 딸린 집에서 사는 문명세계의 여자인 나도, 극단적인 감정 기복을 겪던 애도 초반 무렵에는 참을성 있게 이야기를 들어주고 수용해주는 사람이 필요했다. 생각이나 감정이 극단적으로 흘러갈 때 나를 지지해줄 사람들이 필요했다. 나는 진지하게 받아들여지고 싶었다. 정말 진지하게. 물론 떠나버리고 싶은 마음도 들어 성야고보의 길(예수의 제자 야고보가 복음을 전하려고 걸었던 길. '산티아고데콤포스텔라 순례길' 또는 '산티아고 순례길'이라고도 함— 옮긴이)도 밟아보고 싶었다. 가능하다면 세 번 정도는 다녀오고 싶었다. 사람들과 토론하고 싶지 않았고 누가 내 의견에 반대하는 것도 싫었다. 재앙에 관한 시나리오나 말도 안 되는 이야기를 늘어놓거나 무모한 이야기를 할 때에도 격려와 수용을 원했다. 내가 말하는 내용과 상관없이 그저 내 존재 그 자체로 지지받기를 바랐다. 폭풍 속의 여자, 아무런 계획도 없는 여자. 이러한 혼돈 속에 혼자 남고 싶지 않았다. 나를 이해해줄 필요는 없었다. 나 역시 나를 이해하지 못하므로. 나와 감정적으로 얽히지 않으면서 온전히 독립적인 존재로 설 수 있는 사람들이 필요했다.

내 친구는 열일곱 살 때 남자친구가 자살했다. 가족의 장례식 이후 만남에서 그녀가 진지한 얼굴로 해준 말을 나는 결코 잊지 못할 것이다. 친구는 이렇게 말했다. "첫째, 너는 성장할 거야. 아주, 정말 많이. 괜찮아. 둘째, 앞으로 열두 달 동안 내일의 일을 걱정하지 않겠다고 약속해줘. 셋째, 어떤 계약서에도 서명하면 안 돼."

지금까지도 내 상처는 다 아물지 않았다. 나는 근심 걱정이 생기면 먹기를 거부하는 편이다. 내 친구의 예상대로 되었는지 여부는 전혀 중요하지 않다. 중요한 건 누군가 내게 공식 휴가를 주었다는 거다. 나는 마음 놓고 먹을 수 있었다. 나에게 무엇이 필요한지 전혀 신경 쓰지 않아도 되었다. 나는 얼마든지 감정 기복을 겪어도 되었다. 그렇다. 내겐 휴식이 필요했다. 그 무엇보다 필요했던 것이 바로 휴식이었다.

"어떤 계약서에도 서명하면 안 돼." 장난으로 던진 말일까? 아니, 그렇지 않다. 이 충고가 나오게 된 데에는 다 그만한 이유가 있었다. 그날 커피숍에서 이 말을 듣자마자 나는 대번에 무슨 말인지 알아들었다. 애도의 충격에 빠져 있을 때는 어리석은 판단을 하게 마련이다. 그러므로 내 판단력이 온전치 않을 수도 있음을 항상 자각하고 있어야 한다. 친구의 충고는 정말 소중했다.

하지만 안타깝게도 이를 항상 따르지는 못했다. 나는 원래 살던 집에서는 더 이상 못 견딜 것 같아 마음에 드는 새 집을 계약했다. 어떤 연수를 받다가 금방 중단해버렸다. 꼭 행운을 안겨줄 것만 같은 물건에 돈을 지출했고, 그것이 절실하다고 생각했다. 책과 옷과 가구를 사들였으나 그중 대부분은 쓰레기통으로 직행했다.

시간은 많은 것을 다시 원상 복귀시켰다. 다행히 통장잔고도 다시 회복되었다. 혼란스럽던 시간이 마침내 끝나서 기뻤다. 새처럼 자유로운 상태를 만끽하는 것을 포기하기란 쉽지 않았다. 이 시간 동안 상처도 많았지만 얻은 것도 있었다. 어른이 된 이후 그때처럼 많은 것을 시도하고 경험하고 열심히 산 적은 없었다.

우리 서구 문화권에도 고립된 사람들을 다시 받아들이는 의식이 있을까? 공동체의 완전한 일원으로 다시 들어가야만 하는 의식 말이다. 아니, 그런 것은 없다. 아무도 우리를 위한 의식을 준비해주지 않는다. 북을 쳐주는 사람도 없으며 만찬을 준비해주는 이도 없다. 그렇지만 자신과 인생에 대한 책임을 다시 짊어져야 함을 상기시켜주는 메시지들을 우리도 언젠가는 접하게 된다. 친구들이 전해주는 코드는 때로는 암호화되어 있지만 우리는 이를 아주 분명히 알아본다. 반면 우리에게 오는 메시지는 몰이해, 성급함, 심한 말들이라는 형태로 변장해서 다가온다. 이 말들은 이제 현실의 삶으로 다시 돌아올 때가 되었다는 의미다. 그렇게 되면 애도를 멈추어야 하는가? 아니, 그렇지 않다. 이는 그저 우리에게 무엇이 필요한지를 묻는 질문이 다시 새로운 뜻을 갖는 것을 의미한다.

처음엔 물리적으로 생존하기 위해 무엇이 필요한가, 라는 뜻이었다. 그 다음에는 감정이 폭풍처럼 요동칠 때 안전하게 지내려면 무엇이 필요한가, 라는 뜻이 되었다. 책임을 지는 평범한 삶을 사는 지금 단계에서는 이제 다시 행복해지고 만족스러운 삶을 살기 위해서는 무엇이 필요한가, 라는 뜻으로 바뀌었다. 그 누구도 대신 대답해줄 수 없다. 대답을 찾는 것은 우리 몫이다. 우리는 답을 찾기 위해 한참 동안, 어쩌면 여러 해 동안 고민할지도 모른다. 친구들은 애도 초반에도 곁에서 도왔고 폭풍 같은 감정 변화를 겪을 때도 기다려주었다. 그것이 편한 동시에 불편하기도 했던 건, 각자의 역할이 달라 서로의 눈높이를 맞추지 못했기 때문이다. 언젠가는 우리 스스로 변화를 갈망하게 될 것이다. 우리를 마냥 보호하고 받아주던 시간이 끝나가는 것을 곧 실감하게 될 것이다. 짧지만 마법과도 같은 말들이 울려 퍼진다. 그것은 귀에 거슬리고 때로는 무자비하게 느껴지기도 한다. "이제 정말 다시 정상 생활로 돌아올 때가 됐어", "너 아직도 계속 슬퍼하고 있니?"

남자친구가 분명한 원칙을 제시하던 날이 기억난다. 그날 우리는 친구들과 산책 가기로 약속했으나 나는 늦잠을 잤고 산책도 가기 싫었다. 약속 시간을 맞추기 빠듯했기 때문에 그는 내 무책임함에 불만을 나타냈다. 곧 나는 눈물범벅이 되었다. 뭐라고 항변했는지 정확히 기억나지는 않지만, 어쨌거나 궤변을 늘어놓아 마치 불쌍한 희생양이 된 것처럼 행동했다. 왜냐하면 가족이 죽었기 때문이다. 왜냐하면 더 이상 살아갈 힘이 없기 때문이다. 왜냐하면 모든 것이 그저 벅찼기 때문이다. 지금 이 순간, 그리고 앞으로도 영원히. 나는 "날 좀 내버려둬. 죽어버리고 말 거야"라며 울부짖었다. 그러자 마법의 단어가 울려 퍼졌다.

"힘들다는 거 잘 알아. 하지만 네가 애도중이라고 해서 언제나 옳은 건 아니야. 나는 산책하러 나갈 거야. 그리고 나도 뭔가를 원할 권리가 있어. 항상 네 위주로만 될 수는 없다고. 자, 그러니까 어서 가자."

너그럽게 받아주는 시간이 끝났음을 알리는 말은 잔인하다. 그러나 여기서 정말 중요한 것은 무엇일까? 내 생각에 이것은 매우 중요한 전진을 의미한다. 우리를 사랑하는 사람들은 우리를 향해 손을 내민다. 그러고는 이렇게 말한다. "네게 많은 것이 필요하다는 걸 알고 있어. 하지만 우리는 네가 필요해." "네 슬픔만이 아니야. 활력 넘칠 때와 기뻐할 때와 그저 있는 그대로일 때의 널 원해."

이 말을 당장 듣지 않아도 좋다. 언제 다시 일상생활로 돌아올 것인지는 우리 자신이 정하면 된다. 그러나 침묵 속에 숨기를 계속해서는 안 된다. 늘 마음에 들지는 않아도 삶의 음악은 계속 들려올 것이다. 때로는 듣기 거북한 소리도 날 테지만 이 또한 그 음악의 한 부분이다.

우리에겐 무엇이 필요한가? 친구들은 필요한 것들을 제공해준다. 우리에게는 도움이 필요하다. 그러나 '안 돼'라는 말, 즉 한계선도 필요하다. 우리는 거절당할 때 존중받는 느낌을 가질 수 있다. 이는 우리가 스스로 알아서 할 거라는 믿음으로도 해석할 수 있다. 길을 찾는 사람들, 길 잃은 사람들이 모여 있는 공동체 안으로 사람들은 우리를 다시 받아들인다. 차츰 그들과 눈높이가 같아진다. 우리는 지극히 평범한 사람들이 모여 있는 집단의 일원으로서 환영받으며 다시 받아들여진다.

내가 배운 것

내가 배운 것은
말하고 싶은 것을
말하는 것

안타깝게도
성공해버렸네.

이제는 드디어
명령을
기다린다네.

달릴 준비가
줄 준비가
따를 준비가 되어 있네.

그저 약간의
감사함만
표하면 돼.

이제는 오직
하나의 소원만 남았네.

부탁이야
내 소원을 들어줘.
소음을 견뎌줘.
폭풍 속에서 웃어줘.
그러고 나서
너희가 원하는 대로
마음껏 해도 좋아.

지금의 나는
내가
맞나?

"냉정하게 들릴지도 모르지만 저는 당신 가족의 죽음에 대해서는 더 이상 관심이 없습니다. 다음 시간에는 당신의 미래에 대해 이야기하고 싶습니다. 지금의 당신은 어떤 사람인지 함께 알아보고 싶어요."

사고 후 약 3년이 지났을 때 심리치료사는 이렇게 말했다. 헬리와 티모와 피니를 떠나보내고 나는 정기적으로 심리치료를 받았다. 혼자서만 아픔을 삭이지 않고 객관적 시각을 가진 누군가의 도움을 받는 것은 약이 되는 일이었다. 혹여 상대방의 기분을 상하게 하지 않을까 전전긍긍하지 않아도 되었고, 하고 싶던 말을 마음껏 쏟아낼 수 있었다. 상담이 끝난 후에 상담료를 지불하고 홀가분하게 나오는 것이 좋았다.

친구들과 남자친구는 많은 것을 감내했으나 나는 본능적으로 적정선을 넘으면 안 된다는 것을 알아차렸다. 그들의 호의에 제대로 감사하지도 못했으며, 너무도 약하고 혼란스러운 상태여서 어떤 일에 제대로 단호하게 대응하지도 못했다. 이러한 상황은 나를 압박해 들어왔다. 나는 우리 모두를 편안하게 하기 위해 심리치료를 받았다.

초반에는 몸의 감각을 되찾고 몸이 보내는 신호를 이해하기 위해 신체심리치료사의 도움을 받았다. 그는 고통을 제어하고 두려움을 내려놓을 수 있도록 도와주었다. 몸의 문제가 많이 해결되면서 이번에는 다른 문제에 도움을 구하고 싶어졌다. 그동안 나를 사로잡았던 질문들을 깊이 생각했다. 나는 강해진 것 같았다. 살고 싶었다. 그리고 그럭저럭 살아가는 것만으로는 뭔가 성에 차지 않는다는 것을 깨달았다. 그 이상을 원했다. 나를 되찾고 싶었고 다시 온전한 나로 돌아가기 위해 슬픔을 내려놓고 싶었다. 그래서 융 박사의 분석치료는 내게 안성맞춤인 듯했다. 심리치료사의 목표는 개별화였다. 그것이 정확히 무엇인지는 몰랐지만 그 단어에 많은 기대를 하게 되었다. '개별화'라는 말은 왠지 자기 자신을 찾는 것이라는 뜻처럼 들렸다. 그리고 나는 정확히 그것을 원했던 것이다.

내 논리는 이러했다. 나는 원래 아주 멋진 사람이다. 모범적이고 지적이고 명랑하고 성실하고 합리적이고 게다가 최근에는 약간 현명해지기까지 했다. 나의 유일한 문제는 오직 애도에 관한 것이다. 애도 때문에 원하는 대로 되는 일이 없었다. 애도는 나를 피곤하게, 집중하지 못하게 만들었다. 몇 주 동안 집 안에 틀어박힌 채 절친한 친구에게조차 연락하지 못했다. 체중이 줄고 약해졌으며 애도에서 놓여나지 못했다. 나는 애도와 이와 관계된 모든 것을 언젠가는 다 털어낼 수 있으리라는 희망으로 상담을 받았다. 언젠가는 모든 문제를 해결하고 앞으로 나아갈 수 있으리라. 그러고 나면 마침내 본래의 나로 되돌아올 것이다.

나는 4개월 동안 매주 융 박사를 찾아가 애도의 그늘에 가린 나를 찾으려 애썼다. 참 희한한 일이었다. 나는 4개월 내내 나를 떠나버린 사랑하는 가족 이야기만 했던 것이다. 심지어 내 안의 무언가는 이것이 당연한 것이라고 합리화하고 있었다. 애도를 벗어나기 위해 여기를 찾아왔다. 그러니까 애도에 대한 이야기를 하고 애도의 역동성을 이해해야 했다. 그렇게 해야만 애도로부터 벗어날 수 있었다.

나는 뿌리에 검은 기생충이 달린 매우 아름다운 꽃 그림을 그렸다. 뱃속의 성난 용에 대해 이야기했다. 맞은편 뭍에 도달하기 위해 기를 쓰고 건너야 했던 늪에 관한 이야기를 했다. 애도와 관련된 많은 장면들을 떠올렸다. 마음에 들지 않는 나의 모든 것을 표현하기 위한 수단으로 그것들이 필요했다.

심리치료사는 오랫동안 이야기를 들어주었으며, 마침내 개입할 때가 되었다고 판단했다. 그녀는 내 관심의 전조등을 다른 방향으로 전환할 것을 주문했다. 나를 꿰뚫어보았던 것 같다. 가족을 잃은 슬픔 뒤로 숨는 것이 인생과 대면하는 데서 오는 두려움을 회피하기 위함임을 알아챘다. 정말로 나를 알고 싶다면 계속 그렇게 두려움을 회피해서는 안 된다는 것을 알고 있었다.

그녀의 진단은 가슴 아팠다. 딱지가 생기기 시작한 상처부위를 가린 반창고를 확 떼어내는 느낌이었다. 나는 반창고 아래의 상처를 볼 자신이 없었다. 여전히 내 상처를 의식한 채 과도기적인 삶을 살고 있었다. 나는 스스로에게 앞으로 상처가 완전히 아물면 모든 것이 다 잘될 거라고 말했다. 언젠가는.

"아직 준비가 안 됐어요", "지금은 상태가 안 좋아요."

이 말들을 얼마나 자주 내뱉고 핸드폰 문자로 전송했던가. 어떤 것이 부담스러울 때마다 이렇게 말하곤 했다. 가족의 죽음 이후로는 걸핏하면 부담감을 느끼기 일쑤였다. 사람들과의 만남이나 유능한 에이전시에, 요리하는 것과 쇼핑하는 것에, 초대와 질문에, 전화와 이메일에, 그리고 늦은 밤이나 이른 시간의 약속에. 솔직히 말하면 흥미를 느끼지 못하거나 약간 불편하다고 느끼는 것들 모두가 부담스러웠다. 이 모든 것을 가족의 죽음 탓으로 돌렸다. 가족의 죽음이 기진맥진하게 만들고 잔인하게 때려눕혔다는 논리였다. 정말 끔찍했지만 가끔은 아주 실용적이었다. 운명적 상황이 늘 나를 합리화시켰기 때문이다. 그러면 상대방은 나를 좀 더 이해하고 더 배려했다. 이 방식은 언제나 통했다. 적어도 다시 정상적인 사람이 되어야겠다 마음먹기 전까지는.

"이제 좀 나아지셨나요?" 이 질문은 곤욕스럽다. 들을 때마다 심장이 철렁 내려앉는 기분이었다. 이 말을 들으면 그저 침대 속으로 숨거나 손수건으로 얼굴을 가리거나 차라리 묘지로 들어가 버리고 싶다는 생각이 들었다. 차라리 관 속으로 들어가 버릴까.

그러면서도 다시 어울려 살고 싶다고 생각했다. 나를 책임지고자 했지만 새로운 나에 대해 거의 아는 바가 없었다. 어렴풋한 느낌만 가졌을 뿐, 실제로는 내가 마치 포템킨 마을(1787년 어느 날 러시아 여제 예카테리나 2세가 배를 타고 새 합병지인 크림반도 시찰에 나서자, 당시 지역 총독이던 그레고리 포템킨은 가난한 모습을 감추기 위해 영화 세트 같은 가짜 마을을 급조함— 옮긴이)에 서 있는 한 채의 집처럼 허무하게 느껴졌다. 내면의 나는 누구인가. 진정한 나는 과연 누구인가. 공허와 잡히지 않는 소용돌이 같은 것들이 느껴졌다. 오직 가족의 죽음과 애도와 그리움만이 실체인 것 같았다. 그 외에 또 무엇이 있었을까. 친구들과 나 자신을 계속 위로하는 것은 더 이상 재미없었다. 그런데도 여전히 약간은 특이한 이 여자를 나라고 할 수 있을까. 내 모든 새로운 요구사항과 약점과 결점을 다 포함해서?

나는 지금까지도 상처의 반창고를 제거하기 위해 노력한다. 하지만 여전히 인정하고 싶지 않은 흉터가 남아 있다. 그것은 아직 마주할 자신이 없어 언젠가는 나을 것으로 믿으며 숨겨둔 상처들이다. 자유를 얻는 과정은 매우 조심스럽다. 상처가 아무는 자리의 피부는 분홍빛이며 매우 연약하다. 반창고를 떼고 나면 한동안 공기가 닿을 때마다 예민하게 느껴진다. 그 어느 때보다 더 노출된 것 같은 느낌이다. 상처 부위를 건드리는 약한 바람의 이름은 무엇인가? 바람의 이름은 바로 책임이다. 숨지 않고 나를 드러낼 때 인생은 나로 하여금 책임지도록 만든다. 나는 나자신을 드러낼 준비가 되었나?

지금 나는 누구인가? 지금까지도 확실한 답을 얻지 못했다. 그리고 고백하건대 아직도 여전히 모든 책임을 죽음에 떠넘기기도 한다. 나는 죽음을 용서했다. 더 이상 남편과 아이들을 데려간 것에 분개하지 않는다. 나는 죽음이 가족들을 하늘나라로 보낼 때 정말 나쁜 짓을 하진 않았다고 믿는다.

나는 또한 죽음이 나를 고통의 경련과 무기력한 공허 속으로 빠뜨린 것도 안다. 나는 이 단계를 이겨냈고 이를 통해 더욱 강해졌으며 많은 두려움을 극복하게 되었다. 이제 끔찍한 날들도 언젠가는 지나갈 것이며, 비록 항상 그 이유를 이해하지는 못해도 삶에 대한 의욕도 되살아날 것을 안다. 그리고 몸이 애도의 고통을 견뎌낼 수 있다는 것도 안다. 심장이 수천 번 이상 부서지더라도 다시 온전해질 수 있음을, 또한 극단적인 상황에서도 나 자신을 돌볼 수 있음을 알게 되었다.

애도하는 많은 이들은 애도를 통해 성장했노라고 이야기한다. 사랑하는 사람의 죽음은 종종 우리 스스로도 놀라운 아주 특정한 힘을 선사해준다. 나는 죽음이 준 교훈에 감사한다. 그러나 죽음에게 묻고 싶다. 사랑하는 이를 잃은 사람이 그간의 모든 변화를 겪고 난 후, 평범하고 아픔 없고 기분 좋은 날 거울 속에 비친 대상에게 느끼는 당혹감을 과연 아느냐고. 애도의 최우선 과제는 자신을 내던지고 완전히 무너져 내리는 데 있는 게 아니라 결국 더 강해진 자신을 느끼기 시작하는 데 있음을 과연 아느냐고. 고통 때문이 아니라 일상의 삶이 오히려 더 외로워 모든 천사들에게서 버려졌다고 느끼는 것을 과연 아는가 하고. 언젠가는 더 이상 핑계 댈 것이 없어진다는 것이 얼마나 가혹한 일인지 과연 알고 있느냐고 말이다.

반창고를 떼어내는 것은 모험을 감행하고 새 살이 돋았는지를 확인한다는 의미다. 그리고 이는 용감하게 인정한다는 것을 의미하기도 한다. "나는 지금 이러한 상태입니다." 이는 더 이상 자기 몸이 마음에 안 든다 해서 모든 것이 사라지기만을 기다리거나 바라지 않겠다는 뜻이다.

"당신은 애도가 끝나기를 원하지 않아요. 여전히 천국을 꿈꾸고 있는 겁니다." 상담사는 이 말 한마디로 내 마지막 반창고를 떼어냈다. 나는 이 밴드가 내 눈을 덮고 있었다고 생각한다. 그리고 그녀의 말이 옳았음을 다시 한 번 알게 되었다. 나는 얼마나 아픔이 제 역할을 했다고 믿고 싶어 했던가. 나는 모든 아픔을 겪은 대가로 더 나은 사람이 되고 싶었다. 인격적으로 좀 더 성숙해짐으로써 애도기간 동안 나를 위해 애쓰고 나 때문에 많은 것을 감내해야 했던 친구들에게 보답하고 싶었다. 사람들은 오랫동안 나를 배려했고 여왕처럼 떠받들었으며 내 입 밖으로 나오는 모든 소원을 들어주려고 노력했다. 그들에게 어떻게 보답해야 하는 걸까. 나는 스스로에게 높은 기준을 세웠다. 너무도 높았다. 나는 오직 일기장에만 내 마음을 표현할 수 있었다. 스스로 인정하지 못하는 것은 시를 통해 표현했다.

왕도 너와 똑같아
슬퍼하고 기뻐하지.
그걸 어찌 아느냐고?
왕이 내게 말해주었어.

왕관의 무게는 견디기 힘들어

너무 많은 것을 약속했지.
자신만의 감옥에 앉아 있느라
온몸이 쑤시고 녹초가 됐어.

왕관의 무게는 견디기 힘들어
누군가 그의 역사에서
그가 스스로 만들어낸 노래에서
해방시켜주기만을 바라고 있어.

지난 6년 동안의 애도기간을 결산해본다면 이렇게 말할 수 있을 것 같다. 나는 더 관대해진 것 같다. 그리고 더 편안해지고 인내심이 많아진 것 같다. 더 사랑스러운 눈으로 세상을 바라보며 예전보다 세부적인 것들에 더 관심을 갖는다. 다른 사람들이 바보같이 행동한다고 생각되더라도 함부로 판단하지 않게 되었다. 용서하는 법을 배웠다. 그리고 만약 그러기 어려울 때는 최소한 새로운 국면이 펼쳐질 때까지 기다리는 법을 배웠다. 인디언 속담인 '상대의 모카신을 신고 십리를 걷지 않았다면 상대를 평가하지 마라'는 내가 흘린 모든 눈물을 통해 영혼 깊이 각인되었다. 나는 새로운 장점을 발견하게 되었다. 수용과 공감을 더 잘하게 되었다.

하지만 단점도 그냥 지나칠 수 없다. 나는 집중력이 많이 떨어졌다. 전화통화가 10분을 넘어가면 피곤해진다. 수다에 알러지 반응이 나타나게 되었다. 내 지성은 변했는데 이것이 좋은 쪽인지 나쁜 쪽인지는 잘 모르겠다. 내 생각은 깊이를 추구하는 쪽으로 바뀌었다. 사물을 향한 폭넓은 촉각, 멀티태스킹, 빠른 결단 등이 이제는 어려워졌다. 이틀 연거푸 모임 약속이 잡히면 어찌할 바를 모른다.

어떤 연수가 거의 끝나갈 무렵 연수담당자와 싸웠던 기억이 떠오른다. 당시 나는 연수 과정에서 배운 내용을 생활에 아주 잘 적용하고 있었다. 자기 자신 돌보기 과정이었는데 이는 애도의 핵심단어이기도 하다. 나는 이 과제를 매우 진지하게 받아들였으며 스스로를 잘 돌볼 수 있게 되어 매우 만족스러워하고 있었다. 그러다 결국 사전에 아무런 양해를 구하지 않은 채로 며칠간을 결석했다. 나는 실로 오랜만에 편히 지내고 있었다. 이것은 그야말로 모두에게서 축하받아 마땅한 일 아닌가. 그러나 연수담당자는 그렇게 하지 않았다. 오히려 그 반대였다. 그는 앞으로 몇 번 더 결석하면 수료를 못할 것이라고 엄포를 놓았다. 그러면서 "당신은 지난 시간 동안 집중하지도 않고 열의를 보이지도 않았어요. 그리고 무엇보다 신뢰할 수 없겠어요"라고 말했다. 마치 마개를 뽑아 공기가 쭉 빠져버린 수영튜브가 된 기분이었다.

신뢰할 수 없다고? 내가!? 가혹하게 들렸다. 나는 오전 내내 훌쩍였으며 도저히 멈출 수 없었다. 눈물은 저절로 흘렀다. 동료들은 나를 걱정했고 쉬는 시간에 무슨 일이 있었는지 알고 싶어 했다. 나는 그들의 걱정 어린 시선에서 외상적 사건의 재경험이라는 것을 읽어냈다. 심리학 시간에 막 배운 터였다. 그들은 어떤 소리 또는 벽에 비친 그림자를 통해 내 신경 뉴런이 자극 받아 끔찍한 회상이나 사고 당일의 기억을 떠올린 것으로 짐작하는 것 같았다.

동료들은 걱정스럽게 "대체 무슨 일이에요?"라고 물었다. 나는 연수담당자와의 갈등을 설명하면서 사람들이 나를 이해하고 내 편을 들어줄 것을 기대했다. 그러나 동료들의 반응은 예상과 달랐다. "아하, 일상적인 스트레스를 받은 거예요. 그럼 앞으로는 결석하지 않도록 주의하면 될 것 같아." 어깨를 한번 으쓱하며 이렇게 충고해주었다. 이것으로 모든 사안은 종결되었다. 하지만 나는 땅속 구덩이에 앉아 있다가 갑자기 바닥이 모래처럼 허물어지는 느낌이 들었다. 그런데도 내 마음을 설명할 수 없었다.

가끔 나는 아기가 태어나면 선물을 받듯 애도 때에도 공식적으로 선물을 받는다면 어떨까 생각한다. 우리에게는 물론 기저귀나 분유는 필요 없다. 어쩌면 침대 밖으로 못 나오는 날을 대비해 우주인 식량이 필요할지는 모르겠다. 그러나 무엇보다 어떤 문구가 새겨진 티셔츠 몇 벌은 필요할 것 같다. 확실한 의사 표현을 하는 데 도움이 되도록 말이다. 자신을 찾는 여정에 비자발적으로 참여 중. 나는 이 티셔츠를 가끔 착용할 것이다. 기쁘다. 강하다. 하지만 도움이 절실함. 이 슬로건도 역시 마음에 든다. 또는 자립하는 중. 이 문구야말로 가장 마음에 든다.

죽음이 검은색 옷을 애용하는 것은 우리 살아남은 사람들을 그의 어두운 면과 대면시키려 해서인지도 모르겠다. 가만히 생각해보면 나는 죽음을 뒤에서 바라본 적이 없다. 어쩌면 죽음의 등은 환하게 빛나는지도 모른다. 그렇다면 죽음이 데려가는 사람들은 환한 등을 보며 따라간다는 건가? 반면에 우리는 죽음의 못생긴 얼굴 혹은 그 모습을 감춘 후드를 바라보아야 한다. 후드를 벗기고 직접 얼굴을 대면하는 것은 결국 우리의 과제일까?

사랑하는 이가 죽은 후 왜 검은색 옷을 입는지 그 이유를 모르겠다. 현대적 젊은 여성으로서 나는 이러한 관습에 저항했다. 심지어 매장 당일에도 모든 조문객에게 총천연색 옷을 입고 와달라고 했다. 하지만 지금은 검은색 속에 일종의 보호 의미가 있는 건 아닌지 자문해본다. 검은색은 조용한 메시지를 담고 있다는. '저는 아직 색상을 인식할 준비가 되어 있지 않습니다'라는 의미. 이는 아직 인쇄문구가 적힌 티셔츠가 나오기 이전의 색채코드가 아닐까.

가끔 나는 검은 애도의 해를 일종의 안식년 혹은 자신에게서 떠나는 휴가로 활용할 수 있도록, 다시 반복할 수 있을지 자문하곤 한다. 나에게 요구하는 것을 내려놓고 휴식을 취할 수 있도록 다시 한 번 그러한 해를 보낼 수는 없을까? 시간은 모든 상처를 아물게 한다. 이런저런 속담에 예민한 반응을 보이는 편이지만 이 속담에는 분명히 동의한다. 나는 지금까지도 어떻게 시간이 이같은 일을 하는지 잘 모른다. 시간이 아픔을 잊게 만들고 무에서부터 새로운 것을 창조해내는 것을 보면 놀랍다. 하지만 니는 시간의 힘을 믿고 시간을 마치 친척처럼 느낀다.

시간이여, 네게 세상의 모든 시간을 다 주마. 그렇게 하면 나와 어울리지 않는 모든 것을 치유해주겠니? 시간은 나를 친절한 눈으로 바라본다. 시간의 대답은 부드러우나 단호하다. 무엇이 좋고 무엇이 나쁜지를 판단할 권리를 누가 가질 수 있을까? 너는 한쪽은 버린 채 다른 한 단편만 가지고 싶은 거야? 그리고 아직도 여전히 예전엔 분명 모든 것이 다 좋았다고 확신하니? 기억은 너를 속이고 있어. 너는 변했어. 하지만 그랬다 해서 더 빨리 더 낫게 더 친절해졌다고 확신할 수 있을까? 왜 스스로를 압박해. 긴장을 풀어. 자신을 있는 그대로 받아들여. 완벽하려고 애쓰지 마. 모든 게 다 잘될 거야. 모든 것이 다 좋아.

좋다고? 모난 면이 있는 나도? 결함 많고 히스테리를 부리는 여자인데도? '나는 아주 이상해졌지만 그래도 나는 내가 참 좋다.' 이렇게 생각하면서 자위하는 것이 정말 가능할까? 왜 안 되겠는가. 인정하기 싫은 건 뒤로 미뤄두는 나보다 이렇게 생각하기 시작한 나를, 어쩌면 친구들은 더 좋아할지도 모르겠다.

나는 부족한 점들을 감출 수 없다. 애도는 나를 변화시켰고 그 과정에서 많은 흉터를 남겼다. 시간은 거친 돌멩이 같은 나를 갈고 다듬었다. 그러나 강가의 조약돌처럼 둥그렇고 매끄럽게 되지는 않았다. 애도의 고통은 내 안의 무엇인가를 드러내버렸다. 나는 더 투명해지고 들여다보기 쉬워졌다. 사람들 눈에는 깨지기 쉬워 보였을 것이다. 하지만 잘못된 생각이다. 모든 크리스털 유리가 그렇듯 나 또한 날카로운 모서리를 지니고 있다. 그래서 조심하지 않으면 누군가에게 상처를 입힐 수 있다. 있는 그대로의 나에게 적응할수록 이런 생각이 더 강해진다. 모서리를 부드럽게 다듬는 것은 이제 더 이상 중요하지 않다는. 조약돌이 되는 것만이 중요한 건 아니라는 얘기다. 중요한 것은 현재의 나로서 살아가는 일이다. 나는 값진 크리스털이 되려고 노력한다. 다른 사람들은 물론, 나에게 친절히 대함으로써 그렇게 되고자 한다. 어떤 경계를 넘어서려 하거나 실수를 저지르거나 부탁을 할 때 나는 친절함을 베풀 수 있다. 내가 가진 크고 유일한 권력은 내가 어조를 선택할 수 있다는 것이다.

현재 나는 나를 완전히 이해하고 싶다는 욕망을 내려놓았다. 나는 기꺼이 나 자신 때문에 놀라고 싶다. 그리고 친구들도 이미 나의 돌발 행동 가능성에 적응시켜 두었다. 그래도 대부분의 친구들은 나를 좋아한다. 그 사실을 알고 나서 정말 하늘을 나는 것처럼 기분이 좋았다.

사실은, 예전에 내가 아직 활기찬 아이의 엄마였을 때부터 항상 내 생각을 자세히 설명할 필요는 없다는 걸 이미 알고 있었다. 당시 나는 아이들에게 내 행동 하나하나의 이유를 자세히 설명하는 것을 아주 중요하게 생각했다. 티모는 논란의 여지가 있는 문제가 생겼을 때 나를 대화로 끌어들이는 능력이 탁월했다. 결국에는 거의 언제나 티모가 나를 설득했다. 훈육하려던 노력은 수포로 돌아가기 일쑤였고 나는 사랑하는 아들에게 끌려다니는 느낌이 들곤 했다.

티모의 유치원 교사 코넬리아는 "이유를 얘기하지 말고 그냥 옳다고 생각하는 대로 행동해보세요. 제 생각에는 그렇게 하는 편이 티모와 모두를 위해 더 좋을 것 같아요"라고 조언했다. 나는 그렇게 실천하리라 굳게 다짐했다. 코넬리아와 면담한 지 얼마 지나지 않은 어느 날 밤, 티모의 가장 친한 유치원 친구가 놀러왔다. 쿠키를 구워주려고 반죽을 막 오븐에 넣으려던 찰나였다.

"한번 봐도 돼요?" 티모는 장난기 어린 눈빛으로 쳐다보며 물었다. 나는 그 눈빛의 의미를 정확히 알고 있었다.

"보는 건 괜찮아. 하지만 먹어보는 건 안 돼."

"그럼요. 약속할게요."

티모 특유의 표정. 곧 어떤 일이 일어날지 짐작이 됐다.

"만약 반죽을 찍어 먹으면 오늘 쿠키 안 줄 거야."

"알았어요."

꼬맹이 티모는 당연히 반죽에 손을 댔다. 다른 날 같았으면 야단을 치며 왜 날계란이 몸에 해로운지 자세히 설명했을 것이다. 그랬다면 티모는 눈을 커다랗게 뜨며 사과했을 것이다. 다시는 그렇게 안 하겠다고 약속하고 결국 쿠키를 먹었을 것이다. 하지만 그날 나는 코넬리아의 전략을 따르기로 했다.

"좋아. 티모는 오늘 쿠키 한 개도 못 먹는다."

"뭐라고요?"

"사랑하는 아들, 내일 줄게. 이제 더 이상 그만."

티모는 팔짝 뛰었다. 그리고 맹수처럼 울부짖었다. 티모는 그저 믿을 수 없다는 반응이었으나 나는 강경했다. 코넬리아의 충고가 맞는지 확인하고 싶었다. 몇 분이 지나자 옆방에서 티모의 친구 알렉스가 푸념하는 소리가 들렸다.

"티모, 그만해. 우리 엄마도 요즘 그래. 우리 엄마도 똑같아."

웃음이 나왔다. 알렉스 엄마도 유치원 선생님께 똑같이 자문을 구했구나. 티모는 다시 내 곁으로 와서 정말 쿠키를 먹을 수 없느냐고 물었다. 물론 나는 안 된다고 말했다.

"그럼 내일 아침에는 되는 거죠?"

"그럼. 자, 아까 네가 찔러본 쿠키 반죽은 한쪽으로 놓아두자."

이것으로 모든 문제가 해결되었다. 티모는 내 무릎 위로 기어 올라와 식탁에 손을 뻗어 아까 손가락으로 건드린 쿠키 반죽을 면보자기로 정성스럽게 덮어두었다. 이처럼 모든 것이 간단할 수 있었던 것이다.

계속 그렇게 할 수 있었을지는 모르겠다.

티모는 새로운 교육 방식이 결실을 거두는 것을 보여줄 만큼 오래 살지 못했다. 쿠키를 굽던 그날로부터 몇 주 후 내 곁을 떠났기 때문이다. 하지만 티모의 곁을 굳건하게 지켜주던 멋진 친구 알렉스가 해준 충고의 기억과, 쿠키를 구우려던 그 다음날, 즐거운 마음으로 함께한 아침 식사에서 그 문제의 쿠키가 유난히 더 맛있었다는 기억과, 서로 이해하는 데에는 반드시 설명이 필요한 건 아니라는 깨달음은 여전히 남아 있다. 때로는 아주 단순하고 명료한 단어 하나로도 충분하다.

이것은 애도하는 마음일까 아니면 나 자신일까? 어떤 것이 남고 어떤 것이 변화할까? 오늘날까지도 나는 이 질문에 명확히 답을 줄 수 있는 심리학자나 정신과의사나 치료사를 만나본 적이 없다. 아들이 쿠키를 못 먹게 되자 그랬던 것처럼 나에게도 역시 소리치고 날뛰고 싶은 날들이 있다. 나 자신으로 돌아가고 싶어. 행복해지고 싶어. 내가 원하는 사람이 되고 싶어.

결점 없는 여자. 솔직히 나는 그런 여자가 아니었다.

"고귀해지려고 노력하는 것은 좋습니다. 어떤 날엔 그 시도가 거의 성공하기도 하지요. 하지만 그렇게 되지 않는다 해도 나쁘지 않다는 걸 아셨으면 좋겠어요." 애도 초반에 만난 심리상담가는 이렇게 말했었다. 이제 나는, 나를 찾는다는 것이 항상 무언가를 얻는다는 의미는 아님을 깨달았다. 개별화란 완벽함이 아니라 정체성을 추구한다는 뜻이다. 강점과 약점, 빛과 그림자, 과거와 미래, 그리고 과거와 미래의 균형을 아슬아슬하게 지탱하고 있는 어느 중간 지점쯤에 현재가 놓여 있다. 잡을 수도, 붙들어둘 수도 없다. 귀한 물질처럼 진동하고 있다. 약점이야말로 진정한 강점인지 아닌지, 우리는 결코 영원히 확신할 수 없을 것이다. 어디에서 과거가 끝나고 어디에서 미래가 시작되는지 알아내지 못할 것이다. 상처는 아물고 또 다른 상처가 생겨날 것이다. 생에 맞서노라면 언제나 상처를 입을 테지만 우리는 언제나 승리할 것이다.

지금 나는 있는 그대로의 나 자신으로 돌아왔다. 내일 무슨 일이 일어날지, 어떤 것이 달라질지 그 누가 알겠는가. 하지만 한 가지 사실은 분명히 알 수 있다. 우리가 원하는 모습 그대로가 아니라 해도, 세상 어딘가에는 우리를 위한 쿠키 한 조각이 준비돼 있다는 것. 단지 지금은 눈에 띄지 않도록 보자기로 덮여 있을 뿐이다. 그러나 언젠가는 그 쿠키를 집어 들 날이 올 것이다. 우리는 정말 그럴 만한 자격이 있다.

나의 행복

나의 행복은 지금
검은 콘트라베이스

삶은 현을 튕겨
어둡고 분명한
소리를 낸다.

공명관 중심에
흔들리는
심장

다시
행복해질 수
있을까?

이것 아닌 다른 어떤 질문으로 이 책을 끝마칠 수 있을까? 애도의 끝에서 행복을 이야기하지 않는다면 무슨 얘기가 더 필요할까. 그래, 정확히 행복을 말해야 한다. 나는 이 말이 너무 좋아서 몇 번이고 반복해서 쓸 수도 있을 것 같다.

행복.

부연설명을 하자면 지금은 잃어버린 것으로 생각되는 행복에 대해서다. 우리가 애타게 기다리는 행복은 때로는 손님처럼 방문했다 가버린다. 그럼 우리는 언제나 또다시 용감하게, 또는 겁먹거나 상처 입은 채로 새로운 행복이 찾아오기를 기다린다. 그러다 어느 날, 앞으로도 계속 지금 같은 상태가 되지 않을까 의심스러워진다. 한때 행복이라고 믿은 것은 이제 다시 찾아오지 않는 걸까? 행복은 손에 넣자마자 빠져나가는 미끈거리는 물고기 같은 것일까? 그저 아주 조금 주어지는 것, 구름 사이를 뚫고 나오는 가느다란 햇살처럼 감질나게 금방 사라져버리는 것일까? 이 햇살을 사랑해야 할지 미워해야 할지, 우리는 잘 모른다. 햇살 아래 서면 따뜻하지만 이내 따갑고 고통스러워지니까. 햇살을 보면 과거는 지금과 완전히 달랐다는 생각이 떠오른다. 과거에는 모든 것이 다 좋았기 때문이다. 행복이 곁에 더 오래 머물도록, 어떻게 붙잡아야 하나 고민할 필요가 없었다. 행복은 너무도 당연히 우리 곁에 머무는 존재였다. 그러다 죽음이 찾아왔다. 그리고 죽음은 심장을 멈추고 하늘 전체를 회색 구름으로 덮어버렸다.

언젠가는 다시 행복해질 수 있을까? 이 질문 속의 행복은 일시적인 것이 아니다. 감사하는 마음에서 비롯되는 조용한 행복이나 갑자기 등장한 무지개에 감동받는 그런 행복이 아니다. 우리는 이러한 종류의 행복에 특히 더 민감해진다. 이런 행복은 일종의 보너스처럼 받아들지만 종국에는 부족하다고 느낀다. 우리가 애타게 찾는 행복은 커다랗고 진정하고 참된 행복이다. 어느 날 갑자기 찾아왔다가 훌쩍 날아가 버리는 것이 아니다. 우리가 획득해야 하는 행복이 아니다. 그리고 잠시 빌려온 것이 아니라 계속 지속되는 행복인 것이다. 이것은 우리가 소유하는 행복이다. 한때는 우리 마음속에서 살았던! 언젠가 이 행복은 다시 돌아올 것인가?

맞다.

"이 책의 마지막 장은 정말 분량이 적을 겁니다. 두 자면 충분해요." 발행인과 책의 구성을 논의하는 자리에서 나는 이런 농담을 던졌다. 발행인은 "좋습니다"라고 대답했다. 짧은 대답의 의미를 그도 나처럼 정확히 알고 있었다.

그래, 우리는 다시 행복해질 수 있다. 마치 어떤 약속처럼 들린다. 지금 당장 이 자리에서 약속하고 싶지만 그렇게 되면 많은 사람들의 질문 공세가 시작되리라는 것도 안다. 다시 행복해질 수 있다는 약속은 마치 즉각적으로 효력을 발휘하는 행복의 보증서를 나누어주는 것처럼 들릴 수도 있을 것이다. 하지만 누군가 아무리 진지하게 약속하더라도 그것은 단지 미래에 대한 설명에 불과하다. 또는 우리 자신이나 행동과는 상관없는 것들과 연관된 신념일 뿐이다. 우리는 많은 것들을 약속한다. 좋은 의도로, 우리의 예상이 실제로 이루어지기를 스스로도 바라기 때문이다. 그렇다. 우리는 어려운 환경에 놓여도 언제까지나 진실할 것이다. 내일 다섯 시로 약속한 커피 모임에 늦지 않을 것이다. 산타할아버지는 반드시 새 자전거를 선물로 가져올 것이므로 걱정할 필요가 없다. 그리고 까진 무릎은 내일이면 분명히, 반드시 훨씬 덜 아플 것이다.

정말 그렇게 되리라고 확신할 수 있을까?

그렇지 않다. 나는 행복의 보증서를 발행할 수 없다. 그럼에도 불구하고 다시 행복해질 수 있다고 굳게 믿는다. 왜냐고? 우리가 행복을 간절히 원하는 만큼 행복 또한 우리를 원하기 때문이다. 이러한 나의 확신은 전혀 근거 없는 것이 아니다. 이는 내가 체득한 경험과 지금도 느끼고 있는 것들을 바탕으로 서서히 생겨난 깨달음이다.

불행한 시간이 어떠한지 나는 너무나 잘 안다. 행복을 그리워하는 기분이 어떤 것인지 잘 안다. 삶의 소소한 행복들이 바닥으로 곤두박질치거나 뜨거운 돌 위의 물처럼 증발해버리는 것이 어떤 기분인지 안다. 자신을 완전히 고립시키고 더 이상 즐거움을 느끼지 못할 때, 세상이 얼마나 가혹하게 보이는지도 안다. 행복을 찾아 고군분투하는 쓰디쓴 나날들이 어떤 것인지, 그리고 모든 노력을 기울였음에도 행복에서 점점 멀어지는 것을 알았을 때의 절망감이 어떤 것인지 잘 알고 있다. 그러나 그럼에도 불구하고…….

그러나 그럼에도 불구하고 지금 나는 한 치의 망설임도 없이 행복하다고 말할 수 있다. 이렇게 되기까지는 오랜 시간이 필요했다. 오랜 시간이 필요했다는 것은 몇 주 혹은 몇 달이 아니라 대략 5년여가 걸렸다는 뜻이다. 너무 오래 걸렸다고? 그렇지 않다고 생각한다. 행복을 구하는 것은 진지한 문제다. 이를 조심스레 다루기 위해서는 많은 시간이 필요하다. 삶은 우리가 천천히 문제를 해결하는 것을 허락해준다. 게다가 우리는 만사가 다 잘 풀린다는 전제하에 행복 찾기 과제를 완성하기까지, 아직 여러 해 혹은 수십 년을 더 살 수 있다. 행복은 어딘가 먼 특정한 장소에 있는 것이 아니다. 오래전부터 우리 안에서 언제든 발견해주기를 기다리고 있다. 행복으로 가기까지는 오래 걸릴 수도 있겠지만 행복은 멀리 있지 않다.

우리에겐 시간이 있다. 새롭고 깊은 행복을 찾는 문제에 관해서라면, 시간은 차고 넘친다. 무수한 해결 과제를 만날 때마다 어쩌면 가장 어려운 질문은 이것일 것이다. '우리 스스로 이러한 시간을 활용하는 것을 허락하고 있는가?'

당신은 언젠가 다시 행복해질 수 있다고 믿는지? 나는 당신의 내부에도 미약하지만 부드러운 목소리로 '그렇다'라는 대답이 숨어 있다고 믿는다. 당신 내부에는 가려져 있거나 거의 들리지 않는 목소리가 숨어 있을지도 모른다. 이 목소리는 이미 행복이 당신을 기다리고 있으며 매우 친절하고 인내심이 강하다는 걸 알고 있을 것이다. 하지만 두려움의 목소리는 이보다 훨씬 더 크다. 두려움의 목소리는 무엇보다도 급히 서두르도록 만든다. 우리는 빠른 시일 내에 다시 행복해질 수 있을까? 우리 대부분을 괴롭히는 것은 바로 이 질문이다.

나는 애도를 통해 많은 것을 배웠다. 그중 가장 중요한 것이자 지금까지도 가슴 깊이 간직해온, 삶을 확실히 가볍게 만들어주는 것은 이것이다. 행복에 관한 한, 최대한 빨리 다시 행복해지는 것은 전혀 중요하지 않다는 것. 지금은 불행하더라도 나는 아주 소중한 사람이므로. 정말 그렇다. 최악의 경우 다시는 행복해지지 못한다 해도 내 삶은 매우 훌륭하게 남는다.

나는 어떻게 해서 이러한 무모한 생각을 하게 되었을까. 아마도 내 아들 티모 때문인 것 같다. 나의 어린 아들이 아주 행복해하지 않았던 여러 날들이 기억난다. 티모는 월요일을 싫어했다. 티모가 다니던 유치원은 매주 월요일을 숲의 날로 지정했다. 덕분에 잠꾸러기였던 우리 모자는 월요일마다 일찍 일어나야 했다. 티모를 유치원에 데려다주면 곧바로 행군이 시작되었다. 코넬리아와 마리아 선생님이 인솔하는 19명의 아이들은 가파른 언덕을 올라가곤 했다. 마을 끝자락에 놓인 작은 숲까지 약 20분

동안을 힘겹게 걸어갔다. 야외에서 돌아다니는 것보다는 퍼즐 조각 맞추기나 로봇 그리기를 좋아하던 마르고 연약한 티모에게 산행은 매번 큰 고역이었다. 10월에서 다음 해 5월 사이, 날씨가 추울 때에는 특히 더 심했다. 티모의 장갑은 신기하게도 언제나 유치원복에 숨어 있다가 산행으로 손이 빨갛게 얼어 돌아올 때에서야 슬그머니 나타나곤 했기 때문이나.

유치원으로 티모를 데리러 가는 나는 월요일마다 어떤 이야기를 들을지 예상할 수 있었다. "오늘은 정말 끔찍했어요. 간식을 깜박 잊고 두고 가는 바람에 맛없는 버터빵만 받았어요. 그리고 숲에서 10분 동안이나 조용히 있어야 했지 뭐예요. 최악의 숲 체험 날이었다니까. 진짜로요."

티모의 분노가 천천히 사그라들 때까지 그저 들어주는 수밖에 없었다. 그리고 터져 나오는 웃음도 꾹 참을 수밖에 없었는데, 그러기란 정말 쉽지 않았다. 아이의 분노는 절절히 와 닿았으나 숲 체험 불만은 이미 여러 차례 들은 터였기에 아들이 또다시 부정적인 얘기만 하고 있다는 것을 나는 정확히 알고 있었다. 티모는 자기 기준으로 바라본 사실, 즉 오직 불행하고 끔찍한 경험만 이야기했던 것이다.

나는 친구들과 코넬리아에게서 티모가 불평하는 사실 외에도 어떤 활동을 했는지 전해 들었다. 아이들은 오두막을 짓기도 하고 나무 그루터기를 조사하고 독특한 동물 발자국을 살펴보고 돌이나 너도밤나무, 밤나무나 식용 버섯 같은 보물들을 발견했다. 이 식용버섯은 나중에 구워먹기도 했다. 티모는 이러한 활동에 열성적으로 참여했고, 자신을 따르는 한 무리의 친구들을 이끌고 돌아다녔다. 친구들은 티모를 인디언 또는 진정한 지도자 내지는 영웅이라고 여기며 따랐다.

그런데도 아이는 전체에서 어느 한 면만 바라본 것이다. 끝까지 그렇게 믿었다. 숲은 고통스러웠고 전혀 좋아할 수 없는 곳이라고. 나는 티모의 말을 믿었다. 겉으로 보기에는 창의적이고 용맹해 보이는 티모의 고충을 주위 사람들이 충분히 공감해주지 못하는 게 정말 가슴 아팠다. 엄마로서 나는 티모의 마음을 이해했다. 내가 충분히 공감했기를 바란다. 어쨌거나 지금 있는 그곳에서는 티모가 숲 이야기를 어떤 식으로 풀어놓든, 주위의 모든 사람들은 전적으로 그를 이해해주리라 믿는다. 어린 티모가 자기 마음을 제대로 표현할 적절한 단어를 못 찾는다 해도.

언젠가는 나도 하늘을 날아다닐 것이다. 그곳 사람들이 나를 기다리는 상상을 해본다. 어쩌면 흥분해서, 무엇보다 호기심 가득한 눈으로 나를 바라볼 것이다. 사람들은 내게 "어땠어?"라고 물을 테고 나는 열심히 설명할 것이다. 내 삶이 어떻게 전개될지는 지금으로서는 아직 모르겠다. 하지만 아마 이렇게 될 확률이 높다. "미친 듯 고되었어요. 처음에는 어릿광대였는데 갑자기 엄청나게 큰 기차가 가족을 덮쳤고, 모두 죽어버렸어요. 그에 관한 책을 한 권 썼는데 그 이후 갑자기 일어날 수도, 말할 수도, 생각할 수도 없었어요. 그러다 17년 동안이나 침대에 누워 있었고 이후 17년 동안을 불행하게 살았습니다. 정말 최악의 삶이었어요.

상상이 되시나요."

삶을 어떻게 묘사하건, 즉 불행으로 묘사하건 의무 혹은 선물로 묘사하건, 이는 그저 온전하고 소중한 진실의 일면만 보여줄 뿐이다. 최선을 다해서 살 때만 삶은 가치 있는 것이다. 나는 월요일에만 숲에 가면 된다. 아니면 그저 지금 당장 해야 할 일만 하면 되는 것이다. 항상 행복해할 필요는 없다. 모순처럼 들릴지도 모르지만 내가 새로운 행복을 찾을 수 있었던 비결은 바로 행복을 나 자신으로부터 얻기를 그만두었다는 데 있다.

우리와 행복 사이에 놓인 문은 보물창고처럼 7개의 자물쇠로 굳게 잠긴 채 영원히 열리지 않을 것처럼 보인다. 더 심한 것은 자물쇠를 열려고 할 때마다 문은 더욱 굳게 잠기는 것 같다는 거다. 우리는 절망하며 "말도 안 돼. 방금 전까지는 이 열쇠가 맞았는데"라고 말한다. 그러고는 온 힘을 다해 결국 탈진해버릴 때까지 완력으로 문을 열려고 한다. 결국, 우리는 열쇠를 그대로 꽂아둔 채 뒤로 물러선다. 그런데 바로 이 순간 지금까지 듣도 보도 못한 일이 일어난다. 자물쇠는 저절로 풀어져버린다. 뭐라고? 이건 말도 안 돼. 도무지 믿을 수 없다. 도대체 어떤 방식으로 작동하는지 이해하기까지, 우리는 몇 번이고 같은 경험을 되풀이한다. 안달복달하지 않을 때만 열리는 자물쇠인 것이다. 이런 자물쇠는 열쇠에 반응하는 것이 아니라 우리의 손과 가슴의 압력에 따라 풀린다.

우리는 차츰차츰 이 신비로운 현상을 믿게 된다. 조급해하고 서두르는 마음을 버리고 확실한 전략을 포기하는 것을 배운다.

혼자가 아님을 알게 되며, 경직되지 않고 상황이 흘러가는 대로 맡겨두고 통제권을 놓아버릴 수도 있음을 배운다.

이것으로 만사가 다 해결되지는 않지만 가장 중요한 일만큼은 해결된다. 우리는 이런 여유로운 상황에서만 작고 소중한 새 열쇠를 찾을 수 있기 때문이다. 새 열쇠는 유리처럼 깨지기 쉽고 섬세하고 반짝거린다. 이 열쇠는 우리와 행복을 가로막는 무거운 철문의 열쇠 구멍에는 전혀 들어맞지 않는다. 계속 한숨 쉬고 푸념만 했다면 결코 발견하지 못했을 사실이다. 그러나 이제 문은 열릴 기회를 준다. 그리고 보라. 열쇠가 들어맞는다. 문은 더 이상 잠겨 있지 않다. 어쩌면 처음부터 열려 있었는지도 모른다. 섬세한 열쇠는 어쩌면 다른 것을 열기 위해 존재하는지도 모른다. 바로 우리의 생각과 눈과 마음. 이 모든 것들이 열린 이후에서야 완력이 아닌 부드러운 힘으로 열리는 자물쇠를 열 수 있는 것이다.

지난 몇 년 동안 찾아낸 작은 열쇠들에 관한 이야기를 들려주고 싶다. 열쇠를 다 찾았는지는 잘 모르겠다. 모든 열쇠 하나하나가 다 가치 있으며 고통의 대가를 치르지 않고서는 손에 넣을 수 없음을 잘 알지만, 그래도 더 많은 열쇠를 찾으면 좋겠다. 나는 지금까지 여러 열쇠들을 찾아냈다.

이야기의 마지막 부분은 내게 큰 의미가 있는 네 개의 음악작품으로 구성하려고 한다. 이들은 내가 감정의 소용돌이에서 무엇을 배우고 이해했는지에 대한 방증이다. 그리고 다른 누군가가 이 작품들을 썼다는 것은, 그들도 나처럼 행복을 생각했다는 확실한 증거이기도 하다.

음악의 언어는 언어의 세계처럼 친숙하다. 이 책은 거의 다 끝나가고 우리는 곧 작별인사를 나누게 될 것이므로, 음악을 통해 우리 사이를 좀 더 오래 이어가보고 싶다. 내게 감동을 준 몇 편의 음악을 어쩌면 당신도 이미 알고 있을지 모른다. 원한다면 유튜브나 아이튠즈를 통해 감상해볼 수도 있다.

헬레네 블룸^{Helene Blum}의

Vil Du Som Jeg

───

무슨 뜻인지 아시는지. 모른다고? 괜찮다. 나 역시 덴마크어를
전혀 모른다. 왜 낯설고 이해할 수 없는 언어의 노래를 첫 곡으
로 골랐는지 의아해할지도 모르겠다. 왜 독일어 혹은 최소한 영
어로 말하지 않고? 나도 자주 던진 질문이다. 나는 "하늘은 메시
지를 여기저기 알아보기 힘들게 뿌릴 게 아니라 대문짝만 하게
큰 글자로 담벼락에 써주면 안 되는 걸까?"라며 자주 불평했다.
최근에 나는 엄청난 오해를 불러일으키는 것은 짧고 명료해 보
이는 말들임을 알게 되었다. 흔히 모든 사람이 정확히 똑같은 것
을 이해하고 있다고 믿는 순간 가장 크게 실망한다. "나는 당신
을 사랑합니다." 지구상에 살고 있는 사람들 중에서 이 말을 정
확히 같은 의미로 해석하는 이들이 있을까? 머리로 이해하는 것
이 적을수록 가슴이 이해할 수 있는 기회는 더 늘어난다.

Vil Du Som Jeg. 나는 지금까지도 이 말이 무슨 뜻인지 모른
다. 그래도 이 노래는 가족을 잃고 2년이 지났을 무렵 우연히 마
주한 이래 지금까지 감동을 주고 있다. 어쩌면 무슨 뜻인지 몰라
서 더 감동받는지도 모르겠다.

내 인생에서 음악은 언제나 큰 역할을 담당해왔다. 나의 음악
적 취향은 아주 뚜렷하다. 나는 기타로 반주하는 느린 선율의 낭
만적인 발라드를 좋아한다. 항상 즐겨왔던, 나를 위로하고 행복

하게 만들어준 음악을 가족이 죽은 이후로는 더 이상 견딜 수 없게 되었다. 그 이전까지 즐겨 들어온 음악은 한결같이 사랑을 찬양하는 노래 일색이었다.

친구 소피는 사고 직후에 라인하르트 메이Reinhard Mey의 시디를 선물했다. 곡목은 '나는 당신을 사랑합니다'였다. 음반을 처음 듣던 날, 나는 거의 쓰러질 뻔했다. 당시 겪었던 고통은 너무도 컸다. 나는 수천 가지의 이유로 훌쩍거렸다. 더 이상 헬리와 함께 이 음악을 들을 수 없다는 생각에 울었다. 노래가사를 듣고 떠올릴 만한 사람을 다시는 만나지 못할 것 같아 울었다. 노랫말은 크고 영원하고 진실한 내 사랑을 그대로 묘사했지만 결국 그 사랑은 영영 떠나버렸기 때문에 울었다.

나는 눈물이 완전히 다 흐르도록 내버려두었다. 샌드페이퍼로 나뭇결을 다듬듯 라인하르트 메이의 노래가 내 심장을 단련하도록 두고 싶었다. 하지만 실패했다. 기타의 부드러운 화음은 내 안의 고통을 더욱 자극해 통제 불능으로 만들었다. 세 번째 노래가 흘러나오자 나는 시디플레이어를 꺼버렸다. 시디를 부숴버리고 싶은 충동을 억누른 채 이를 다시 케이스에 넣은 후 선반 구석에 처박아 버렸다.

거의 2년가량을 음악 없이 살았다. 몸의 한 부분이 잘려나간 느낌이었고 무엇을 해야 할지 몰랐다. 나는 마음의 문을 닫고 어디선가 라디오 소리가 들리면 피하곤 했다.

덴마크의 여성가수 헬레네 블룸이 어떻게 내 인생에 들어오게 되었는지 잘 모르겠다. 아마 인터넷 서핑을 하다 우연히 그녀를 발견한 것 같다. 확실한 것은 아무도 그녀의 음악을 추천해주지 않았다는 것이다. 나는 보물을 스스로 찾아냈다. 그랬다. 정확히 그렇게 느꼈다. 보물이 있었던 것이다. 한 가수의 노래가 나를 감동시켰고 어차피 무슨 말인지 알 수 없었으므로 편견 없이 받아들일 수 있었다. 축복받고 구원받은 느낌이었다. 나는 몇 주 동안 그 음악시디를 듣고 또 들었다. 음악을 들으며 헬레네 블룸이 이처럼 맑은 목소리로 나만을 위해 노래를 불러주는 것으로 생각했다.

내가 발견한 소중한 음악적 보물이 매우 자랑스러웠다. 이 음악은 나의 것, 오로지 나만을 위한 것이다. 활력 넘치면서도 친절한 노래를 들을 때마다 심장의 박동과 내 안의 리듬을 느낄 수 있었다. 때로는 박자에 맞춰 리듬을 타기도 했고 때로는 그저 가만히 앉아 있기도 했다. 몇 년 만이었을까. 처음으로, 그토록 행복한 순간에 헬리와 아이들 생각을 하지 않았다. 정말 그랬다. 가끔은 춤추는 동안 하늘에 있는 가족을 잊기까지 했던 것이다.

그때까지 나는 모든 행운을 자동적으로 죽은 가족과 결부시켜 생각하곤 했다. 사랑에 관한 노래는 헬리가 보낸 메시지일 거라고, 나를 놀라게 하는 작은 기적들은 모두 자동적으로 하늘에서 날아온 메시지라고 해석했다. 다시 사랑하게 된 남자도 역시 헬리가 보내준 사람이라고 생각했다. 이와 반대로, 멋진 경험을 할 때면 매우 침울해졌다. 헬리와 아이들과는 영영 이러한 경험을 함께 나눌 수 없다는 생각이 들어서다. 행복이란 오직 죽은 사람들과 연관될 때만 가능하고, 절절한 그리움으로 인한 고통은 당연히 감내해야 하는 것으로 생각됐다.

이러한 사고방식이 왜 하필이면 헬레네 블룸의 음악을 통해 바뀌게 되었는지는 잘 모르겠다. 헬리라면 이 음악을 좋아했을 거라고 말하고 싶지만 아마도 사실은 그렇지 않았을 것이다. 어쩌면 그리움과 고통을 담당하는 뇌 영역이 어느 날 갑자기 들려온 뜻 모를 낯선 덴마크어의 음절에 이상 반응을 보인 건지도 모른다. 어쩌면 헬레네 블룸은 헬리와 티모와 피니와 아무 상관이 없는, 그저 나하고만 상관있는 영혼의 친구인지도 모른다.

나의 행복. 이 말을 쓰면서 나는 아무런 양심의 가책도 받지 않는다. 나와 내가 사랑하는 사람들과 연관된 행복이 아닌, 오로지 나 자신과 나의 활기와 관련된 행복만을 지칭할 때 이 말을 사용한다. 이 행복이 결코 죽은 이들을 배신하는 행복이 아님을 확신한다. "자기 자신과 사랑에 빠지는 것부터 시작하는 것이 중요합니다." 애도 세미나를 주관하는 사람은 어느 날 이렇게 충고했다. 당시 세미나에 참가했던 우리는 웃었다. 그 말이 무슨 뜻인지 정확히 알고 있었다. 자신을 사랑하게 되면 도전과제도 만나게 된다. 우리는 혼자서만 즐거워하고 오로지 혼자서만 행복해하는 일에 익숙하지 않다. 하지만 언젠가는 우리 자신을 향한 '뜨거운 사랑'을 느끼기 시작한다. 우리는 애도기간 동안 이러한 자기애를 배워야 한다. 아니, 배울 수 있다. 자기애는 우리에게 내재된 능력이다. 자신을 향한 사랑은 기존의 사랑을 그저 단순히 대체하는 것이 아니다. 자기애는 노력으로 획득할 수 있으며 이는 미래 관계에도 긍정적으로 작용한다.

관계에서 비롯되는 전형적인 행복은 두 사람의 접촉에서 시작된다. 서로의 교류를 통해 행복은 메아리처럼 우리 안에 안착한다. 반면 우리가 적응해야 하는 새로운 형태의 행복은 다른 방식을 취한다. 그것은 우리 내부로부터 저절로 나온다. 누군가를 그리워하며 행복해지려고 아등바등 애쓰지 않는 바로 그 순간에, 우리 몸의 손끝까지 퍼져나간다. 이 행복은 우리의 눈을 통해, 온 존재를 통해 밖으로 퍼져나간다. 행복으로 충만해진 우리는 결국 타인에게도 행복을 나누어줄 수 있는 선물과도 같은 존재가 된다.

인라인스케이트 타기, 저글링 하기, 춤추기, 산책하기, 그림 그리기, 작곡하기. 이처럼 온전히 나만의 행복을 위한 많은 것들이 떠오른다. 어떤 노래에 다시 눈물이 흐른다면 이는 과연 도움이 될까? 그런 슬픈 음악을 들음으로써 타는 듯한 그리움을 중화시킬 수 있을까? 아니, 그렇지 않다. 나는 지금도 라인하르트 메이의 노래가 흘러나오면 정지버튼을 누르기도 한다. 그러나 어떤 날은 들으면서 운다. 최근에는 피하지 않고 듣는 편이다. 나를 다시 느끼기 위한 도구로 그리움의 아픔을 활용하기까지 한다. 그리고 그 노래가 흘러나오는 동안 떠난 가족과의 특별한 연계를 느껴본다.

그렇게 할 수 있는 이유는 이 세상에서 누리는 행복이 오직 과거와 연관된 기억에만 국한된 것이 아님을 알게 되어서다. 나를 채우는 동시에 아프게도 하는, 감사하는 마음에서 우러나오는 행복을 놓치고 싶지 않다. 또한 현재에서 찾을 수 있는 행복도 놓치고 싶지 않다. 편안하게 춤추거나 크게 노래를 부르거나 원반던지기 놀이를 할 때 느껴지는 행복 또한 내 것이다.

때로는 이러한 행복에 약간의 고집이 섞일 때도 있다. 대개 우리를 기쁘게 하는 것은 어린 시절에 좋아했던 취미나 오랫동안 만나지 못했던 친구들이다. 새로운 친구들과 새로운 노래와 새로운 스포츠와 새로운 악기. 이 중 어떤 것은 사랑했던 이들이 아직 살아 있을 당시, 그들을 위한 시간을 내느라 포기했던 것들이다. 이제 우리에게는 즐거움을 되찾을 수 있는 시간이 있다.

가족이 죽은 지 몇 달 후, 꿈을 꾸고 나서 몹시 혼란스러웠던 기억이 난다. 집 안 정리를 하면서 헬리의 물건은 상자에 담아 지하창고로 내려 보냈고 아이들 방엔 안락한 소파를 놓아두었다. 그러자 꿈에 헬리가 나타났다. 그는 "우리에게 공간이 필요하니 당신이 창고를 비워주었으면 좋겠어"라고 말했다. 나는 고개를 흔들었다. "내가 가구를 옮기느라 얼마나 지쳤는지 모르겠어? 지하창고를 비우고 싶으면 당신이 직접 해." 헬리는 나를 타일렀다. "아니 나는 그럴 수가 없어. 나는 이미 죽었잖아. 당신이 해줘야 해."

꿈에서 나는 죽음을 핑계로 모든 일을 내게 미루는 남편에게 분노했다. 잠에서 깨고 보니, 아무런 논쟁 없이 모든 잡동사니를 창고에 그대로 둘 수 있다는 사실이 정말 좋았다. 헬리 역시 이에 대해 문제 제기는 하지 않을 거라고 믿는다.

우리는 때로 나 혼자라고, 홀로 남겨졌다고 느낀다. 즉, 우리는 스스로를 걱정해야 하며 또 그렇게 할 수 있다는 의미다. 우리의 행복은, 지금도 여전히 느껴지는 둘이 함께일 때의 행복과는 별개의 것이다. 하지만 지금 여기 지구 위에서는 우리의 시간과 공간을 마음대로 구성해도 좋다. 이때 우리가 죽은 사람들을 생각하는지와 상관없이, 그들은 우리 곁을 떠나지 않는다. 행복한 삶을 영위할 때 우리를 떠난 사람들도 함께 기뻐해 주리라고 나는 생각한다.

로리나 맥케니트Loreena McKennitt의
단테의 기도Dante's Prayer
___

가사를 신경 쓰지 않고 수백 번 듣게 되는 음악들이 있다. 당신
도 그런 적이 있으리라. 어쩌면 음악에만 국한된 것이 아닐 수도
있다. 우리는 매일 얼마나 많은 것들을 의식하지 못한 채 보고
있는지. 창밖에 서 있는 나무, 벽에 어른거리는 그림자, 바닥의
얼룩 등. 그러다가 어느 날 이들이 갑자기 두드러져 보이는 날이
온다. 이들은 바로 당신이 된다. 그리고 그 순간부터는 이전과
모든 것이 다 달라진다.

로리나 맥케니트의 음악은 예전부터 알고 있었다. 절친 중 한
명이 한동안 그녀의 열성 팬이어서, 우리는 아이들이 유치원에
서 놀고 있는 동안 함께 차를 마시며 여유롭게 로리나의 음악을
따라 흥얼거렸다.

2008년에는 '단테의 기도'라는 타이틀이 적힌 〈알함브라 궁전
의 밤Nights from the Alhambra〉 시디도 선물받았다. 하지만 그 시디
는 개봉하지 않았다. 라인하르트 메이와 관련된 쓰라린 기억만
으로도 충분하던 때였다. 그로부터 2년이 지나서야 나는 로리나
맥케니트를 다시 삶으로 불러들일 수 있었다. 조심스러운 마음
으로, 어차피 이해하기 힘든 가사는 귀담아 듣지 않고 오로지 하
프 소리와 켈트 음악에만 집중했는데 정말 편안해지는 느낌이었
다. 나는 음악을 따라 흥얼거리다 옛날에 나누던 우정을 생각해

보았다. 내가 이사하는 바람에 물리적 거리가 멀어져 소원해지기는 했지만 그래도 우리 사이에는 여전히 우정이 존재했다.

어느 날 쾰른^{Köln}의 비좁고 낡은 호텔 방에서 강연 전까지 남은 시간을 어떻게 보내야 할지 난감해하던 나는 작은 박스 안에 있던 아이팟을 꺼냈다. 그러고 나서 욕실에 들어가 마스카라를 칠했다. 나는 아무 생각 없이 그저 음악을 따라 흥얼거리고 있었다. 그런데 몇 분 후 검은색 눈물이 볼을 타고 흘러내렸다. 무슨 일이 일어났느냐고? 별일은 아니었다. 그저 노래를 들었을 뿐이다. 그리고 처음으로 로리나 맥케니트가 부른 노랫말을 이해하게 된 것이다.

'검은 밤이 끝나지 않을 것같이 느껴질 때는 제발 나를 기억해 주세요.' Please remember me. 바로 가슴에 쿡 박혔던 가사였다. 눈물이 끝도 없이 줄줄 흘렀다. 곧 강연하러 가야 했으나 음악을 멈추고 싶지 않았고 또 그렇게 할 수도 없었다. 분명 이것은 헬리가 내게 하는 말이다. 부드럽고 다정하고 매우 명료하게.

무엇보다 마음을 움직인 단어는 바로 이 '제발'이었다. 제발. 짧고 부드러운 단어. 과연 헬리의 입에서 나온 말일까? 마치 헬리가 내 곁에 서서 귀에 대고 나지막이 속삭이는 것 같았다. 나는 울고 또 울었으며 그 노래를 듣고 또 들었다. 눈물은 쓰리지 않았고 하늘과 땅 사이의 포옹같이 따뜻했다. '제발'. 어쩌면 헬리는 내 생각만큼 그리 강하지도, 훌륭하지도 않을지 모른다. 어쩌면 지금 내 옆에 서서 나만이 충족시켜 줄 수 있는 소원을 빌고 있을지도 모른다. 어쩌면 그도 나처럼 내 곁에 있길 원하고 나의 포옹을 원하고 있을지도 모른다. 나는 허공을 향해 헬리의 뺨이 느껴진다고 말했다. 그래요 사랑하는 당신. 나는 당신을 위해서, 그리고 우리를 위해서 울 거예요. 그리고 영원히 기억할게요. 어두운 밤이 찾아오더라도 당신을 기억하겠노라고 약속하겠어요. 단테의 기도, 이것은 이제 우리의 노래예요. 이 노래를 들을 때마다 눈물이 난다. 그리고 헬리도 함께 우는 것 같다. 저승에 있는 헬리도 항상 강하지만은 않을 테니까.

따뜻한 눈물이 주는 행복. 이제는 울 수 있다는 것이 은혜로 생각된다. 가끔은 막혀 있는 눈물을 자유롭게 풀어 놓아주는 것이 도움이 된다. 가장 큰 불행은, 울음을 아무런 쓸모없는 것으로 믿어 더 이상 울지 않는 것이다. 눈물은 그리워하는 대상과 지금 현재의 세상을 연결해주는 전선 역할을 한다. 남편은 생전에 너무 가까이 있었다. 남편 생각이 나서 울 때마다 전선은 합선이 되었고 나는 거의 타버릴 뻔했다. 지금은 너무 가깝지도 너무 멀지도 않은 적절한 간격을 유지하고 있다. 우리 사이의 거리는 한 자 정도라고 말할 수 있을 것 같다. 이제는 우리를 연결해주는 눈물을 마음껏 흘려도 된다.

"눈물을 흘리는 것은 대단한 기회입니다. 이렇게 질문하면서 이 기회를 활용해보세요. '나는 지금 이 순간 무엇 혹은 누구를 위하여 눈물을 흘리는가?' 그 대상을 될 수 있으면 큰 소리로 말해보세요." 언젠가 친한 상담사가 들려준 말이다. 이제 눈물이 날 때면 내 안의 무언가가 변화한다는 것을 알게 되었다. 특정한 사람, 특정한 장소, 그토록 기억하고 싶어 하는 어떤 기억까지.

우리가 집착하는 모든 것은 언젠가는 변한다. 그리고 박탈 당한 대상에 계속 집착하는 한, 그것은 영영 우리 곁으로 돌아올 수 없다. 대상에 대한 집착을 놓을 때에만, 죽음조차 빼앗아가지 못하는 그 무엇을 발견할 수 있다. 바로 그리움이다. 이 그리움은 우리가 어떤 사람과 어떤 경험을 좋아하는지를 알게 해준다. 그리움을 느끼는 한, 그리움은 언제나 새로운 것들을 채워줄 것이다. 그리움은 자석처럼 우리를 새로운 방향으로 이끌어간다.

"너와 함께한 시간은 정말로 아름다웠어." 울면서 이렇게 말하면 그리움 또한 이 말을 듣는다. 그리움은 계속 존재해도 된다는 것을 알아차리고 환호성을 지른다. 그리움은 계속 안내할 것이다. 새로운 형태와 장소와 만남이 이어질 것이다. 그리움을 채워주던 사람은 다른 이로 대체되는 것이 아니라 새로운 경험을 통해 더욱 생생해진다. 눈물을 흘릴 수 있고 그럼으로써 '너'라는 대상을 느낌으로써, 여전히 내 안에 '너'가 존재한다는 믿음을 확인한다. 다시 이런 느낌과 재회하는 문제는 오직 시간에 달려 있을 뿐이다.

내 마음을 움직이는 모든 '너'와, 내가 사랑하는 모든 것들 속에 내 남편 헬리가 존재한다. 언제까지나. 제발 나를 기억해줘. 물론이야, 헬리. 당신을 잊지 않을게. 믿어도 좋아.

크리스틴 케인Christine Kane의
무너짐Break

운명 앞에서, 슬픔 앞에서, 삶 앞에서 '무너지는 것'. 끔찍한 경험과 연관된 일에 자주 언급되는 이 표현은 특히 제3자가 사용하는 경우가 많다. 라디오에서, 시사주간지에서, 두 손을 앞으로 가지런히 모은 사람이 속삭이는 말에서, 혹은 서평에서 우리는 이 말과 만난다. 이는 마치 누군가 어떤 일을 당해 하릴없이 무너져 내리거나 최소한 그럴 가능성이 농후한 경우를 표현하는 쉬운 말처럼 보인다.

나 역시도 위협이나 경고, 때로는 마지막 남은 대안으로서 무너짐을 경험한 적이 있다. 그런 경우에는 언제나, 도대체 무너진다는 것은 정확히 어떤 의미인지 궁금했다. 무너졌다는 진단을 받으려면 도대체 며칠을 울고 얼마나 오랫동안 침대에 누워 있어야 한다는 말인가. 무너진다는 것은 지속성과 관계있을까? 아니면 누군가 갑자기 무너지는 특정한 순간이 있는 것일까? 무너지면 꽃병처럼 산산조각이 나서 더 이상 고칠 수 없는 걸까? 완전히 무너지고 나면 다시 회복하는 것이 요원해질까?

나는 절대 '무너진 여자'가 되고 싶지 않았다. 욕실에서 벌거벗은 채 갑작스러운 통증의 위기를 경험했던 당시에도 어떻게든 상황을 호전시키려고 애썼던 나다. 내 머리는 종종 새로운 정체성과 새로운 삶의 과제, 과거와 미래와 현재, 그리고 행복과 아픔을 모두 연결하는 의미를 찾아 더 깊이 파고들었다. 더욱더 창의적으로 변했으며 수많은 아름다운 이야기와 동화와 시와 매우 실용적인 삶의 계획들을 발견하고 만들어내었다.

대체로 안전하고 완전하다 싶은, 풍부한 생각을 해주는 머리의 주인이라서 기쁘다. 하지만 이 영리한 머리조차 모든 과제를 버거워했던 시기가 있었다. 머리는 더 이상 작동하기를 원하지 않았고 작동할 수도 없었다. 생각들은 계속해서 머릿속에서만 맴돌았고 생각의 톱니바퀴는 삐걱거리는 것처럼 느껴졌다.

나는 치료사에게 "머릿속에 점보제트기가 공회전하는 기분이에요. 제트기 기장들은 안타깝게도 비행기를 띄우지 못하는 것 같아요"라고 말했다. 완전히 탈진한 상태로 겁에 질려 있었다. 나는 정신분열증에 걸릴까 봐 두려웠다. 더 이상 나를 자제할 힘조차 없어지면 도대체 무엇이 남게 될까?

"우리의 정체성은 집과 같아요." 치료사는 이렇게 말했다. "이 집은 벽돌과 벽돌을 연결해주는 시멘트로 구성되어 있어요. 살다 보면 시멘트가 약해지는 경우가 생겨요. 그러면 집이 무너집니다. 두려울 수 있겠지요. 하지만 생각만큼 그렇게 심각하지는 않은 것이, 담장이 무너지고 나면 우선 당장은 아무것도 없어보일지라도 벽돌은 여전히 그대로 있거든요. 당신은 그저 벽돌을 다시 쌓아올리면 되는 겁니다. 하지만 집을 재건하는 데에는 시간이 걸리겠지요. 하지만 이는 집 재료들을 다시 잘 살펴볼 수 있는 계기가 됩니다. 어떤 벽돌이 온전하고 어떤 벽돌이 닳아 결국 부서져버렸나? 좀 더 크게 짓기 위해 벽돌을 더 구입할까? 아니면 남아 있는 걸로 충분하니 우선은 좀 더 신중히 생각해볼까?"

나는 숙제를 처방받았다. 그것은 바로 산책하기였다. 욕조 목욕은 물을 낭비하므로 샤워를 할 것, 집 안을 청소할 것, 그리고 단순 반복이 필요한 활동을 할 것. 갑자기 털실을 사와 모자를 뜨고 싶어졌다. 며칠 동안 나는 이렇게 아주 작은 벽돌들에 집중했다. 무너진 집 더미에서 쓸 만한 것은 모조리 다 긁어모았다. 삶의 토대를 재점검했다. 숨쉬기, 걷기, 쌀로 만든 요리를 먹기, 뜨개질하기, 덴마크 음악 듣기, 머리 감기, 예쁜 옷 입기, 차 마시기, 오일 파스텔로 예쁜 그림이 아니어도 좋은 그저 단순한 그림 그리기. 나는 산책하면서 보게 된 것을 소리 내어 말하기 시작했다. "초록색 쓰레기통, 회색빛 비둘기, 열려 있는 현관문, 빵집." 이는 공상에 빠지지 않고 있는 그대로 사물을 볼 수 있는 훈련인 셈이었다.

나는 행복해지기 위해 겸손해졌다. 조금이라도 전보다 나아졌다고 생각되는 순간을 모두 기억해보기 시작했다. 그것을 매우 빨리 찾아낼 수 있어서 놀라웠다. 따뜻한 바람과 갓 구운 빵의 냄새가 느껴졌고, 길을 물어온 프랑스인 관광객들에게 길을 가르쳐줄 수 있어서 기뻤다.

그렇다. 어쩌면 나는 완전히 무너져버렸는지도 몰랐다. 그러나 그렇게 나쁘지만은 않았다. 여전히 나의 많은 모습과 나를 둘러싼 세상의 많은 부분은 그대로 남아 있었으니까. 나만 문제가 있는 것은 아니었다. 내 삶의 시멘트에는 많은 요소들이 섞였고 많은 첨가물 덕분에 더욱 강도가 높아졌다. 나는 혼자가 아니었다. 어쩌면 아무것도 남은 것이 없어진 후에야 혼자가 아님을 깨달았는지도 모른다.

가장 암울했던 날들을 기억해본다. 나는 침대 밖으로 나올 수 없었다. 왜 살아야 하는지 의미를 찾을 수 없었다. 그러나 어느 날, 침실 문 밖으로 얼마나 많은 날들이 나를 기다리고 있는지를 깨달았다. 나는 환상 속에서 남아 있는 날들에게 거만한 태도로 가벼운 미소를 날려보았다. "친애하는 하루여, 좋아. 너에게 기회를 한 번 주마." "나는 이제 일어나서 커피를 끓일 거야. 그것만 할 거야. 그 이상은 네게 해줄 것이 없어. 어쩌면 한 가지쯤은 더 해줄지도 몰라. 나를 놀라게 할 기회를 주겠어. 자, 선택은 네 몫이야."

그렇게 맞이한 날은 나를 실망시키지 않았고 그 뒤를 이은 날들도 역시 마찬가지였다. 삶을 놀이파트너로 바라보게 된 이후로는, 삶을 향해 한 발짝만 내디뎌도 전개되는 나와 삶과의 대화에 언제나 놀라게 된다. 내가 해야 하는 유일한 일은 삶에게 아주 작은 사전대출을 알선해주는 일이다. 내 시간의 몇 분 내지는 길어야 한두 시간이면 족하다. 기상하기, 숨쉬기, 어떤 압력이나 요구 사항 없이 삶을 마주칠 때 무슨 일이 일어나는지 지켜보기. 그 이후에는 어떻게 될까. 분명 어떤 일이 일어나리라. 내게 즐거움을 주는 일, 비록 내가 무너져 내리는 그 순간에도 이 세상에 태어난 것이 의미 있음을 보여주는 일이 말이다.

라인하르트 메이^{Reinhard Mey}의
사랑스러운 요정아 고마워 Danke, liebe gute Fee

존경하는 라인하르트 메이 님, 감사합니다. 사랑노래뿐만 아니라 현명하고 깊은 생각을 담은, 동시에 웃을 수 있는 명랑한 글을 써주시는 것에 감사드리고 싶어요. 사랑스러운 요정아 고마워. 이 노래를 라이브 콘서트에서 처음 들었어요. 그날 밤 사랑스러운 요정은 계속해서 귓바퀴에서 맴돌았어요. 콘서트 다음 날, 몇몇 노랫말은 계속 제 기억과 뒤섞이곤 했지요. 아, 착한 요정을 만나게 해달라고 얼마나 열심히 기도했는지 몰라요. 그리고 이제는 그 많은 소원들이 이루어지지 않아서 얼마나 다행인지요. 정말 노래 가사 그대로예요. '신들은 벌을 내리고 싶을 때에만 모든 소원을 들어준다.'

그날은 8월의 어느 금요일이었다. 나는 사는 것이 버거워 여름날을 전혀 즐기지 못했다. 나는 남은 하루를 어떻게 보낼지 나 자신에게 진지하게 물어보았다. 가능하다면 삶을 통째로 바꿔버리고 싶었다. 당시에는 나는 아직 다 살아보지도 않았어. 아니, 이렇게 살고 싶진 않아라고 생각했다. 그러고 나서 언제나 가슴에 훅 와닿던 익숙한 문구가 떠올랐다. 예전에는 모든 것이 훨씬 더 좋았는데.
매주 금요일마다 이 생각이 떠올랐다. 그래서 결국 운명을 스스로 개척하기로 결심했다. 갑자기 나는 무엇이 문제인지 알게

됐다. 모든 문제는 내가 잿빛의 우중충한 도시에 살고 있다는 데에 있었다. 예전에 모든 것이 다 좋았을 때는 농촌에 살았더랬다. 농촌에서 살던 모습이 눈앞에서 주마등처럼 스쳐 지나갔다. 나는 예전 집과 가능하면 똑같은 집을 구하고 싶었다.

나는 자동차에 올라 이유는 모르겠지만 예전부터 마음에 들었던 작은 마을로 떠났다. 마을의 유일한 번화가 골목 앞에 차를 세운 뒤 굳게 결심하고는 부동산 중개소 문을 밀고 들어갔다. "정원이 딸린 주택을 찾고 있어요.""네, 마침 그런 집이 있습니다." 모든 것이 빠르게 진행되었다. 불과 약 한 시간 전에 어떤 여자가 매물을 내놓았는데, 아직 광고지에 싣지도 않은 상태였다. 중개인은 원한다면 당장 그 집을 구경할 수 있다고 했다.

그로부터 한 시간 후 나는 은행의 대출담당 직원과 마주 앉아 있었다. 그는 이리저리 따져본 후 상냥하게 미소 지으며 대출에는 무리가 없다고 설명해주었다. 단, 25년 상환 조건을 받아들여야 했다. 나는 침을 꿀꺽 삼키며 생각할 시간을 달라고 했다. 그는 상담 끝에 "빨리 결정하셔야 합니다. 그런 집은 금방 계약되어버립니다"라고 말했다. 하마터면 바로 돌아서서 서류에 서명할 뻔했다.

마을 근방에는 여름철에 가끔 와본 적이 있는 산책로가 있었다. 그 길은 자연보호구역을 지나 옥빛으로 흐르는 강을 따라 이어져 있었는데 걸어서 족히 두 시간은 걸릴 거리였다. 나는 마음을 정하기 위해 그곳까지 가보기로 결정했다. 나는 산책길을 따라 걸었다. 그러자 곧 숨이 찼고 심장이 뛰기 시작했다. 기분이 얼마나 좋았는지 모른다. 자연이, 그저 단순히 걷기가 얼마나 좋은지 그동안 거의 잊고 있었다.

다시 원래 자리로 되돌아오면서 근처 카페에 들러 사과주스를 한 잔 마셨다. 오전에 한 일을 다시 생각해보았다. 은행직원과의 상담, 대출, 거의 서명할 뻔했던 순간. 갑자기 모든 것이 다른 사람의 인생처럼 아주 낯설게 느껴졌다. 너는 그러고 싶은 거니? 정말 그걸 원해? 진실을 알아내기까지는 오래 생각할 필요도 없었다. 아니, 그 집은 행복으로 가는 열쇠가 아니었다. 나는 카페에 앉아 햇살을 얼굴에 느끼며 나의 발과 나의 심장을 느꼈다. 나는 무엇을 필요로 하고 원했던가? 나는 이미 행복했다.

그때 깨달았다. 행복해지려고 새로운 결정을 내리는 것이 중요한 게 아니라는 걸. 나 자신으로 돌아와 그 순간 충만하고 그저 행복해하면 되었다. 그제야 나는 진정으로 필요한 것을 생각해볼 수 있었다.

결국 그 집은 사지 않았다. 대신 빈의 산책로에 대한 책을 한 권 구입했다. 녹지대로 가기 위해 꼭 멀리 차를 타고 나갈 필요가 없었다. 행복해지기 위해서 아무것도 할 필요가 없었다. 아무 것도 하지 않기. 나에게 이것은 거창한 일을 하지 않기, 아무것도 억지로 하지 않기, 무리하지 않기와 같은 뜻이다. 내가 나를 통제하지 못할 정도로 너무 많은 것을 변형하지 않기. 요즘은 행복을 가져다 줄 거라고 믿었던 거창하고 골치 아픈 계획이나 상세한 상상을 접어두는 대신, 그저 가벼운 산책을 나선다. 그리고 또 재미난 시를 쓴다거나 입꼬리를 약간 들어올려 거리에서 만

나는 사람에게 미소를 보낸다거나 거울 속의 내게 친절한 말을
건네려고 한다.

행복은 어쩌면 미하엘 엔데Michael Ende의 대표작 짐 크노프와
사막의 거인 이야기에 등장하는 투르투르 씨의 여동생일지도 모
른다. 투르투르 씨는 멀리 가면 거대해보이고 가까이 올수록 더
욱 작아진다. 행복도 이와 비슷하다. 내 생각에 행복은 우리 곁
으로 다가올수록 더욱 작아진다. 작아진 행복은 안으로 쏙 들어
와 우리를 배부르게 만든다. 이에 반해 커다란 행복은 마음 편히
클 수 있도록 우리와 적당히 떨어진 곳에서 자란다.

애도하는 우리는 영양분을 공급하고 기분을 상승시켜주는 수
많은 작은 요소들에 대해서 배운다. 시간이 흐름에 따라 우리는
행복이라는 연장가방 속을 우리에게 도움 된 모든 것들로 채운
다. 작지만 쉽게 달성할 수 있는 행복 전문가들이 된다.

거대한 행복은 우리를 지켜본다. 그리고 우리가 작은 행복으
로 배를 불릴 수 있을 때까지 기다린다. 작은 행복은 뿌리를 뻗
고 싹을 틔울 준비를 한다. 그리고 어느 날이 되면 우리는 고개
를 들어 위를 올려다보고 오월의 라일락처럼 행복이 활짝 피어
난 것을 보게 된다.

그렇게 되면 애도의 과제는 다 마친 셈이다. 애도는 우리의 머
리와 가슴의 문을 열었다. 인내심을 갖고 우리를 부드럽게 씻어
주고, 많은 두려움을 거둬가고, 의식하지 못하는 힘을 주었으며,
본질적인 것을 바라볼 수 있게 시야를 넓혀주었다. 애도는 우리
영혼의 옷장에 놓인 짐을 비워, 우리의 기억과 꿈과 가슴속의 사

랑이 넉넉히 들어갈 수 있는 공간을 만들었다. 우리가 사랑한 죽은 이들과 우리 자신과 우리 삶을 위한 공간도 만들어주었다.

자리는 정말 넉넉하다. 그리고 이제 봄 냄새가 난다. 어쩌면 라일락 꽃향기일지도 모르겠다.

주님의 기도

하늘에 계신 우리 아버지
아버지의 이름이 거룩히 빛나시며
아버지의 나라가 오시며
아버지의 뜻이 하늘에서와 같이
땅에서도 이루어지소서.

오늘 저희에게 일용할 양식을 주시고
저희에게 잘못한 이를 저희가 용서하오니
저희 죄를 용서하시고
저희를 유혹에 빠지지 않게 하시고
악에서 구하소서.
아멘.

맺는말

우리의 여정은 이제 끝났다. 지금까지 11개 질문에 대한 답을 찾는 여정을 함께했다. 여기서 다루지 못한 수많은 질문들은 다음 기회로 미뤄야겠다. 개인적으로 경험한 바가 없는 질문들은 의도적으로 다루지 않았다. 이를테면 나는 심한 죄책감에 시달린 적이 거의 없다. 직접 경험한 적이 없어서 답할 수 없는 질문은 이런 것들이다. 아이들은 어떻게 애도하는가? 죽음을 삶의 일부로 받아들일 수 있도록, 아이들을 어떻게 도와줄 수 있을까?

다행히 참고할 만한 훌륭한 책들이 있어서 기쁘다. 그중 몇 권을 여기에 추천한다.

아이들은 어떻게 애도하는가?
애도하는 아이들을 어떻게 도울 수 있을까?

메히트힐트 슈뢰터 루피어퍼스Mechthild Schroeter-Rupiepers는 《모든 것이 달라진 생활: 애도와 이별의 단계를 겪고 있는 가족을 위한 조언서》(2012)에 위 질문에 대한 훌륭한 답을 수록했다. 슈뢰터 루피어스 여사는 수년째 아이들과 청소년, 애도하는 아이들을 둔 부모를 위한 애도그룹을 이끌고 있다. 그 밖에도 애도하는 아이들과 청소년을 돕는 인력 양성도 주관하고 있다. 그녀가 애도자를 돕기 위해 집필한 책은 발달심리학에 대한 설명과 각기 다른 연령대의 사람들이 죽음을 어떻게 받아들이는지를 다루고 있다. 이 책에는 경험에 기초한 많은 사례들이 나온다. 예를 들면 말로 표현하기 힘든 많은 아이들의 상상에 관한 내용, 어색한 분위기를 깨기 위한 참신한 아이스 브레이킹 방법 등에 관한 것들이다. 그리고 일반적 예상과는 달리 애도하는 아이들을 잘 이끄는 것은 어렵지 않다는 것을 일깨우고 북돋워주는 많은 일화들을 담고 있다. 이 책의 큰 장점은 가족의 죽음을 일상적으로 경험할 수 있는 일로 간주하고, 이를 거리낌 없이 언급하면서 아주 이해하기 쉬운 말로 서술했다는 것이다. 이 책을 읽다 보면 곧 죽음에 아주 자연스럽게 반응할 수 있을 것 같은 편안한 느낌이 찾아온다. 예를 들어 죽음이라는 단어를 명확히 말하고, 막연한 짐작을 분명한 질문으로 표현하고 이에 대답하는 과정을 통해 편안함을 느끼게 된다. 무엇보다도 이 책은 애도와 관련된 주제에 활동적이고 창의적이며 아이의 입장을 고려한 대응책을 제시한다. 모든 애도자가 죽음의 의미를 이해할 수 있도록 아이디어를 담았다. 이 책은 다양한 자료(그림, 카드, 다양한 감정을 적은 주사위 등)가 어떻게 사람들의 말문을 트이게 만드는지를 보여준다. 아이들과 청소년들이 죽음과 애도를 경험하고도 삶에 대한 용기를 잃지 않는 것을 보면서, 그것에서 어떠한 점을 배울 수 있는지도 다룬다.

어떻게 하면 죄책감에서 자유로워질 수 있을까?

크리스 파울Chris Paul은 애도 전문가이자 유명한 책들의 저자이며 애도자를 돕는 분야의 권위자다. 그 밖에도 사랑하는 사람을 애도하며 죄책감을 느끼는 것에 대해서도 잘 알고 있다. 저자는 젊은 시절 아주 가까웠던 사람이 자살로 생을 마감한 것을 경험했다.《책임, 권력, 의미: 애도과정에서 나타나는 죄책감과 관련된 문제들》(2010)은 애도자가 아니라 애도자를 돕는 이들을 대상으로 쓴 책이다. 그래도 이 책을 애도자들에게 기꺼이 추천하고 싶다. 왜 명확한 이유도 없이 죄책감을 느끼는지 그 이유를 정말 쉽게 설명했기 때문이다. 죄책감의 다양한 유형과 작용 기제를 설명하면서, 실제 감정과 복잡한 생각의 고리를 구별할 수 있도록 도와준다. 그리고 어떻게 하면 머릿속에 자리 잡고 있는 불쾌한 실타래를 차근차근 풀어낼 수 있는지 알려준다. 이 책은 진짜 죄책감을 다루는 방법도 담고 있다. 저자에 따르면 어떤 일이 일어났건 자기 자신을 용서하는 것은 가능하다.

도와주세요, 저는 잘 지내고 있어요. 이게 정상일까요?

애도의 유형과 애도하는 사람들을 어떻게 도울 것인지를 다룬 책들을 읽다 보면, 애도란 전문적 도움 없이는 결코 해결할 수 없는 아주 어려우면서도 고도로 복잡한 것이라는 인상을 받는다. 이러한 생각은 사랑하는 사람을 떠나보내고도 특별히 고통받지 않거나 심지어 '무너져 내리지도' 않는 사람들을 불안하게 만든다. 조지 보나노George Bonanno는 심리학자다. 애도는 원래 그의 전문분야가 아니었지만 사랑하는 부친이 유명을 달리한 후 그는 자신이 왜 교과서에 쓰인 것처럼 슬퍼하지 않는지 궁금해졌다. 그는 스스로를 정상적이고 건강하다고 느꼈고 아버지와 사랑으로 깊이 연결돼 있다고 느꼈으며 가끔은 슬펐지만 대부분의 경우에는 아주 잘 지내고 있다고 느꼈다. 이것은 정상일까? 그렇다. 최소한 이상한 일은 아니다. 이것이 바로 보나노가 자연스럽고도 복잡하지 않은 애도에 관한 연구 끝에 내린 결론이었다. 그의 책《슬픔 뒤에 오는 것들: 상실의 고통과 트라우마를 자기 힘으로 이겨내기》(2012)는 우리 안에 숨어 있는 힘을 끌어내는 역할을 한다. 저자는 방황하지 않으면서도 애도할 수 있다고 격려한다. 그는 눈물을 흘리는 것뿐만 아니라 자연스럽게 웃는 것도 받아들이라고 권유한다. 인간은 태생적으로 사랑하는 사람의 죽음을 감당해낼 수 있다. 조지 보나노는 애도가 어려운 노동과 같은 일이 아니라는 것을 보장한다. 그리고 그의 독자인 우리는 그 말을 기꺼이 믿는다.

애도하면 지력이 떨어지는가?

혹시 자신의 뇌가 죽같이 여겨졌던 경험이 있는지 모르겠다. 한마디로 도저히 집중할 수 없는 상태, 안에서 맴도는 것을 말로 표현할 수 없는 상태, 때로는 사랑했던 사람만이 아니라 지능마저 잃어버린 것 같은 때가 있다. 걱정할 만한 일일까? 그렇지 않다. 이것은 매우 정상적이다. 애도는 신체적 작용을 동반하는데, 이때 나오는 호르몬은 우리의 육체와 영혼에 영향을 미친다. 대부분의 경우 이러한 예외적 상태는 저절로 사라진다. 애도와 트라우마를 전문으로 연구하는 뉴런연구가 우르술라 가스트Ursula Gast와 영혼 위로가이자 애도 도우미인 전직 목사 클라우스 오나쉬Klaus Onnasch는《육체와 영혼으로 애도하기. 고통스러운 상실감을 극복하기》(2011)라는 책을 썼다. 이 책은 사랑하는 이를 잃고 나서 그 죽음을 받아들이게 될 때 우리의 뇌 안에서는 어떤 작용이 일어나는지를 차근차근 설명해준다. 왜 말이 없어지는지, 왜 상태를 자각하지 못하는지, 그 이유를 알 수 있다. 요컨대 이 책이 주장하는 바는 약간 미쳤다고 생각되는 상태조차 매우 정상적인 상태라는 것이다. 이 책을 읽으면서 나 자신을 향한 커다란 연민을 느낄 수 있었다. 나는 여러 차례 '내 안쓰러운, 사랑스럽고 장한 두뇌여'라고 생각했다. 그리고 '두뇌 네가 지금 당장 기능을 못한다 해도 모든 것을 용서할게. 그리고 네가 다시 되찾는 모든 기능을 자랑스러워할 거야'라고도 생각했다.

나는 너무 외로워

외로움. 죄책감. 부담감. 우리가 애도과정 중에 마주치는 수많은 주제는 '지극히 평범한' 삶에서 이미 경험한 것들이다. 이런 부분에서 애도에 관한 책만 유용한 것은 아니다. 안젤름 그륀 Anselm Grün의《일상 속에서 만나는 고요. 홀로 있을 수 있는 기술》(2013)은 영적 안내서로서 외로움의 멋진 상태로 안내할 수 있다. 안젤름 그륀은 꿀처럼 달콤하게 영혼을 적시는 듯한 언어로 우리를 격려해준다. 혼자일 때도 외로울 필요는 없다. 우리와 언제나 함께하는 누군가가 있다. 신 혹은 우리 깊은 곳에 있는 본래의 자신이 많은 것을 주기 위해 우리를 기다리고 있다. 믿음과 아늑함과 용기. 나는 침대 머리맡에 안젤름 그륀의 책을 두고 자기 전에 몇 페이지씩 읽곤 한다. 나를 치료하는 데는 효과 만점이다.

계속해서 즐거운 독서 여정이 되시기를!

진심을 담아,
바버라 파흘 에버하르트

옮긴이_ 신유진

독일에서 어린 시절을 보내고, 한국에서 중고등학교를 마친 뒤 한국교원대학교(지리교육과)를 졸업했다.
서울대학교 대학원(사회교육학과)과 한국외국어대학교 통번역대학원(한독과)을 수료한 후 현재 전문 번역
작가로 활동 중이다. 《레드 카드》외 많은 책을 번역했다.

애도, 어떻게 견뎌야 할까

초판 1쇄 발행일 2015년 5월 26일

지은이 바버라 파흘 에버하르트
옮긴이 신유진
펴낸이 김현관
펴낸곳 율리시즈

책임편집 김미성
디자인 Song디자인
종이 세종페이퍼
인쇄 및 제본 올인피앤비

주소 서울시 양천구 목4동 775-19 102호
전화 (02) 2655-0166/0167
팩스 (02) 2655-0168
E-mail ulyssesbook@naver.com
ISBN 978-89-98229-23-8 03850

등록 2010년 8월 23일 제2010-000046호

ⓒ 2015 율리시즈 KOREA

이 도서의 국립중앙도서관 출판시도서목록(CIP)은 서지정보유통지원시스템
홈페이지(http://seoji.nl.go.kr)와 국가자료공동목록시스템(http://www.nl.go.kr/kolisnet)에서
이용하실 수 있습니다.(CIP제어번호: CIP2015013755)

책값은 뒤표지에 있습니다.